銀河叢書

題名はいらない

田中小実昌

幻戯書房

もくじ

I

Ⅳ

V

装丁　緒方修一

題名はいらない

＊本書は、田中小実昌氏が一九九〇年（六十五歳）以降に発表した単行本未収録のエッセイから、八十六篇を精選した作品集です。

＊文字づかいは原則として初出のままとしましたが、掲載誌紙の方針で加えられたと思われる送り仮名を割愛したり、括弧類や数字の表記を整理した箇所があります。また、明らかな誤記は正しました。

＊今日の観点では不適切とされる語句が文中に見受けられますが、著者が故人であることを考慮して、原文どおり掲載しました。

（幻戯書房編集部）

I

娘の結婚

ヨーロッパや北アメリカは、たいていのところが寒い地方だ。だから、六月ごろになって、やっと花が咲きほころんだりする。でも、ニホンの北海道のように、いろんな花が一斉に咲きならび、わーっとみだれ咲く感じでもある。

いろんな花が咲きそろうことは、まだふつうのニホン人にも想像はできても、六月ごろに緑がもどってくることは考えにくい。

ニホンにはないあのヨーロッパの森が、じつは寒い季節にはたいてい葉がおちて、裸木がならぶ、すかすかの林になってしまうのだ。だから、ほんとに遠くのはてまでも、すっかり見えてしまい、まことに風どおしがよく、また寒々とした感じでもある。

それが、六月の声をきき夏近く、森の樹々が葉をつけはじめ、緑がもどってくる。それもやはり、ぼちぼち、といったぐあいではなく、一斉にわーっと緑になる。

そんないい季節がはじまり、花や緑といっしょに人々の心も水がなごむようになごむとき、結婚し、みんなに祝福されるのがジューン・ブライドだろう。

まことにめでたいことだけど、娘の結婚ということについては、ぼくはいささか腹もたてた。娘が結婚するときは、父親はさみしいもの、「コミさんだって泣くでしょ」とたいていの者が言うのだ。

しかも、新宿ゴールデン街で飲んだくれてるようなやつが、マジな顔で言いやがる。娘がいい伴侶を得て結婚するのは、たしかによろこばしいことだが、父親は心のなかでは、娘がいなくなるのがさみしい、ということらしい。

ほんとに、そんな気持ならば、事実そうなんだから、しかたがない。しかし、どうもいままでは、娘が結婚するときは父親はさみしがるものだ、ということが、だれでもそれにしたがわなければいけない物語になっている。

そんな物語を信じ、また物語の世界に生きてる人はかまわない。しかし、ぼくはこれは物語ではないみたいだが、もしかしたらこれだって物語のなかにはいるのでは、とたえず考えて毎日をすごしている。こんな場合、生きてる、と言えばみなさんにわかりやすいかもしれないが、生きる、という言いかたも物語になりやすく、だからわかりやすさをすてて、毎日をすごしてる、なんて書いた。

みんな現実に生きていて、物語などカンケイないとおもっている。ところがどっこい、物語にとっぷりひたりきってるのだ。しかし、物語のためには死ねない、とおっしゃる方もあるだろうが、これまた、ことさら戦争中の例をひくまでもなく、物語を信じ、物語のために死んでいく。

むつかしい話をしてるのではない。物語なんてつまらないじゃないの。しかも、物語はひとの物語だ。物語を信じてる人はおおく、世の中はそういった人ばかりだけど、共通のように見えて、共通という名のひとの物語だ。

さて、物語をなるべくすてたいぼくには、娘の結婚はべつにどうってことはなく、けっして、「コミさんでも泣くでしょ」といったものではなかった。

うちには娘が二人いる。だから、女房とぼく、娘二人で晩ゴハンもたべていた。そして、なにかのことで、娘のひとりが晩ゴハンにいないと、もうさみしかった。

でも、それを結婚ということにからめて、また、これからずっと娘はうちにいないのだ、とおもいいれをすると、物語になりやすい。

ぼくは小説を書く男だ。小説書きはウソつきの専門家だと世間ではおもわれてる。ぼくもウソをつき、物語も書きたい。でも、不幸にして、物語では満足できない。

うちの上の娘は、いい男にあったとかで、「掘りだしものだよ、トウちゃん」と、ある日、ぼくに言い、結婚した。

結婚披露のパーティは、友だちが会費を払っての会だったようで、「ぼくもいこうか」と言ったら、「とんでもない」とことわられた。

下の娘も、あるときとつぜん、「わたし、結婚するよ」と言うのだ。「いつ？」ときいたら、「来月ね」とこたえた。

結婚の相手はディルクというドイツ人だが、その翌月に区役所の出張所に婚姻届をだすということだった。

ドイツからディルクの両親もきて、十五人ばかりのパーティを、うちで二回やった。それきりだ。

いま、上の娘には男の子と女の子の子供が二人いて、娘が子供を叱《しか》りつけるのに、ぼくはびっくりしている。ところが、下の娘は「ねえちゃんは、子供に甘くて……」と言う。

下の娘にも赤ん坊ができた。カイという名前だ。近ごろのドイツではハンスとかオットーとかって名前はもうはやらなくて、カイがおおいらしい。日本名では開と書く。

娘ふたりとも夫婦仲がいいようで、物語のジューン・ブライドなんかよりも、それがなによりのことだとおもっている。娘どうしも仲がいい。この夏には、上の娘が子供二人をつれ、亭主もいっしょに、ドイツのブレーメンの下の娘の家にいくそうだ。

下の娘の亭主のディルクは医者で病院ではたらいてたが、去年三月《みつき》のうち二カ月も東京のぼくの家にいて、「病院でよく休みをくれるなあ」とぼくが言ったら、「あ、ディルクは病院をやめたよ」と娘はこたえ、「おい、おい、おまえたちどうやって食っていくんだ！」とぼくはおどろいた声をだしたが、じつは、たいして心配はしていない。

上の娘の亭主の重雄さんが、このまえ、子供たちとうちにきたときは、自家製のビールをもってきた。ニホンでも手造りのビールができるようになったのか。こういうのを進歩というのだろう。甕の底に澱《おり》りのあるビールで、ひさしぶりににぎやかな食卓だった。

自家製ビール

日野に住んでる上の娘夫婦が子供二人をつれてやってきた。ちょうど、下の娘も赤ん坊といっしょにドイツのブレーメンからかえってきており、うちの台所兼食堂のテーブルは大きいけど、にぎやかなのをとおりこし、けたたましかった。

上の娘の亭主の重雄さんが、なんだかえんりょしながら、自分とぼくとのあいだにビールをおいて、言った。

「これ、飲んでみませんか？」

毎晩、ぼくはビールからはじまって、山梨県からとりよせた一升壜のブドウ酒（ワインではない）そしてジン・ソーダと、えんえんと飲んでいる。ビールから飲みだすのはいつものことなのに、このビールはどうかしたのか？　ぼくはそのビール壜を手にとって、ラベルを見ようとした。すると——

「いや、いや、いや……」

重雄さんがあわてて、ビール壜をぼくの手からとりあげた。このビールのラベルをみてはいけない理由でもあるのか？

「じつは、これ、澱りがあるんで……。澱り、きらいでしょう？」

ほんとにビール壜の底のほうに三センチぐらい澱りがある。澱りがあるビールなんてめずらしい。いや、そんなビールは飲んだことがない。大きなテーブルのむこうのはしのほうから、ディルクというドイツ人と結婚してる下の娘がさけぶように言った。

「いいの、いいの。とうちゃんは澱りが好きなの。ほんとよ。オリ好き。ちっともかまわない」

下の娘がこんなことを言うのにはわけがある。くりかえすが、ぼくは山梨から一升壜のブドウ酒をとりよせている。ワイン・ブームなんてものがはじまるずーっとまえからだ。いまでは五十本ずつだが、まえには百本いっぺんに送ってもらってた。それをはこんでくる運送会社の人が、「いったい、だれがこんなにたくさんのブドウ酒を飲むんですか？」とふしぎがったそうだ。「わたしゃ、そう言われて、恥ずかしかったよ」と女房はおこってた。

はじめのころの山梨のブドウ酒は、一升壜の底のほうに澱りがたまっていた。こんなのはデパートの食品売場や酒屋にでもおいとくことはできない。山梨のその地方のブドウ酒好きが、自分でブドウの実をもちよって、自分たちが飲むためにつくったブドウ酒だときいた。

色も白でもなく赤でもなく、ローゼともちがい、茶っぽかった。この色はいまでもかわらない。ぜんぜんワインの色ではないのだ。これを見て、口の悪い友人が皮肉った。「搾《しぼ》り滓《かす》のブドウ酒だな」

搾り滓色で一升壜の底には澱りがある。そして、味も野性的だった。野性的な味のブドウ酒など、めったにあるものではない。だから、壜の底に澱りがあっても、野性的な味がいい、とぼくはかぶかぶ飲んでいた。それを、まだちいさかった下の娘は見ていて、「とうちゃんは澱りが好き」とおもったのだろう。

「そうですか。澱りも平気ですか……」

重雄さんがぼくのグラスにそいつをついだ。壜の底に澱りがあるだけでなく、液体そのものも濁っている。壜はビール壜のようだが、これはビールだろうか？

ぼくは壜のラベルをのぞきこみ、重雄さんが「いや、いや、いや……」と見せまいとしたラベルに、マジックペンで大きく29という数字が書いてある。赤穂浪士の四十九人目の志士なんてのは小説で読んだことはあるけど、これはなにか？

「二十九本目のビールなんです」重雄さんが説明した。

「なにが二十九本目？」ぼくはわけがわからない。

「これが最後のビールで二十九本目……」

「最後のビール？」これまた、モヒカン族の最後ってのはきいたことがあるけど最後のビールとは？

いや、これはどうやらビールらしい。ビールの味もする。

「うちでビールをつくり、これが最後の壜で、さいしょの壜から1、2、と番号をつけていったらこれが29でおしまいになりました」

「うちで、ビールをつくったのかい？」

ぼくはおどろいた。ヨーロッパでは、その地方や町のビールがある。ニホンの地酒みたいな、地ビールだ。北アメリカでも地方のビールはある。しかし、南米ではニホンとおなじように大メーカーのビールだけのようだ。ニホンや南米だと、その地方にいって地元のビールを飲むたのしみはない。

「だったら、密造ビール？」

アメリカ（たいてい南部）の密造ウイスキーのことは、ムーン・シャイン、月の光とよぶ。密造ビールはスター・シャイン、星のかがやきか。

「いや、いや、それほどのものではありません」重雄さんはけんそんした。「うちでビールをつくるセットが売ってるんです。イギリスから輸入したものでね。ビールをつくる器具とビールの素《もと》」

「へぇ……」ぼくは感心した。とうとう、ニホンでも自家製のビールができるようになったのか。

アメリカでは自家製ビールはつくっていいことになっていた。あれもビール製造セットみたいなものだったかな。

アメリカ西海岸の北の町シアトルで、自家製ビールを飲んだ。シアトルとならんで、町とおなじ大きさぐらいのワシントン湖がある。この湖から運河や川がつらなって海につうじている。海とワシントン湖とでは水面の高さにかなりの差があり、だから、湖と海とのあいだをゆききするヨットやクルーザーなどは、川の一部にとりつけた、ハッチがしまって水が増減するドックで上下する。

ぼくがシアトルにいくのは夏の季節で、この時期は鮭が海からワシントン湖にあがってくる。しかし鮭はハッチがしまるドックはきらう。

だからドックのこのダムのまたよこに、鮭やほかの魚のために水中にコンクリートの階段みたいな水路がつくってあり、これのことをフィッシュ・ラダーとよんでいる。魚のハシゴだ。魚だってハシゴをのぼる！

この魚のハシゴはもうすぐ河口で、この河口も右手のほうにいくと、海にのぞんだ公園がある。ある日、マリがこの公園にピクニックにいった。マリとは四回はシアトルに滞在している。いけば、二カ月ぐらいいる。

このとき、マリがぼくへのおみやげにビールをもってきた。ピクニックの一行には若い弁護士の夫婦がいて、その奥さんがうちでつくったビールだということだった。

ビール壜にはいったのはひとつもなく、ワインの壜とかコニャックの壜ばかりで、それからビールを飲むというのは、おかしな気持だった。

まえにも言ったが、ニホンには大メーカーのビールしかなく、地ビールみたいなものはない。まして、うちでつくったビールなんて考えられないことだった。

ところが、重雄さんはイギリスからの輸入のセットだが、自分でビールをつくった。その第一回製造のNo. 29のビールをぼくは飲んでいる。アルコール分は一%というが、アルコール分をふやす秘訣もあるらしい。

壜の底にあった澱りも、ぼくはきれいに飲んでしまった。液も濁ってるけど、イギリスのエールや、アイルランドのスタウト（ギネスなど）も濁ってるはずだ。

味も飲み慣れればおいしくなるだろう。ニホンでも自家製ビールができるようになったことを、とりあえず祝って、乾杯しよう。

しかも、うちの娘の亭主がニホンではめずらしい自家製ビールをつくって、もってきてくれたというのは、めでたいことではないか。このあと、山梨のブドウ酒にジンも飲んだ。

ジョーク病

うちの下の娘は結婚してドイツのブレーメンにいる。あるとき、娘の亭主のディルクがラジオをきいていて、おどろいて娘をよんだ。ドイツのなにかの音楽コンクールで優勝したニホン人の若い女性がラジオではなしてたのだが、そのドイツ語がとてもすばらしかったのだそうだ。

「おまえのドイツ語とはうんとちがう」みたいなことを、ディルクは娘に言ったのではないか。そのことを、まったくしようがないといった口調で、娘はぼくにはなした。

「そりゃ、なめらかなドイツ語をしゃべるニホン人の留学生みたいなのは、いくらでもいるわ。でも、わたしのドイツ語はそんなのとはちがうからね」

ぼくは娘の言うことがよくわかった。じつは、娘の亭主のディルクにもわかっている。この夫婦はさいしょは英語ではなしていた。娘はブレーメンにきて暮しだしてから、大学の外国人クラスにいってドイツ語をならった。そして、娘はドイツ語のおぼえはじめから、ドイツ語でジョークを言っていた。

　ある有名な英語の先生が「あなたは英語でジョークが言えるか？」とどこかで書いていた。ジョークが言えるほどに英語に慣れてるか、ということだろう。

　しかし、娘もぼくも、英語をしゃべりはじめたころから、ジョークばかり言っていた。英語に慣れてからのジョークではない。だって、ぼくや娘がはなすことは、ジョークぐらいなもんだもの。

　そして、有名な英語の先生が言ったジョークは、有名なジョークないしは世間でも知られてるジョークだろう。しかし、ぼくや娘のジョークは、口がまわらない外国語ながら、なんとか自分のジョークをしゃべろうとする。

　世間に知られた、有名なジョークを、外国語なみに、なめらかな外国語でしゃべることがベストだとおもってる人たちとはちがい、ぼくや娘はなめらかでない外国語で、つっかえながらも、自分のジョークを言う。ひとのジョークはつまらない。やはり自分のジョークでなくちゃ。

「あなたは英語でジョークがしゃべれるか？」と書いた先生は、いったいどんなジョークをはなすのか？　さぞ、つまらないジョークだろう。いや、それだって、ジョークを英語の学習みたいにおもってる人たちには、けっこううけるかもしれない。しかし、ぼくはちっともおもしろくあるまい。

　ぼくや娘はジョーク病なんだな。言うなととめられたって、つい口にだしてしまう。新宿ゴールデン街のジョークばかり言いあってるけたたましい酔っぱらい五、六人と西伊豆の岩地に泳ぎにいったことがあった。このとき、あんまりみんながジョークや駄じゃれを言うものだから、言うと罰金をとることをもうしあわせた。

ところが、どうしてもジョークや駄じゃれがでるように、これまたおたがいワナをかけだし、たいへんなものだった。

音楽コンクールで優勝した若い女性がラジオでなめらかなドイツ語ではなしたことを、娘がぼくに言ったとき、こんなこともしゃべった。

「外国語をうまくはなそうとおもったら、とにかくひとの言うことを真似するのね。それも直接、外国人がしゃべるのを真似しないで、ニホン人でその外国語がうまい人のはなしかたを、そっくりおぼえるのよ」

外国人がはなすのを直接真似しないで、ニホン人でその外国語がうまい人の真似をするというのは、たいへんにおもしろい。しかし、そこまでわかってたら、娘は死ぬまでドイツ語はなめらかにはなせないだろう。ドイツ語がうまいニホン人のしゃべりかたを真似するのが、いちばんてっとりばやく、また最善の学習のしかただとしても、娘はやらないからだ。

まだ英語がしゃべれる者がほんとにすくなかったころ、わりとなめらかに英語をはなす女性がたまにはいたが、この人たちが言ってることが、まったくつまらない。

アメリカ人の女性なんかと女どうし淀みなくはなしていても、きいててちっともおもしろくないのだ。ふつうの女性たちは、うちの娘みたいに、おかしなこと、へんなことは言わないからだろう。へんなことを言わなきゃおもしろくないというのも、これはビョーキかな。

しかし、どうして女性のほうが外国語をはなすのがじょうずなのか？　もちろん個人差はあるけど、ほんとに女性のほうが、なめらかにしゃべる。落ち着いてもいる。

これは、いったいどういうわけか？　これだけでオンナ・オトコ論ができそうだ。たぶんメンタルなものだろうが、あんまり女性のほうがなめらかに英語なんかをはなすので、ぼくは男と女の声をだす器官がちがってるのではないか、なんてことも考えたりした。

ぼくの父はアメリカに十年ぐらいいた。しかし、はなすのはへただった。占領時代、うちにオーストラリア軍の将校がきたとき、ちょうど雪が降りそうで、父が「スノウ・カム」と言ったとき、片腕を高くあげて下にふりおろすしぐさなど、映画で見るインディアンの首長みたいだった。ぽきんぽきんした英語だったのだ。

ところが、母はミッション関係の人とのつきあいはあり、英語の手紙なんかもすらすら書いてたが、外国にはいったことがないのに、英語は父よりもなめらかだった。ただし、スノウ・カムなんて英語は知らなかったのではないか。

終戦後、ぼくはニホンの会社ではたらく気なんかはなく（むこうでも、やとってくれなかっただろうし）アメリカ軍で仕事をしていた。そして通訳なんかもやったが、ニホン人従業員とアメリカ兵とのあいだの通訳なんかでなく、アメリカ兵といっしょにはたらきたいな、とおもっていた。

ところが、アメリカ軍の医学研究所で実際にそんなことになった。ぼくは生化学部にいたのだが、ぼくがいた部屋で、ニホン人の技術者がだんだんいなくなり、ぼくひとりになったことがあった。

それで、アメリカ兵たちと相談し、ニホン人はいれないことにした。ぼくはニホン人なのにみょうなことだが、ニホン人の技術者は働きすぎだったり、それだけ気むずかしく、また研究者気質でかってに残業したりして、アメリカ兵たちののんびりムードにあわなかったのだ。ぼくはニホン人よりもアメリカ兵のほうに近かったのか。

そして、アメリカ兵たちと、ほんとにしょっちゅうジョークばかり言っていた。ニューヨークの世界貿易ビルにいったとき、いそがしそうにはたらいてるアメリカ人を、はじめて見たような気がした。ジョーク好きのアメリカ兵とはうんとちがっていた。

カイはどこでもガイジン

ドイツのブレーメンに住んでる娘が、いま、うちにかえっている。この娘はぼくに似たのか、かしゃかしゃよくしゃべる。

昨夜は、エカキの野見山暁治がやはりエカキの芸大講師の上葛さんとやってきた。野見山暁治はぼくの女房の兄で、となりの家だ。この二人に、娘がとつぜん言った。

「画学生は裸婦を描くのが義務みたいになってるけど、もともとオンナのはだかが好きなんだ。ところが、石膏《せっこう》のデッサンもやらなきゃいけない。これはさっぱりおもしろくない。つまりは、楽あれば苦ありってことよ」

アニキ（野見山暁治）と上葛さんは大きな声でわらい、娘は二人にたいへんにウケた、と得意そうだった。

ここで、ことわっておくが、画学生も裸婦ももう古い言葉で、娘はほかのごちゃごちゃした雑なニホン語で言った。石膏とはたいてい有名な石膏像のことだ。

さて、得意になってる娘にぼくは言った。

「ヌードのモデルを描くのはたのしみみたいなものはあっても、石膏のデッサンはおもしろくない。だから、楽あれば苦あり、と理屈ないしは話の筋がわかって、アニキと上葛さんはわらったのではなく、おまえが不意にへんなことを言いだすんで、おかしかったんだよ」

「そうかなあ」

娘は納得がいかないみたいだった。とにかく、この娘はジョークだとか、おかしなことばかり言っている。

娘の亭主のディルクは医者だが、この男もジョークが好きで、夫婦ではなしてることは、はんぶんぐらいはジョークではないか。

娘夫婦には九カ月になる赤ん坊がいて、名前はＫａｉ、カイみたいな発音だ。ニホンの名前は「開」と書く。去年の七月、ぼくがブレーメンに行ったとき、カイのことを「まるっきり、ドイツ人の赤ん坊に見える」と言うと、娘は意外な顔をした。

「わたしは、ドイツ人の赤ん坊だなんておもったことはないわ。ずっと、ニホンの赤ん坊だと……」

そのことをディルクに英語ではなすと、ディルクは即座にニホン語でこたえた。

「カイはどこでもガイジン」

わるくないジョークだが、あいつはどこにいってもガイジンだよ、というジョークかわる口は、なんどかきいているし、これはディルクのオリジナルなジョークではあるまい。ま、応用のジョークだが、即座にこたえたところがミソだろう。

いや、ニホン語はあまりしゃべらないディルクが、即座にニホン語でジョークを言ったのに、ぼくは感心した。「あなたは英語でジョークが言えるか?」と書いていた英語の先生がいたが、そんなのとは逆に、ディルクはまずジョークからニホン語をはなしだし、娘はジョークからドイツ語にはいったのだろう。ぼくの英語もそうだった。へんな親子だな。

どちらが先

となりに住んでるエカキの野見山暁治は東京芸大の油絵科の教授だったとき、入学試験で、それまでは石膏像のスケッチの試験がさいしょで、つぎが絵だったのを、順序を逆にしたらしい。

「石膏のデッサンがさいしょでなくて、たすかりましたよ」

と言ってる芸大の油絵科卒業生に、ぼくはなん人もあった。それがどういうことなのかは、絵のことは知らないぼくにはわからない。

ただ、石膏像はそれをつくった人の作品で、ひとの作品のスケッチをするというのは、おもしろくない者もいるのではないだろうか。しかし、そんなのがおもしろい者もいる。また、絵を勉強する初心者のために、石膏像のデッサンは長い伝統があるようだ。

野見山暁治が芸大の教授をやめたあとは、油絵科の入試は、さいしょに石膏像のスケッチ、つぎが絵という順序にもどったそうで、これも、ぼくにはどういうことかわからないが、ある受験生にとってはたいへんなことではないか。

さて、ヌードのモデルを描くのは、いくらかたのしみがあるが、石膏デッサンなどおもしろくもなく、だから、楽あれば苦あり、とうちの娘がとんでもないことを言いだして、野見山暁治と芸大講師の上葛さんは大わらいしたが、ぼくみたいにすごく不器用な者は、かたちがきまってる石膏像のデッサンのほうが楽なのではないか。

生身のハダカの女が目の前にいて、それを描けと言われたって、できるもんじゃない。だいいち、女のからだはぶよぶよしてるし、いや、ぶよぶよというのはわる口みたいでよくないが、とにかくあちこちふくらんだり、そのぶんだけすべりこんだり、まったくまとまりがなくて、それでもまとまってるのかどうか、ひとりの女として、そこにいる。

しかし、ぼくが女のからだをそのまま絵にするように考えるのがいけないのかもしれない。ヌードの女を描くのにも、その描きかたというのがあって、その描きかたを勉強すれば、なんとか描けるようになるとかさ。

でも、また考えるのだが、だったら、せっかく生身のハダカさんがモデルになってくれてるのに、ただ描きかたのお勉強じゃつまらない。やっぱり自分の絵を描かなきゃね。

ただし、またまたくりかえしだが、そんなふうだと、とうてい絵は描けない。中学のとき、水彩画で校内靴を描かされて、泣いたことがある。

はき古した校内靴は、へなへな、かたちがくずれ、それを写そうとするぼくの画もぐしゃぐしゃで、画にはなっておらず、ただ紙に水彩絵具をなすりつけただけだった。

図画の先生は、ぼくが不マジメで、ふざけた画を描いたとおもったらしく、みんなとはうんとかけはなれた、その中学がはじまって以来という最低点をくれた。ぼくは字もへただ。字も絵といっしょで、線がきまらない。

ボケもまた楽し

「おい、テレビでおまえの名前を言ってるぞ」と藤原京二が言った。ぼくは京二とその友人の酒造会社の重役と三人で飲んでいた。

ぼくたちの頭の上にテレビがあって、トークショウの司会者が、「おくれてるタナカコミマサさんは、いま、このテレビ局にむかっていそいでいます」と言っている。

ぼくはそのテレビにでる約束をして、すっかり忘れて飲んでいたのだ。しかし、それから赤坂のテレビ局にいったって、もうおそすぎる。

「しようがねぇや」と飲んでるうちに、番組はおわりに近づき、司会者はすまなさそうな顔をした。「タナカコミマサさんはとうとう間にあいませんでした」。こんなのははっきりボケだろう。

ぼくは11PMの番組によくでていた。あるとき、11PMのために二番町の日本テレビにいくと、「今夜の11PMは大阪の読売テレビですよ」と言われた。そのときは時間ぎりぎりだったので、それから大阪へはいけない。日にちをまちがえたり、大阪と東京をまちがえたり、みんなボケのせいだ。

ある夜、うちで飲んでると、新聞の夕刊を見ていた下の娘が、「あ、とうちゃん、今夜の11PMにでてるよ」と言った。娘はその夜のテレビ欄に目をやったのだろう。

それで、あたふたと羽田空港にかけつけて旅客機にのった。このときは間にあってよかったが、アブないところだった。

書くほうは、ボケて忘れていても、締切りがくると、催促されるからいい。あるとき、小説の短編を催促された。しかし、ぼくはそれを書いたおぼえがあった。ところが、出版社にもとどいていないし、どこをさがしてもない。

たとえ短編でも、小説がひとつ消えるというのはたいへんなミステリだ。その小説はどこへいったとおもいますか？　女房がチリ紙交換にだしてしまったのだ。女房もばあさんでボケている。

ぼくは怒り狂い、女房をけとばしたいが、それはできないので、ハシゴ段をけりあげたら、ヒィッと足が痛く、それでまた頭に血がのぼったが、それもやっとおさまったとき、女房が皮肉な口調でたずねた。

「あれ、いい作品だった？」

それでまた、ぼくは怒り狂い……。しかし、長いあいだ文筆渡世をしていれば、一回や二回はまちがって、書いたものをチリ紙交換にだすこともあるんじゃないか、といろんな作家にきいてみたが、みんな、そんなことはない、と首をふった。だとすると、女房もぼくに似て大ボケのうちなのか。

書くものは、忘れていると注意される。しかし、たくさんゲストがでるテレビなどは、ひとり抜けてもゴマかせるけど、ラジオの対談をボケて忘れたら、相手の人に待ちぼうけをくわすことになる。まったく、あいすまない。あやまってすむことではない。

さいしょに名前がでてきた藤原京二は中学のときからの友人で、いまは名古屋で医院を開業している。その京二に「ボケて相手をすっぽかしたり、めいわくをかけるようなら、厚紙かなんかに約束を書いて、首からぶらさげておくといいよ」とサジェッションされた。いや京二から言われたとおもったが、これもボケていてあやしい。

ところが、ぼくは中部日本放送からもらった、べんりなデスク・カレンダーをもっていて、これに約束や原稿の締切りなどを書きこんであり、毎日のようにこれを見る。いや、一日になんども見ることがある。それでいて約束を忘れてしまう。ボケとはそういうものなのだろう。自分では念入りに用心したつもりでも、カレンダーを見ていながら、それがふっと消えてしまうのだ。

今朝は寝室のブザーが鳴っておこされた。階下《した》におりていくと、台所兼食堂の柱時計が九時半をさしていた。毎日、ぼくは映画の試写を二本見る。どの試写を見るかは、その日おきて食事のあとにきめる。まえから予定をたてたりしても、ボケてるから当てにならない。当日にきめたことなら、ま、安心していい。それでも試写室をまちがえたり、もう見た映画なのに、それを忘れてたことなどはしょっちゅうだ。見た映画はノートに書いてある。これもデスク・カレンダーといっしょで、さっぱり当てにならない。

九時半におきてくれれば、試写にでかけるまえに、なにかすこし書けるかもしれない。ぼくは一度も流行作家だったことはない。しかし、オジイになっても、書くことはほそぼそとつづいている。

いまは寒い季節だし、ぼくはハゲ頭だから、うちのなかでも帽子をかぶってる。あるひとの海外からのおみやげのカシミールの帽子だ。ぼくはいろんなキャップをもってるが、ほかの帽子にくらべると、とびきり高価なこの帽子をふだんに頭にのっけている。あたたかくて肌ざわりがいいからだろう。

そのカシミールの帽子を朝食のときに階下《した》にもっておりた、とおもっていた。ところが、食事がすみ、階上《うえ》にあがるとき、あちこちさがしたが、その帽子がない。さがしものはうんと時間をくい、バカらしい。

だから、さがすのをやめて、階上《うえ》の書斎にいった。階下《した》になければ、階上《うえ》の寝室か書斎にあるはずだ。

ところが、階上《うえ》にもない。そしてどこにあったとおもいます？　ズボンのポケットのなかに帽子をつっこんでいたのだ。

有吉佐和子の『恍惚の人』はボケをあつかった有名な小説だが、ボケでいちばん切実な大小便の粗相については、とうとう書けませんでした、となにかの対談で有吉さんは言っていた。

毎日、ぼくはドイツからもってきた、とくべつの布でトイレの床をふく。ウンコのほうもしくじっては、自分でこっそり始末している。

南の窓・西の窓

これを書いてる部屋は二階のいちばん奥にある。書斎と言えばわかりやすいだろうが、ふつう書斎とよばれてるものとは、ちがうような気がする。気恥ずかしさから、書斎と言わないのではない。ちがうとおもうのだ。

これを書いてる机は掘りコタツになっている。いまは寒い季節だから、電気ヒーターもいれてあり、まったくのコタツだ。しかし、あったかい季節だけコタツにかけてある布団《ふとん》もとり、電気ヒーターも納戸《なんど》にかたづける。納戸も二階にある。

掘りコタツ式の机のあるところは板の間で、本棚もぐるっとまわりをかこんでるが、そのよこにタタミもしいてある。そのタタミのところには枕も掛け布団もあって、毎日、映画を見てかえったあとは、ここに寝ころがり、新聞や雑誌、本を読む。毎日、たいてい二本は試写を見るが、ぼくは映画関係者でもないし、自分でも奇妙なことだとおもうけど、なん十年もつづいている。いや、寝ころんで本を読むタタミがしいてあるなんて、書斎とはよべないのではないか。ついでに窓ぎわにはいくらかひろい棚もあり、この部屋のうしろのほうは、本棚がむきあって、あるいてはいれるようになっている。ま、書庫みたいなものだが、これを書庫と言うのは、広い大きな書庫にたいして気恥ずかしい。

これを書いてる部屋には、正面に南の窓があり、右てに西の窓がある。じつは、部屋や本棚のことはどうでもよくて、この窓から見えるもののことを書きたかったのだが、説明のつごうで順序をふんどかないと、とよけいなことを考えたのだ。

ぼくの家はいくらか高台にあり、となりの家の屋根は窓の下のほうに、そして家々の屋根がずっとはるかにつづき、いちばん遠いところに新宿副都心の高層ビルが見える。ぼくの家は練馬の早宮というところで、新宿の高層ビルがすこし左よりだが目の前に見えるというのが、さっぱり合点《がてん》がいかない。

きょう、いまの時間、午後一時二十分、新宿高層ビルのあたりは霞んでいて、ビルのかたちがぼんやり見える。きょうは土曜日、試写がないのでうちにいる。月曜日から金曜日までは、寝床からおきてきてメシをたべ、試写を見に出かけ、かえってくると、寝ころんで雑誌や本を読み、そのあと酒を飲みだす。酒はえんえんと飲んでいる。つまり、映画を見て本を読み、酒を飲んでるだけで、ほとんど書いていない。しかたがないので、試写がない土曜、日曜にちょこちょこっと書く。ぼくは書くのが商売なのに、とうとう日曜作家になってしまった。

新宿高層ビルがきれいにはっきり見えることがある。また、夜、階下《した》におりて飲みだすまえに、この部屋の雨戸をしめるとき、新宿高層ビルの夜景がほんとにきらきらかがやいてることもある。夜景のあかりには赤いライトもまじっていて、はなはだ陳腐で古めかしい形容だが、ルビーがもりこぼれてるようだ。でも、そんなに新宿高層ビルのあかりがあざやかにひかってるときは、寒い夜がおおい。ひえっ寒い、と雨戸をしめながら、からだをちぢめる夜ほど、新宿高層ビルの夜景はうつくしい。

昼間だっておんなじで、いまは陽もあかるく、いいお天気なのに、地表ちかくは白く霞んでいて、目をうんと上にむけなければ、空の青いところは見えない。だから、新宿高層ビルのかたちも白くもやっており、かなりおぼつかない。

遠くまではっきり見えるのは、陽がささないくもり日だ、とぼくがまだちいさな子供のとき、父が言ったのを、ずっとおぼえていて、またよくおもいだす。

ぼくはもと軍港だった広島県の呉《くれ》でそだった。呉の町の東の山をひとつこえたむこうに石槌山という山があり、ここに父とのぼったときのことだ。

この日はくもり空で石槌山の山頂からは、はるかに遠い瀬戸内の島や海が見えた。軍艦がいる呉湾とはべつの海で、日ごろ見なれている風景とはちがい、めずらしくもあるし、なんだかこわいような気持もあって、遠くまでは見えるが、陽がなくてペン画みたいな景色を、ぼくはみつめていた。

石槌山はおなじ名前の山が四国にあり、こっちのほうがよっぽど有名だ。四国山脈ではいちばん高い山だし、山岳宗教の霊峰で、四国出身者の自慢の山でもある。その誇らしい石槌山にたいして、こちらは呉《くれ》の者《もん》しか知らない、なさけない石槌山で、コドモごころに恥ずかしかった。

そのなさけない石槌山にのぼると、四国の霊峰の石槌山が瀬戸内海をこして、はるかにながめることができたりした。ぼくの家があるのは、石槌山とは逆の、呉の町の西のほうの山の中腹だったが、こちらの山からも四国が見える日があった。子供のころは、海のむこうの四国は、遠い知らない国で、それが見えるというのは、信じられないことだった。信じられないことが、げんに見えているというのも信じられないことで……。

呉の県立第一中学校での受持の仁木盛雄先生に「冬陽ぬくく尾根にいづれば四国見ゆ」という俳句がある。ぼくの大好きな俳句だ。中国地方の山はひくい。呉の町を三方からかこんだ山もひくくて、三十分ものぼれば尾根にでる。呉は南だけが海にむかってひらき、近くの広島の町にくらべても、冬場は二度ぐらいあったかだったそうだ。

そんな冬でもあったかい日に、散歩がてらに山にのぼると、あれ、遠くのほうに四国の山が見えるよ、ってところだろうか。

西の窓の下は裏庭で、雑草がいっぱいはえている。女房はせっせと雑草を抜いてるが、ぼくは一年にいっぺんも庭にはでない。たいへんななまけ者なのだろう。雑草はいっこうにへらない。

その裏庭のうしろには、かなり広い畑があり、お正月用の葉ボタンが一列だけのこっている。白い葉ボタンだ。お正月はとっくにすぎて、遠い昔になってるのに、白い葉ボタンが、いまでもきれいにいきいきと、しかもなん十メートルも列をつくっているというのは、みょうな気持だ。

この畑に、今朝、白いものがうっすら見えた。雪ではない。畑にサトウをふりかけたような……霜だった。まえは、冬になれば霜柱がたつのはあたりまえのことだった。あったかい呉地方でも、九州でも、冬の朝は霜がおりていた。

それが、近ごろの東京では霜を見なくなった。考えてみれば、霜がたつ土の道なんかが東京にはなくなったんだものなあ。練馬に引越してきて、ずいぶん田舎にきたもんだとおもったけど、おかげで、家の裏には広々とした畑があり、畑のやわらかい土には霜がおく。でも、練馬は田舎でも試写室のある銀座までは地下鉄で三十分で、まえの東玉川の家よりも映画を見にいくには近くなった。

畑のまたうしろは窪地で、ここにも畑があり雑木もある。そのむこうは家の屋根がならび、その屋根屋根のはてに、また林があって、富士山の姿がぽっかり見えたりする。

ただし、昼間見えることはすくなく、夕方、西の空が夕焼で赤く染まるころ、富士山が黒いシルエットになってうかびあがる。

ところが、ある日、まだ日中のあかるいとき、富士山の姿が見えた。全身雪をかぶって白い富士山だ。この日は試写を見にいかず、うちにいたので、昼間の富士山も見たのだろう。祭日だった。祭日なので、富士山のまわりの製紙工場などがやすみで、空気がきれいなため、日中でも富士山が見えたのだろうか。

ドイツのブレーメンにいる娘が、いま東京の家にかえってるが、娘は、しょっちゅう富士山が見えるというけど、ぼくは祭日ぐらいで、これはいったい、どういうことなのか?

昼間の富士山

まえにも書いたが、二階の書斎の南の窓からは新宿の高層ビル、西の窓からは富士山が見える。ただし富士山が見えるのは正月だとか、年に二回ぐらいだろう。それも昼は見えなくて、日が落ちたあと夕映えの赤い空をバックにシルエットで浮きあがる。

ところが、きょうはふつうの月曜日で、それにまだお昼まえなのに、富士山がよく見える。富士山はまっ白で、ぽっかりといったふうに浮きあがっている。

西の窓の裏のほうはかなり広い畑で、畑のむこうは窪地になっていて雑木がはえている。そのさきは家々がつらなってるが住宅で高い建物はない。

そして家々の屋根のはしに樹がかたまって左右にのびている。その樹のあいだから富士山がぽっかり姿をあらわしてるのだ。

おかしいのは、しょっちゅうドイツからかえってきてる娘は、いつでも富士山が見えると言う。しかし、ぼくは年に二回ぐらいしか、シルエットの富士山は見ていない。

どうおもうか、どう考えるかってことは各人によってちがう。しかし、目の前に見えるものまで、各人によってちがうというのはふしぎなことだが、哲学なんかではあたりまえのことだろう。

しかし、これもおかしいのは、娘がなにかとんでもないことを言いだしたとき、ぼくは自分の考えはかえなくても、腹がたたないが、女房が言うとシャクにさわる。また女房がいちいちカンにさわることをしゃべる。

女房はぼくのはなしはきいてなくて、反対のことを言いかえし、ぼくをおこらせる。相手の言うことはきいてなくて、相手がいやがることをこたえるというのは、これもふしぎな芸で、めずらしいのではないか。

チリのサンチャゴからかえってきたときは、庭に紅梅が咲いていた。梅の木の枝に紅《あか》い花がくっついたようだった。ほんとに紅い、ちいさな花で、紅さがからだとココロににじんだ。

紅梅が散り、桜が咲き、うちから地下鉄の駅にいくあいだも、桜がいっぱい花をつけ、またそれが散って、昔の練馬の農道だった道がまっ白になり、水たまりにも桜の花びらが浮んで、子供がしゃがんであそんでた。そのころは一日おきぐらいに雨が降って、道に水たまりができてたのだ。

桜が咲くまえから、庭には花だいこんがたくさんむらさきの花をつけていた。それが桜が散って、しばらくたついまも、茎はひょう、とのびてきたが、花を咲かせている。

ほかにも地面にマットをおいたような、ほんとにちいさな桜色の花があり、「あの花の名前はなんだい?」と庭にいる女房にきいたら、それにはこたえず、「花のことを書いたってしようがない」と言った。

時間がたち陽があかるくなり、新宿の高層ビルは輪郭がはっきりしてきたが、逆に富士山の姿がぼやけておぼつかなくなった。

弱虫キヨ

ぼくは練馬に住んでいる。練馬大根などとバカにされたところだ。なん年かまえに練馬に引越したすぐあと、うちの近所の地下鉄有楽町線の氷川台駅のそばのバス停に立ってたが、なかなかバスがこない。

バス停には、ぼくのほかに六十すぎぐらいの上品な夫婦がいて、ほんとにしようがない、という顔ではなしかけてきた。

「バスがこないんですよ。昼間のいまごろの時間だと、間隔が三十分はふつうで、四十分ってこともあります」

「ひゃあ、それは長いな。ぼくはこちらに引越してきたばかりで、知りませんでした」

「わたしたちも中央区から引越してきたんです。練馬はほんとに田舎です」

奥さんがこたえ、上品なご主人も、「練馬はたいへんな田舎で……」とくりかえしてる。中央区と言えば、料亭のおおいところだ。松竹本社もある。ぼくは地下鉄有楽町線の新富町でおりて、中央区役所のよこをとおり、松竹本社に試写を見にいく。

バス停にいた年輩のご主人はサラリーマンだったようには見えない。築地あたりの老舗の旦那か、それこそ料亭の主人が、息子に代をゆずって、練馬で隠居生活でもしてるのだろうか。

ぼくの家は高台にあり、一段ひくいおとなりがエカキの野見山暁治の家で、そのまた下に、大きながっしりした邸宅があり、これは築地の有名な料亭の老主人がいるらしい。

そして、坂をおりきったすこしむこうに石神井川《しゃくじい》があり、まえは桜がいっぱいさく土手がつづいてたが、石神井川はコンクリートの川になり、ついでに土の地肌がでていた土手も桜もなくなった。

しかし、土手の桜はなくなっても、石神井川をこしたところにはちいさな公園、高稲荷《たかいなり》とつづき、花見どきにはかなりのにぎわいだし、大きな境内の広徳寺もある。

広徳寺の墓地には柳生十兵衛の墓もあるそうだ。その昔はたいへんに草深い土地だった練馬に柳生十兵衛はカンケイあるまい。江戸市中にあった広徳寺が、明治以後に練馬に引越し、ついでに柳生十兵衛の墓も引越してきたのだろう。

いや、柳生十兵衛の墓も練馬にうつってくるぐらいだから、中央区の人が引越してきて、「あーあ、田舎だなあ」となげいてもおかしくはない。

ぼくは田園調布のおとなりの東玉川から引越ししてきた。ついでだが、東玉川は近くにバス停が六つぐらいあった。いまの練馬区早宮のぼくの家は、地下鉄の氷川台の駅は近いけど、バス停は一ヶしかない。バスにのってあそぶのが好きなぼくは、はなはだおもしろくない。

東玉川は世田谷区の最南端で、大田区の田園調布よりももっと南に、ほそ長い半島のようにつきでていた。

田園調布のとなり町というのがかなしいが、上品な町で大会社の社長宅など、りっぱな邸宅もならんでいた。おなじ田園調布のとなり町でも、多摩川ぞいにはゴミゴミしたところもあるのにくらべると、たいへんにいいところだ。

ぼくの家は東玉川のしずかな通りの四つ角にあり、庭もけっこう広くて、横浜にも近く、つまりは東京の町としてはいちばん海に近いほうで、バスも好きだが、海も好きなぼくは満足してたのに、とつぜん、女房が練馬に引越してしまった。

もちろん、ぼくは引越しには反対で、「練馬にうつるのはイヤだ」と文字どおり毎日、いや、一日のうちになん回もくりかえしたが、まるで庭で虫が鳴いてるように無視された。女房にはぼくは虫ケラみたいなものなのだろう。

こんなふうに、ぼくは大反対なんだから、引越しの手伝いなんかぜんぜんしない。モノカキ部屋の物だって（万年筆なども）かってにはこばせた。

そして、引越しの日は、ぼくは中野のほうで用があったので、石神井川に面した飲屋で、うちの者ととなりの野見山暁治が待っていて、酔っぱらって、はじめての家にいった。

この引越しのとき、エサだけはうちでたべ、庭をうろちょろして外で寝ている、つまりは野良猫のキヨを練馬につれてきた。

なにしろ野良猫だからつかまえるのがむつかしい。また、なかにいれ、はこぶものもいる。猫用のバスケットを買ってくればいいが、たった一回だけネコをはこぶのに、それを買うのはもったいないが、運搬中、キヨがらくに息ができるように、空気の流通だけはいいのもを……と女房と娘は、なんカ月もかかって、キヨの引越しの計画をたて、準備をした。

キヨという名前は、うちの下の娘がつけた。名前の由来はしらない。夏目漱石の『坊っちゃん』のばあやはキヨだし、新宿ゴールデン街の「唯尼庵《ゆにあん》」のママはおキヨだけど、どちらもカンケイないだろうな。だったら、どうして、このチビ野良猫がキヨなのか？

なんどもくりかえすが、練馬は田舎で、ぼくの家の裏には広い畑もあるし、いろんな野鳥や、ついでにほかの野良猫もしょっちゅうやってくる。

そして、キヨにゴハンをやると、ほかの野良猫がすぐたべちまう。また、キヨは自分のエサをとられても、ぜんぜんおこらない。ほかの野良猫がいると、自分はたべるのをえんりょして、そばで見ている。

「とにかく、キヨは弱いのよ。どんな野良猫よりもいちばんヨワいの」

女房は毎日のように言う。キヨが弱いのが、よほど口惜しいのだろう。しかし、キヨがときどき弱かったりではなく、ほかのどんなネコよりも、てっていしてヨワいというのが、ぼくはおもしろい。気にいっている。

女房にすれば、虫ケラ亭主のヨワいぼくに、ヨワいキヨがかさなって見え、だから、わる口も言うのだろうが、生半可にヨワいんじゃなく、ダメっぱなしにヨワいのも、またいいじゃないの。

女の子の足がぶっといのを、練馬大根などとわる口を言ったが、いまは、練馬の畑では、ほとんど大根は見かけない。いちばんよく目にするのはキャベツだろう。さすがは、専業の農家がつくったキャベツで、大きくてりっぱ、まことに姿がいい。

それに、練馬大根みたいなぶっとい足の女のコも、たいへんにすくなくなった。ニンゲンのからだつきなど、いちばんかわらないものだとおもったら、かわるんだねぇ。

ヨーロッパやアメリカみたいに、ほっそり長い足の女性など、ピンク・レディーぐらいだけかとおもってたら、あっという間に、雨後のタケノコのように、あっちこっちでニョキニョキ、いや失礼、すんなり、やさしく生えてきている。

ニホンの女性の練馬大根みたいな足は、どうしたってかわらない、とだれもが考えたのは大まちがいだった。

また、戦争がおわってすぐのころは、「国やぶれて山河あり」とだれしもが言い、また永久にかわらないものとおもったのに、ウサギ追いし山川は、いったいどこにいってしまったのだろう。

それどころか、海までもなくなっちまった。山本周五郎の『青べか物語』の浦安は、海がすぐそばにあったのに、はるか沖合に遠くになり、あのあたりを列車でいったって、海はなんキロもさきだという。列車から海が見えるのは、房総半島もかなり南のほうにいってからだ。東京は川もなくなった。みんな川が地下にもぐったのだ。うちの近所の石神井川はコンクリートながら、まだ地上にさらさらながれてるけどさ。あーあ、海の近くに住みたい。子供のころの瀬戸内海をおもいだす。

お花見と釘煮

これは月刊誌だから、季節のことを書くと、なにかとズレてしまう。サクラのことなど、遠い昔のことみたいだが、うちから地下鉄の駅にいく途中には、広いお庭の家があり、その大きな桜の木が通りの上にまで枝をのばし、これを書いているいまも、はらはらと花びらがおちている。

じつは、ちょうど一週間まえ、早稲田大学裏の神田川にそった新江戸川公園に花見にいった。ま、東京では最後の花見だろう。

花冷えという言葉もあるが、風がつめたい日だったけど、公園の一隅の亭《ちん》の二階での集まりは、和気藹々《あいあい》とあったかい会だった。

花は散っても、葉ザクラになり、八重桜の季節はもっとさきだろう。山形のサクラ祭は四月末から五月はじめにかけてで、ちょうどそのころ、山形にいたことがあるが、身がひきしまるような寒い日もあって、清冽な感じだった。山形城のそばの見世物小屋、ふつうのヌード劇場まわりとはちがう、高市《たかまち》（お祭り）だけのストリップの女たちをおもいだす。

北海道の松前のサクラはもうちょっとおそく、根室のちいさな蝦夷《えぞ》桜を見たときは、もう六月だった。しかし、ふるえあがるような夜もあり、札幌だけでなく、根室にもある狸小路で、寒い、寒い、と言いながらハシゴ酒をしたりした。根室の狸小路は場所もかわったし、つまんなくなった。まえは、町のはずれみたいなところに、はんぶん屋台のような店がならんでおり、舗装してない土の道で、サックスの流しがいた。東京の新橋にも狸小路があったのをごぞんじだろうか。

アメリカ西海岸のメキシコとの国境の町サンディエゴで、とんでもない季節、ニホンでは真冬のまんなかに、サクラの花がうらうらと咲いていたのも見たことがある。そのすぐそばにはサボテンがあった。桜とサボテンというのもおかしい。オーストラリアでもサクラをみた。砂漠っぽい風土にサクラが咲いているという違和感もおもしろい。

ぼくは花見などほとんどやったことがない。野坂昭如さんがリーダーの酔狂連というのがあり、上野で「長屋の花見」をしたぐらいか。タクワンをならべてカマボコに見たてるという、落語の「長屋の花見」だ。

この日も花冷えのいやに寒い日で、上野公園の亭で「長屋の花見」をしたのだが、ぼくは天下の美女の安達瞳子さんにモモヒキをはかせた。洗濯してきれいなモモヒキだったが、股のところに穴があいていた。

ところが今年は二度も花見にいった。さいしょは、上板橋ハイネスの佐竹千寿子さんのところだ。近所に花見にでかけるのかとおもってたら、マンションの自分の部屋にいて、裏庭の桜の花を見ながら飲む会で、ぼくみたいななまけ者には、まことにけっこうなお花見だった。

いろんなごちそうをたべたが、そのなかに釘煮《くぎに》があった。佐竹さんは神戸の薬科大学をでている。ここのなくなった教授の奥さんがおくってくれた釘煮らしい。

釘煮はちょうどこの季節のイカナゴを、一キロの袋で買ってきて、家庭で甘からく煮る。明石の名物で、ぼくも明石の魚《うお》の棚という市場に、なんどかイカナゴを買いにやらされた。神戸は明石のとなり町だ。

釘煮という名前は、佃煮にしたイカナゴが釘のかたちをしているからだろう。でも、季節はじめのイカナゴで、「ほら、まだこんなにちいさいでしょう」と同席した写真家の松尾正信さんがイカナゴを箸ではさんで言った。松尾さんのお父さんが神戸薬科大学での佐竹さんの先生で、松尾さんのおかあさんが佐竹さんにおくってきた釘煮だったのだ。

それから一週間たって、新江戸川公園の亭での花見で、このときも、松尾さんがおかあさんが送ってきた釘煮をもってきており、ぼくはおいしくたべた。亭の座敷だけをかり、みんながたべるものや飲むものをもちよるパーティだったのだ。そして、松尾さんはやはり箸でイカナゴをはさんで、ぼくに見せた。

「ほら、イカナゴがこんなにのびて長くなりました。佐竹さんのところの釘煮は一週間まえ。そのあと一週間たって、母がぼくのところに送ってくれた釘煮で、一週間のあいだに、イカナゴがこんなに大きくなったんです」

「おたくのおかあさんは、いったい、いくらぐらい釘煮をつくるんですか？」ぼくはたずねた。

「五十キロです」

松尾さんはにこにこたえ、ぼくはびっくりしてしまった。明石市と神戸市との境の明舞《めいまい》団地（明は明石、舞は神戸の舞子）に住んでいたマリは、ぼくに魚の棚にイカナゴを買いにいかせ、大さわぎで釘煮をつくっていたが、その量はせいぜい二キロだった。いや、二キロだっておおい。それを松尾さんのおかあさんは五十キロもつくる！しかも、イカナゴを魚の棚で売りはじめたときから、おそらく毎日買ってきて、そして毎日釘煮をつくっているのだろう。

明石あたりの人たちは釘煮を贈り物にする。松尾さんのおかあさんは、教え子の佐竹千寿子さんにも釘煮を送り、東京にいる自分の息子の正信さんにも送ったのだ。しかし、おなじ釘煮でも、イカナゴがとれた時期により、佃煮の魚の大きさ、長さがちがうというのがおもしろい。

釘煮をつくる季節がみじかいのも考えさせられる。うんとちっちゃなイカナゴもだめで、ある大きさになって釘煮をつくりはじめる。でも大きくなりすぎると釘煮には適さないのか、やめてしまうのだ。

明舞団地のマリの部屋からは海が見えた。そして、バスにのってもいいし、あるいて十五分ぐらい丘をくだると海で、海ぞいの道を右にいけば明石、左にいくと舞子で、ふたりで海を見ながらあるいたものだ。

明石の魚の棚は、明舞団地からのバスの終点で、途中、菅原道真が太宰府に流されたとき、明石の駅長にあい言葉をのこしたという碑もある。マリにはなしたら、「あら、そのころ明石には鉄道がとおってたの?」と言った。

魚の棚は魚市場という意味だろうか。もとは普通名詞だったにちがいない。大阪にも魚の棚があった、と司馬遼太郎さんも書いている。しかし、いまでは、魚の棚と称しているのは明石だけのようで、だから固有名詞になった。

魚の棚は明石駅に近く、また港にも近い。港にはたくさんの漁船が舫《もや》い、飯蛸《いいだこ》採り専門の漁船もいる。すぐ目の前の淡路島の西側近くに飯蛸の漁場があるのだそうだ。

魚の棚にはこばれてくる飯蛸は活《い》きている。鯛だってエビだって、たいてい活きている。魚屋で三百五十円の箱にいたエビが、ぴょんとはねて、三百円の箱にうつったのも見たことがある。

また、関西名物のタコ焼の元祖だと言われる明石の玉子焼も、魚の棚なかのちいさな食堂でたべた。タコ焼と同じように、まるいくぼみがならんだ鉄板でつくるが、かたちも大きく、それにほんとにふわふわとやわらかい。それをやさしい味のお汁《つけ》につけてたべる。また、鉄板からとりだして、ならべて客にだす塗り台が、ななめにかしがってるのもふしぎな気がする。この店には高校生の女のコがよくきていたが、マリとぼく、それに高校生の女のコ二人で、もういっぱいになるようなせまい店だった。

明石の港は淡路島にいく船もでている。クルマごとのっける大型フェリーではない。淡路島とのあいだでは、名前を知らない、ちいさな水鳥が、花が散るように水面にひらひらおりていったりする。この船にもなんどもマリといっしょにのって、淡路島にわたり、一日バスであそんでかえってきたりした。

大宮青葉園

JR大宮駅の埼京線のプラットホームで濱幸子さんと待ちあわせ、青葉園という墓地にいった。

この墓地で梅谷昇の納骨式があったのだ。梅谷昇はもとの軍港の呉の二河《にこう》小学校で同級だった。そのころ梅谷のお父さんは呉市のなかだが二つむこうの駅の広《ひろ》航空隊の副長だった。このお父さんが転勤になり、小学校の三年ぐらいで、梅谷昇とは別れた。

それからなん年かして中国との戦争がおこり、アメリカとの戦争もはじまって、戦争に敗けた。

戦争がおわり、一年たって復員してきたぼくは、昭和二十二（一九四七）年四月から東大にいきだした。このとき、梅谷昇も東大にいるんじゃないか、とぼくはおもった。くりかえすが、梅谷とは小学校の三年のときに別れ、そのあと彼がどんな学校にいったかなんてことは、まるっきりわからない。しかし、梅谷ならば東大の学生になってるのが、ごく当然というより自然な気がしていたのだ。

そして、ぼくが東大にはじめていった日に、梅谷昇とあった。コドモのときに別れたきりだが、梅谷だとわかり、ぼくは声をかけた。梅谷も「あ、コミさん」と顔を赤くした。梅谷はシャイな男なのだ。

しかも、梅谷もぼくも文学部の哲学科だった。しかし、そんなにびっくりしたわけではない。べつに梅谷が哲学コドモだったわけではないが、梅谷が哲学科の学生というのはすんなり似合う。ぼくは哲学科以外にはいけない男だ。

大宮の青葉園での納骨式は梅谷昇の弟妹や、今年八十八歳になるお母さんなど小人数の集りだった。濱幸子さんはなくなった梅谷の妹の綾子さんの東京女子大での友だちだ。

梅谷昇は肝臓と肺がガンにやられ、去年の暮れになくなった。納骨式のあとは青葉園のレストランで、みんなでごちそうをたべ、ビールや酒を飲んだ。

青葉園には広い藤棚があり、ちょうど藤の季節でむらさきの藤の房がたくさんさがっており、目を洗われるようだった。

その数日まえ、上野公園からバスにのって藤まつりをやってる亀戸天神《かめいど》にいったのだが、バス通りにまであふれた人ごみにおそれをなし、バスからおりなかった。

しかし、青葉園はぼくたちのほかは人かげもなく、ひっそりしずかで、そこにたくさんの藤が房をたれている。小雨が降り、しずかなうえにもほんとにしずかだ。藤の房のむらさきは、これまたしずかで、ひかえめで、つつしみぶかく品がいい。

ぼくたちがとおりすぎたあとは、見る人もなく藤は無数の房をたれていて、亀戸天神のことをおもうと、まことにぜいたくで、もったいない。

梅谷のお父さんは海軍兵学校をでた戦闘機乗りで、ニホンでさいしょのカタパルト発射もやったときいた。やさしいオジさんだった。

大宮から新宿へ

大宮青葉園での梅谷昇の納骨式のあとは、また埼京線で大宮から新宿にきて、都電通りのビルの三階の「初紅葉」の座敷で、尚企画の社長の佐藤尚志さんにごちそうになった。瀬戸内海でとれたオコゼや鮑の刺身やその内臓で、ぜいたくなものだった。

佐藤尚志さんは梅谷昇とは旧制浦和中学の同級生だ。佐藤さんは海軍兵学校にいき、梅谷は旧制浦高の理科から北大理学部の植物科にすすみ、東大文学部の哲学科にはいりなおし、ここでぼくと再会した。植物科も哲学科も、世の中で出世しようとおもうニンゲンのいくところではない。

佐藤さんは海軍兵学校から早稲田大学にいき、集英社にはいり、梅谷といっしょにぼくも、ときどき仕事をもらったりした。

梅谷昇は翻訳なんかもやったが、碁会所のオジさんになったこともあり、碁は強かったし、なかなか板についていた。ぼくとちがって、口かずもすくなく、しずかな男で、一日中、碁会所の奥にすわっていても平気だし、それがよく似合ったのだ。結核で合計五年も入院し、無理はできないからだったが、はたから見るとはがゆくても、本人は、ま、しようがない、とおもってたのではないか。

佐藤尚志さんは早稲田大学の英文科を卒業したが、ぼくも梅谷も東大文学部の哲学科は途中でやめてしまった。ほかにも、ぼくととくべつなかがよかった者は、みんな大学はやめている。それに梅谷は死ぬまで独身だった。しょっちゅうツルんでた須田剛も大学をやめ、妻子はいない。

「なのに、コミ、あんただけ、結婚したばかりか、子供まで二人いて……」

となんども文句を言われたが、そう言ってるのがぼくと結婚した本人で、これはどうなってるのか？

「初紅葉」の女とはゴールデン街の「しの」にいった。ゴールデン街ではよく飲むところだ。この店にはギターの流しのマレンコフがくる。

いつも土日曜はマレンコフは休みだが、この夜は土曜日なのに、めずらしくマレンコフが「しの」にとびこんできた。

マレンコフはいつもはしってる。新宿御苑の近くの飲屋街の路地から、ギターやアコーデオンをかかえ、新宿の町をよこぎって、息をきらしてはしってくることもある。地下鉄の新宿御苑前駅からゴールデン街まではかなりの距離がある。

マレンコフはスターリンのあとのソ連の首相だったが失脚し、シベリアの発電所長なんかもやったが消息をたった。それがある日、ギターをかかえて新宿に上陸してきた。と、ぼくが言っても、本気にする者はいないけどさ。マレンコフは昭和初期のかるいモダンな歌がうまい。サトウハチローが並木せんざの名前でつくった浅草の歌なんかはほんとにいい。「浅草の坊ちゃん」よりまえの歌だ。

私の銀座日記

某月某日。地下鉄有楽町線の銀座一丁目駅でおりて、銀座通りをあるき、東芝ビル八階のプラスワンホールで、いまや大人気の台湾の侯孝賢監督作品の『風櫃《フンクイ》の少年』と『ナイルの娘』の試写をつづけて見た。

『風櫃の少年』は、同監督の映画をはじめて見て、そのみずみずしさにおどろいた『童年往時』や『恋恋風塵』の青春三部作のさいしょの作品だそうだが、ニホンでの封切はいちばんあとになった。

しかし、あとになってよかった。これまでに、侯監督の作品に慣れると言ってわるければしたしむことができたからだ。すぐれた映画監督または作家の作品は、知らない外国語にはじめて接するときのように、すぐ、うちとけられるものではない。ほかのひとの作品にはない独特の感性（文法と言ってもよい）だと、したしむのに時間がかかる。

この映画はよかった。さいしょの画面から一カット、一カット、目にしみるように見た。バスがはしっていて、それが海べの道になり、海があり、漁船がいる。田舎の漁村だな。台湾のどこなのか？　ほら、侯監督が好きなチンピラがでてきた。チンピラぴらぴら、うすっぺらなのがいい。

構図のしっかりした重厚な画面ばかりがいいとはかぎらない。かるーく、みずみずしく画面がかさなっていく。おもくかさならないで、ながれてリズムがあって……。

ただ画面を見ているのではない。画面とともに映画はあるき、息づき、ときには、くそったれ、と汚い言葉を吐く。漁船もいる海辺のあかるい日ざしが、そのまま、やりきれなさにもなるのだ。そんなところが、みずみずしく……。

へえ、ここは島なのか。あれ、澎湖島なんだってさ。風櫃は澎湖島にある猟師町、港町らしい。チンピラたちは島から大都会の高雄にでていく。

ぼくが小学生のとき、澎湖島から転校してきた子がいた。海軍士官の子だった。澎湖島には海軍の要港があったのだ。その子は台湾土産の小粒の南京豆の缶詰をぼくにくれた。小粒の南京豆もはじめて見たし、ピーナツの缶詰を見るのもはじめてだった。その子は九大教授になり、それも停年でやめ、熊本の研究所にいっている。ぼくとおなじクラス、おない年だから、じいさんか。台湾土産の南京豆をたべすぎて、小学校の便所にかけこんでいたあの子が、いまはじいさんというのがおかしい。ついでだが、あのころ、小学校の男の子が大の便所にいくのは、いかに恥ずかしいことだったか。大の便所は女生徒のものとされていたからだ。

つづけて見た『ナイルの娘』は、侯孝賢監督の失敗作だという評判もあるそうで、「あれは失敗作！」とひとのことなのに、なんだか威張ってるみたいにおしゃべりするのもおかしい。この映画の舞台は台北で、台北の夜のネオンのギンギラは、ま、この監督にはあまり似合わないようだ。

試写を二つ見たあと、東芝ビルから銀座四丁目の交差点にいき、和光で懐中時計の紐を買った。直木賞でいただいた懐中時計の紐が切れたのだ。

それから本屋さんの教文館の二階で、おもに文庫本の棚を見ていた。銀座で時間があまると、よく教文館にいく。教文館のつぎは、お向かいの住友銀行銀座支店ですこし現金にし、銀座一丁目駅で地下鉄の定期券を買った。定期券をもち、映画を見たり、酒を飲みにいく。毎週月曜日から金曜日まで、試写を二本ずつ見ている。試写室はだいたい銀座あたりだから、いつも銀座にくる。

地下鉄の定期券を買ったあとは、外濠通りをもどってきて、東映会館の前をとおり、電通通りとみゆき通りの角にある、みゆき画廊にいった。ここで野見山暁治のイラスト展をやっていたからだ。野見山暁治はぼくの女房の兄で、練馬の早宮のとなりの家に住んでいる。

ぼくが読売新聞に連載し、野見山暁治が絵をかいた『きょうがきのうに』の絵がもとになったイラスト展だ。ぼくの文章とは自由に独立した絵で、じつは新聞の連載は見てないから、はじめて見た。

この日は、午后七時から野見山暁治のパーティが、銀座通りのライオンの五階であり、それまで銀座をぶらぶらしていたのだ。

このパーティは盛会だった。野見山暁治は芸大油絵科の教授だったし、武蔵野美大、多摩美大の先生もしたので、そんな人たちがたくさんあつまっていた。

会場のライオンの五階は、こんなに古いところが銀座にあったのかとびっくりするぐらい。古くて時代がかっていて、「よう、鹿鳴館！」と声がかかりそうだが、いまになっては貴重かもしれない。

ライオンは大きなビヤホールだけど、この日は、入りきれない客が、銀座通りに列をつくっていた。ビールがおいしい季節でもある。

パーティのテーブルには、ビールのピッチャーがおいてあった。さいしょ、大ジョッキかとおもった。それぐらいの大きさに見えたが、容量はずっとおおいのだろう。

ピッチャーはジョッキみたいに、それから直接ビールを飲むのではなく、ピッチャーから、ちいさなグラスにビールをついで飲む。なん人かでビールを飲むときは、ピッチャーでとったほうが安あがりだ。アメリカあたりでは、ごくふつうにそれをやる。

某月某日。外濠通りのプランタン銀座のならびの東映会館八階の試写室で角川春樹監督の

『天と地と』を見た。おびただしい軍勢と馬とが、赤と黒の大合戦模様をえがく。

ぼくは自分では気のきいたストーリィの小説など書いたことがないくせに、映画はそういったのが好きなのだが、この『天と地と』は、いりくんだ筋などがないのがよかった。

これだけの人と馬を映画の撮影につかえるのは、ニホンでは無理のようで、カナダでロケをしたときいた。そのためには、たくさんの通訳がいるはずで、この映画のタイトルのおしまいのほうに、通訳の名前がいっぱいならんでいた。

役所広司主演の日ソ合作映画『オーロラの下で』もロシアの自然が美しい映画だが、タイトルに通訳の名前がでてくる。ニホン映画の国際化のあらわれか。

『天と地と』を外濠通りの東映会館で見たあとは、銀座教会の角をまがって銀座通りにでて、松坂屋のうしろのほうの中村ビルのユニジャパン試写室にいき、ジャン・ルー・ユベールが監督で、その息子ふたりと、いまではフランスでたいへん人気のあるリシャール・ボーランジェが主演の『フランスの友だち』の試写を見た。

第二次大戦末期、ボーランジェはドイツ軍の脱走兵で、それと家にかえれないフランスの少年二人とがあう。人間味のあるドイツ兵なんて、以前はぜったいに映画にはでてこなかったが、かといって斬新な作品ではなく、大通俗映画。良いドイツ兵が通俗映画にあらわれるなど、戦争もはるかに遠くなった。

この映画のあとは、交詢社ビル三階ホールの中平まみさんの作家十年のパーティにいった。

交詢社ビルは昭和のはじめの建築だとか。ライオンの五階とおなじで、会場のホールも古めかしく風格がある。

作家の菊村到さんやうつみ宮土理さんにあった。佐藤愛子さんはあいかわらずきれいで、お若いのにおどろいた。吉永小百合さんは、ずっとまえに、ぼくがテレビの吉永さんの番組にでたことをおぼえていて、わらっていた。

長部日出雄さんもひさしぶりだった。泰明小学校をでて銀座とは縁がふかかった俳優の殿山泰司さんをしのぶ会であって以来だ。長部さんが監督した津軽三味線の映画『夢の祭り』は赤字ではなく、ま、とんとんだそうで、よろこばしい。このパーティで、さいしょ、長部日出雄さんはグラスに手をつけていなかったが（長部さんはときどき禁酒する）はなしが映画のことになると、気持がたかぶるのか、水割りをおかわりしだした。飲みだすとピッチがはやい。

和田誠さんと『マリアの胃袋』のはなしをする。この映画の監督の平山秀幸さんは、和田さんの映画『怪盗ルビイ』の助監督をやってくれたという。平山監督の『マリアの胃袋』はたいへんにおもしろい。今年もまださきが長いが、おもしろい映画などそんなにあるものではないから、ぼくにとって、今年のニホン映画では、いちばんおもしろい映画になるだろう。さらっとして、かるいのがいい。

主賓の中平まみさんは文芸賞の『ストレイシープ』からもう十年たったのか。ほんとにすらっと姿勢がよくて、色がしみじみと白く、感心した。それに佐藤愛子さんのはなしだと、そんな顔かたちなのに、なんだかおかしなひとらしい。ぼくがなによりも好きなのは、おかしなひとだ。しかし、おかしいひとはめったにいない。とくに、美人でおかしいひとなんて、ひじょうにめずらしい。

この日は、いつまでも、きりがなく映画のはなしをしていて、そのあいだウイスキーを飲んだり、ジンを飲んだりしていたが、とうとう午前四時近くにまでなった。

翌日はかなりの二日酔だったが、いつものようにソーセージとキュウリと玉ねぎのサンドイッチをつくり、地下鉄で銀座にでて、また試写を二本見た。

首の痛み

映画を見ながら、首がへんなのかなとおもった。ときどき痛いようなのだ。ずーっとではない。痛いみたいなことに、ような、なんて言葉はおかしいと叱られそうだ。

しかし、痛さについては、なんとも言いようがないことがある。まだ、痛いんだかどうだか、はっきりしない場合もある。言葉にしにくかったり、言葉にならなかったりだ。このときもそうだった。

痛さは単純で、考えることなどは複雑だとおもわれている。しかし実際は感覚はじつに多様だけど、考えることはあんがい複雑ではない。

また、ぼくたちは言葉で考えてるという。言葉をつみかさねたり、言葉をいれかえてみたりして、考える。ところが、痛みは言葉ではあるまい。いや、それが痛いという言葉で言えるようになったときは、痛さみたいなもののかたちがきまり、かなりはっきりしたときだ。それ以前の、痛いようだったりしてるときが、かなり長くつづくことがある。そして、痛いという言葉にならないうちに消えてしまったり……。

ぼくはいちばんうしろの列のこれまたいちばん隅で映画を見る。理由はあれこれ考えられるが、隅に腰かけていると、人をわずらわさずに席をたちやすい、つまり逃げやすいからかな。ぼくは学校にいってるときから、逃げることばかりを考えていた。ついでだが英語にはイスケープ・アーティストという言葉がある。ニホン語だと脱出王かな。しかし、実際には映画を見てる途中で、逃げだすようなことはない。そんな失礼なことはしない。

自分が好きな席がとれるのは、早くいくからだ。映画がはじまる三十分まえにはいく。試写室などで、ぼくがさいしょというのはめずらしくない。そして、うんと早くくる人はたいてい年輩の男だ。女性はいないし、若い男性もほとんどいない。オバさんはそうでもないが、オジさんは気がみじかいのだろうか。

映画がもうはじまってるのにはいってくる人がいるが、そんなのにオジさんはいない。たいてい若い女性だ。もちろん若い男性もいる。

若い女性はなにかにおくれても平気で図々しいのかな、とぼくは考えていた。しかし、若い人たちは忙しいこともあるのではともおもった。オジイは閑《ひま》だから、ときには映画がはじまる三十分以上もまえにきている。

さて、首のほうだけど、いつも痛くなった。ときたま痛いような……なんてことではない。

そして、首の筋の寝たがえ（寝ちがい）か、ともおもった。これなどは、はっきりした言葉だ。

しかし、実際に寝てるときに首がどうにかなったかどうかはわからない。

また、首をよこにまわしたりすると痛いが、これも実際に痛いよりも、痛さに怯《おび》えて首をうごかさないでいるらしい。

たいしたことではないことでも、ついいろいろ考えてしまう。わるいクセかな。

紫陽花

庭の紫陽花《あじさい》が色をつけはじめて二週間ぐらいたつ。紫陽花は小さな花がこんもり冠みたいにあつまって、ひとつの花になってるのだろうか。

みどりというより、草の色のままの花。すこし赤みがさしてきた花。この赤みがやがては紫陽花特有のむらさきになるのか。

まだいまは未熟な色で、未熟さがナマっぽく、がさつでもある。草や花はそれぞれの時期でうつくしい。それをがさつなど、はっきりわる口だけど、ぼくは紫陽花にとくべつの気持があるのかもしれない。

一月から三月までチリのサンチャゴにいたとき、バスの終点近くで紫陽花を見て、掃除のモップのさきっちょに赤いインキをぶっかけたみたい、とこれもわる口を言ったりした。

紫陽花はところによって色もちがっており、オーストラリアでは濃いワインレッドみたいな色の紫陽花もあった。こんなのはニホンにはない。

オーストラリアはチリとおなじ南半球で、ニホンの冬が夏になる。冬にニホンをたってオーストラリアにいくと、夏の日で紫陽花が咲いている。そんなことからも、ぼくは紫陽花にとくべつの気持があるのかな。

一月はじめ、オーストラリアのシドニーについて、キングズ・クロスの坂の途中のバス停に立ってると、目の前に紫陽花があり、それに、さっきからなにかがかなりやかましくきこえている。やがて、それが蟬の声だとわかる、といった具合だ。

三好達治に「乳母車」というたいへんに有名な詩があり、その書きだしはこんなふう。

母よ——
淡くかなしきもののふるなり
紫陽花いろのもののふるなり

紫陽花いろといっても、そんな色があるわけではない。そういうところが詩なのだろうが、その言葉に対応する実体はなくてもいいわけで、こんなのはふつうはインチキという。

一週間ばかりまえ、池袋から赤羽へバスでいき、赤羽で埼玉県の鳩ヶ谷行のバスにのった。このバスが荒川の長い橋をわたりきると、川の上手の草むらのスロープに、紫陽花が一列に咲いていた。

うちの庭の紫陽花なんかより、もっと鮮やかに色がついており、ガンバッテルナ、とひとり

郵便はがき

料金受取人払郵便

神田局承認

3128

差出有効期間
平成30年5月
31日まで

101-8791

514

千代田区神田小川町3－12
岩崎ビル2F

幻戯《げんき》書房

愛読者カード係　行

書籍ご注文欄

お支払いは、本といっしょに郵便振替用紙を同封致しますので、最寄りの郵便局で本の到着後一週間以内にお支払いくださるようお願い致します。（送料はお客様ご負担となります）※電話番号は必ずご記入ください。

書名	定価　円	冊
書名	定価　円	冊
お名前	TEL.	
〒　－ ご住所		

愛読者カード

●お買い上げの書名をご記入下さい。

●お名前	●ご職業	●年齢	男 女

●ご住所

〒　　　　　　　　　　　　TEL

●お買い上げ書店名

区・市・町　　　　　　　　書店

●本書をお買い上げになったきっかけ

1.新聞（書評/広告）　新聞名（　　　　　　　　　）
2.雑誌（書評/広告）　雑誌名（　　　　　　　　　）
3.店頭で見て
4.小社の刊行案内
5.その他（　　　　　　　　　）

●本書について、また今後の出版についてのご意見・ご要望をお書き下さい。

幻戯書房営業部　TEL 03-5283-3934

でわらった。こんなところに咲いてるから雑草だろう。雑草の紫陽花だってあるのだ。

それに灌木みたいにかたまって茂ってはおらず、ほんとに一列、土手をころがり落ちるみたいに咲いている。

なんにでもTPOがあるという。日本酒はとくにそれがはげしいようにおもう。酒がおもっくるしいときもあり、やたらに身にしみてうまいこともある。

花にもTPOがあるようで、神戸の六甲の山道で崖にさいていた紫陽花は、ほんとにちいさな花で、十センチぐらいの茎がひょろっとのび、一輪だけで、すがすがしかった。

このなん日か

日曜日

午前十時ごろ階下《した》におりて顔を洗い、メシをたべる。ゴハン一杯。フランソワ・グレゴワール著、中村雄二郎訳『哲学入門』をショルダー・バッグにいれてもちあるいていたが、ちょうど読みおわったので、産経新聞のコラムに書く。二枚以下のちいさなコラムだ。この本は白水社のクセジュ文庫にはいっている。

たった二枚以下のちいさなものなのに、いったい自分はなにが書けるだろうか、とおもってしまう。書きだすまえは、いつもそうなのだ。産経新聞のコラムには書かなかったことを、ここにすこし引用してみよう。

〈ライプニッツの観念論〉――ライプニッツの考えによると、宇宙の全存在――人、けもの、植物、物など――は純粋に精神的な個体（かれはこれを〈モナド〉と呼んだ）から成っている。

そのおのおのは精神的力動性《ダイナミズム》をなし、おのずと知覚や心象にあらわれる（それでいて、モナドには窓がないのか）。またその一つ一つは自律的であり、どれも――〈神〉のモナドを除いて――有限である。すなわち、どれにも、モナドの形に応じ大なり小なり働く一種の内的羈《き》絆《はん》――これをあらわすものはモナドを知覚する際の或る種の混乱である――がある。おのおののモナドが自分のうちに見出すものは物質であり、程度の相違はあれ、相対的な暗さである。また、モナドがモナド外の〈実在〉から生じたことは否定しがたい。

或る種の混乱とか、相対的な暗さとか、ぼくにはどうにもわからない。だったら、まるっきりライプニッツがわかってないのではないか。さいしょ、あんなにわかりやすくおもえたモナドのことも、いやまてよ、となんどもひっかかっている。

産経新聞のコラムをどうにか書いたので、出かけることにした。地下鉄有楽町線の氷川台の駅まで、うちからあるいて七分ということだが、ぼくは十分ぐらいかかる。すごく足がのろい。駅のすぐ近くのほかは、せまいまがった練馬の農道だ。成増《なります》駅まで地下鉄にのる。東上線の成増駅の北口から蕨《わらび》行の国際興業のバスを待つ。なかなかバスがやってこない。待っているあいだに、赤羽行のバスが三度もきた。

荒川をこしたあと、ちいさな川があり聖橋《ひじりばし》なんてのがある。修行目（なんと発音するのか）というバス停のむこう側に、「鹿鳴館」の看板を見た。居酒屋って文字がくっついている。鹿鳴館が居酒屋じゃこまるよなあ、通りの角のちっぽけな飲屋でぽつんとたっている。蕨までは二二〇円。

蕨駅の北口から鳩ヶ谷行のバスにのる。二一〇円。鳩ヶ谷の操車場についたら、すぐ岩槻《いわつき》にいくバスがでた。よろこんで、ほいほいのる。岩槻は人形の町として有名だ。途中、ぼけ封じ観音というのがあった。そしてすぐ綾瀬川。東京の綾瀬にもたしか綾瀬川があったが、おなじ川か。岩槻駅前まで四九〇円。

大宮行の関東バスにのる。駅前のバス停に小学校高学年の女の子が四、五人いたので、安心してバスを待ってたら、ぺちゃくちゃしゃべりながらあるきだし、電車にのっちまった。こういうのはこまる。

バスは人形街道をいく。人形歴史館なんてのもある。人形の久月。人形屋は浅草橋、とぼくはおもっていた。しかし、あそこは東京の問屋街で、本拠地は岩槻だったのか。

名前のわからない川をわたり、もうひとつ、もっとちいさな川をわたったところで、オジさんが田植をしていた。成増から蕨にいくさいしょのバスからも田は見かけたが、ほかのところはとっくに田植はおわってた。青々とした稲の苗がすっくとのびて、ブラシの毛のように整然とならんでいた。

ところが、ここは倉庫の裏みたいなはんぱな田で、なにかほかのもの（もしかしたら雑草）もぼさぼさはえていて、そこで、オジさんがたったひとりで稲の苗らしいものを土につっこんでいる。これは田植のジョークなのか。「これはシャレですよ、シャレ！」とオジさんは言ってるみたいだ。しかし、ジョークの田植などあり得るのか。大宮からは埼京線で池袋へ。そして、地下鉄有楽町線で氷川台、うちにかえってきた。

月曜日

日大医学部板橋病院にいき、使いすて注射器六十本とインシュリンのKとNをもらってきて、ロシア・アニメーションの試写を見る。

火曜日

『裸の銃《ガン》を持つ男』と『ルディ』の試写を見て、銀座みゆき座の野見山暁治の個展をのぞく。そのあと、近くの江戸源の二階での小嵐九八郎さんの『異風者《いひゅうもん》』(福武書店)の出版記念会にいく。二次会は銀座八丁目のバー「早苗」。文藝春秋社の若い女性編集者たちと新宿に流れて、また飲む。

水曜日

話題作『RAMPO』の試写のあと、俵万智がでてるドキュメンタリー映画『ガンガー』を見る。

たいへんな一日

東京全日空ホテルで日本ホテルバーメンズ協会の創作カクテル・コンペティションがあり、ぼくはスィートの部の審査員だった。ほかにドライとロングドリンクの部があり、各部ともに十五人のバーメンが出た。

スィートは甘いカクテル、ドライは甘さ抜きのものだが、ロングドリンクというのはトール・グラス（細長いノッポのグラス）やオレンジ・グラスみたいなのにはいったトロピカル・ドリンク（南国の飲物）風のものだった。

アメリカの深南部（ディープ・サウス）のさきっちょにあるニューオリンズのジャズで有名なブルボン通りで、盛りあげたかき氷にトロピカル（南国、熱帯）調の色とりどりのシロップがかかったものがあり、これをニホンの縁日のかき氷ぐらいに思ってたべて、すっかり酔っぱらった女のコがいた。色はなやかな甘いシロップに、けっこうアルコールがはいっていたのだ。

マジメな女のコだった。

しかし、こんなのは飲み物とはいえず、こんどのコンペティションのロングドリンクの部にもなかったが、ついよけいなことを想い出す。

食前に飲むジンとドライ・ベルモットのマルティニ（マティーニ）は、シェーカーの中には入れるが、シェークする（ふる）わけではなく、ステアするだけだから、カクテルとは呼べない、なんてこともきいたが、「いや、りっぱなドライのカクテルですよ」とホテルバーメン協会のえらい人がおっしゃった。

バーメンのことをふつうはバーテンダーという。ホテルによっては、六十名もバーメンがいるらしい。これにはびっくりした。大きなホテルはバーが三つぐらいあるが、それでもバーテンさんはせいぜい六人ぐらいだと思ったら、なんと六十名とは！

そんななかから、一名がコンペティションの選手にえらばれ、地区予選をへて、四十五名の選手がこの日出場していたわけだ。緊張の連続、たいへんなストレスもたまっていることだろう。

ぼくはスィート（甘い）カクテルの部の審査員だったが、ホテルの大広間の壇上で手がかすかにふるえている選手もいた。バーメンはたいていうすぐらいバーの隅のほうでシェーカーをふっており、「こんなにさんさんとライトを浴び、テレビカメラやカメラが並んだまん前でカクテルをつくるなんてことはないから、アガるほうがふつうですよ」と同情してる係の方もいた。ただし、アガったり、手がふるえたりすると、ちゃんと技術面で点が引かれるそうだ。目の前でひとりずつカクテルをつくる選手のつまりパフォーマンスも採点されるのだが、ぼくは派手な演技みたいなものは好きではない。シェーカーをふりおえたときの、つまりフィニッシュの姿勢にきまりをつけたりするのは、逆に点を減らしたい。しかし、実際にはそんなことで減点するようなことは、時間的にも余裕がなかった。

カクテルの色・におい・味も審査するのはもちろんだが、「つくられたカクテルをちゃんと飲んで飲み物が喉をこさなきゃ、ほんとの味はわかりませんよ」という審査員もあったけれど、いちいちマジメに飲んでいたら酔っぱらうんじゃないかとも心配した。

日本酒の利《き》き酒は飲みこんだりはしないようだ。口から酒をもどしていれる器もあり、それをいちいち水で口をすすぐ。ぼくは正式の日本酒の利き酒の仕方を、飛騨の高山の古い造り酒屋の主人におそわった。この人は名古屋の国税局の利き酒の委員だった。

結局、このコンペティションでは、ぼくはつくられたカクテルを、みんなおいしくいただいた。審査の点数を書いて出したあとでも飲んだりした。

しかし、どれもおいしく飲んでるようでは、点数にそんなに差はつけられない。最高枠五点までのうちで、せいぜい一点差ぐらいのものだろうか。

それでも、各人の好みのちがいはあるだろう。観念的にはむらさき色のカクテルなんて、ぼくは趣味ではない。ところが実際にぼくの前に運ばれてきたむらさき色のカクテルは、上品なむらさきで、なかなかしっとりしていた。これならば、とくに女性にはいいかもしれない。おなじく観念的には赤いカクテルも青いカクテルも趣味ではなく、オレンジ色だって好みではない。せいぜい淡いレモン色ていどならがまんできるかな、といったところだが、これまた実際にできてきたカクテルは、みんなこれはこまるな、という色ではなかった。

じつは、その前の晩は、ブラジルのサンパウロでお世話になった人や、おミッちゃんなんかもいっしょに、新宿でうんと飲み、かなりの二日酔だった。

おミッちゃんは新宿ゴールデン街で店をやっていたこともあり、アマゾン川上流のマナウスでも日本レストランを経営していた。このとき、強盗にそなえて、レストランの各部屋に八つの拳銃をおいていたときいた。それで、なにかのことでおミッちゃんにあったとき、そのはなしをすると、「八つも拳銃だなんて……」とはげしく否定した。

「だったら、いくつ拳銃をおいてたんだ?」とぼくがたずねると、おミッちゃんはもじもじ「七つ」とこたえた。おミッちゃんはマナウスからサンパウロに移り、ニホン語の本の私設の図書館をつくった。ひと冬、ぼくはそこに滞在してたことがあるが、小説の多いユニークな図書館で、古いりっぱなお邸のなかにあった。

そして、コンペティションの当日は、ぼくとしては早起きして全日空ホテルに出かけた。地下鉄有楽町線で氷川台から池袋に出て、JRの山手線にのる。池袋・新宿・渋谷をへて、つぎの恵比寿で地下鉄日比谷線にのりかえ、六本木でおりる。そして溜池《ためいけ》のほうに坂をくだっていった。これがかなりの距離があった。

全日空ホテルでは午前十一時から食事をしながら、カクテル・コンペティションの審査についての説明があった。

この日のため、お酒の会社などが三十社ぐらいか、展示のカウンターを出していて、自社の製品や輸入したウイスキー、コニャックなどが並んでいる。それを案内してもらいながら、さしだされるウイスキーなどを、つい飲んでしまった。なにしろ三十もカウンターがあり、ここで飲んで、となりのカウンターで飲まないってわけにはいかない。

そんなわけで、ドライのカクテルの審査が続いてるあいだ、ぼくは各社のカウンターですこしずつだが、飲んでいて、スィートの部がはじまるころにはすっかり酔っぱらっていた。

だから、審査の最中にぼくは大きな声を出したりして、おなじ審査員でとなりのブースにいる女優の冨士真奈美さんに、

「しっ！　おぎょうぎよくしなさい」と叱られたりした。

女優さんで酒飲みと称してる人には、じつは見せかけだけの人が多い。ところが、冨士真奈美さんはマジメにちゃんとお酒を飲む。

こんな風にりっぱなノンベエといえば、亡くなった太地喜和子さんもそうだった。太地さんとは、いっしょに新宿ゴールデン街の飲屋にいったこともある。

だから、審査がはじまる前に、

「これはあくまでもカクテルの審査なんだから、マジメにごくんと飲みこんだりしちゃダメだよ。あなたはついマジメに飲んじまうひとだからさ」とぼくは冨士さんに注意したのだが、ぼくのほうが彼女以上に酔っぱらってしまった。

審査は六時すぎまでかかっただろうか。そのあとは、ホテル・ニューオータニでJTB紀行文学大賞のパーティがあり、受賞者一回めの宮脇俊三さんもいっしょに二次会、それから新宿二丁目のバー「あり」にまで流れていき、古い歌をがなりちらして歌ったりして、またまた大酔っぱらいになった。

ずっとまえから気になってたことがある。飲屋のカウンターで、自分の前を布巾《ふきん》でせっせとふく客がいることだ。これが、あんがいとおおい。酒飲みには、いろんなクセがあって、笑い上戸、泣き上戸なんてのは有名で、落語には、ひとの盃をうけるとき、「ト、ト、トッ……」なんてニワトリみたいな奇声をあげ、だからニワトリ上戸なんてのもでてくるけど、じつは、いちばんおおいのが、この布巾ではないだろうか。たいてい、ちゃんとした紳士で、うちの食卓で、奥さんにしつけられてるのかどうか、まことにみみっちい、とぼくはにがにがしく見ていた。この布巾のことを、すこししゃれた喫茶店やバーでは、ダスターなどと言ったりするだろうが、ぼくがいくような、ほんとになさけない飲屋だ。そんな飲屋に、紳士然としたひとがくるな、というおもいもあった。

ところが、食卓の前をふくことを、近ごろでは、ぼく自身がやってるのだ。これには、ほんとに愕然《がくぜん》とした。あんなにみみっちいことをよくやるなあ、とあきれて見ていたことを、ほかの者ならともかく、このぼく自身がやっている！

さすがに、町の飲屋ではやらないが、自分のうちの食卓で、グラスをおいたところに水滴ができたりすると、布巾でふいている。しかも、ぼく用の布巾があって、女房がちゃんと用意している。ほかのことは、あまりしない女房だけど、これだけは、いつも、ぼくの席のそばにおいてある。うーん、いったいどうなってるのだろうか？

七月にはいって香港にいった。返還されれば、きっと香港の街もかわるから、いまのうちに、ちゃんと見ておいたらいいということだったが、いつものことだけど、ちゃんともなにも、ぼくはなんにも見やしない。

通りをあるいてると、やたらに暑いので、なるべくあるかないようにして、冷房がきいたホテルのなかにいた。そして、ごちそうのあるところにはしっかりでかける。ただし、ごちそうはたべないで、飲んでばかりいる。しかし、いっしょにいった人たちは、暑いなかをあるき、せっせと買物をしてたようだ。

そして東京にかえってくると、そのまま、ベルヴューにいった。ベルヴューは、シアトルの東のワシントン湖を、浮き橋（フローティング・ブリッジ）二つに、まんなかのマーサー島もこして、そのまた東にある住宅都市だ。いまでは大きなショッピング・センターやオフィスがはいったビルなどもある。

ここにマミのうちがあり、ぼくはそこの居候だ。マミは香港にもきた。香港はニホンよりも物価は安いけど、香港ドル、ニホン円、アメリカ・ドルと計算していったら、ちょうどアメリカなみの物価だ、とマミは言う。

そして、九月なかばに、ベルヴューから東京にかえってきた。たいへんにふしぎなはなしだが、カナダのヴァンクーヴァーを発《た》つ旅客機だ。ベルヴューからヴァンクーヴァー空港までは、三時間から四時間ぐらいかかる。おまけに、国境をこえ、空港にいくあいだに、クルマで送ってくれたマミは道に迷ってうろうろし、出発時間ぎりぎりに、ぼくはすべりこんだ。

東京にかえってくると、雑草がはえた裏庭に、五、六本、そこだけたよりない、あわいグリーンの茎がのびている。へんな草だなあ、とおもってるうちに、それのさきっちょが、ぽっちり赤くなった。花だ！ まちがいなく彼岸花（曼珠沙華《まんじゅしゃげ》）だった。女房が山にいったとき、野生の彼岸花を掘りとってきたのだった。

そして、彼岸花が咲いたとたんに、彼岸の中日がやってきて、休日で、おまけに台風十七号というのが、東京の街であれくるった。お彼岸の日に彼岸花が咲く、しかも、花がひらくのは、ほんとにみじかいあいだだ。「律義で、けなげなもんですなあ」と、それをながめて、つぶやいた客がいた。彼岸花は台風で二、三本、庭の土にたおれてしまった。

でも、これがお目にとまるころは、お彼岸など、遠い昔のことだろう。彼岸花が咲いていたうちの裏庭のそのまた裏の畑にうわってるお正月用の葉牡丹が、紅白のふた色にわけられ、十二月の出荷が近いころかもしれない。

裏の畑の葉牡丹

練馬の早宮というところに住んでいる。地下鉄有楽町線の氷川台の駅からうちまでは七分だが、そのあいだにもいわゆる練馬の農道があり、昔は畑のあいだのまがった道で、いまでも畑がのこっている。

ぼくの家の裏もかなり広い畑で、つつじなんかも植わってるが、葉牡丹がならんでいる。お正月の飾りの葉牡丹を九月ごろから栽培するのにはおどろいた。季節のことを書くのはむつかしい。書いてから活字になるまでは、月刊誌ならば一カ月ぐらいたつのはふつうで、サクラならせいぜい一週間ほどで、またクリスマスなども、ジングルベルの音楽がやかましくきこえていたのに、クリスマスを一日でもすぎると、もうジングルベルも聖《きよ》しこの夜も、まるっきりなくなってしまう。

葉牡丹はキャベツみたいな葉っぱのまんなかが、赤くか白に色づき、めでたいお正月の飾りになるのだが、これを書いているいまは、まだ赤や白の色は見えない。

季節のこととはちがうが、色を書くのも、なかなかやっかいだ。赤といっても、いろんな赤がある。葉牡丹の赤は、あわい赤ではない。いくらかダークな赤だけど、深紅色というのもあてはまらない。ワインレッドでもない。やはり葉牡丹の赤とでも言いようがなく、でも同語反復は言葉の自殺だろう。ぼくは言葉使いを商売にしているが、言葉はなかなかやっかいだ。もっとも、やっかいとおもうどころか、自分は言葉使いがうまい、とウヌボレるようでないと、プロの作家にはなれまい。まして売れっ子作家には。ところが、ぼくは言葉につまずいてばかりいて、あれこれ言葉について考える。小説書きというものは、言葉について考えたりしてはいけないのであって、それよりも言葉使いの技をみがくことだろう。

さて、葉牡丹だが、これが活字になり、みなさんのお目にとまるころには、葉っぱのまんなかがちゃんと白か赤かに色づき、じつは掘りとられて出荷がはじまってるかもしれない。

世の中は気がはやい。正月の十日ぐらいまえまでには、葉牡丹などの飾りつけをおわる。お正月の飾りつけとしては、葉牡丹なんかがいちばん早いほうかもしれない。そして、この数年来とくにおもうのだが、近ごろでは、ちいさな葉牡丹をたくさん、公共施設などに飾るのがはやっているのではないか。

うちの裏の畑はちいさな葉牡丹ではない。従来のとおりのふつうの大きさだ。裏の畑は、ぼくがこれを書いてる部屋のうしろにある。だから、葉牡丹の葉のまんなかが色づきだすのを、上から見おろすカッコになり、ぼくはおかしな気がした。頭のまんなかから禿げてきてる人を、見おろすようなんだもの。おなじぐらいの背の高さから見ると、頭のまんなかの、髪の下になっている禿げなんかはわからない。しかし、上から見ると、髪をすかして、まるで毛が薄くなってるところがうかびあがってくるのだ。

なん年かまえ、岡山県の湯郷《ゆのごう》温泉にいったとき気がついたのだが、あのあたりは、正月の飾りの葉牡丹を、そのままおいとくらしい。湯郷温泉にいったのは、もう四月ごろだったが、ひらったい葉牡丹のまんなかがつきでてのびてきて、三角帽子みたいな円錐型になっており、赤や白の色もなくなって、しらっちゃけた色になっていた。

「へぇ、ここいらは、葉牡丹をのこしておくのか」とぼくはおもい、その土地の習慣だと考えたのだが、東京にかえり、うちの近くの練馬の農道をあるいてると、いくらでも、とっくに正月をすぎて、のびきった葉牡丹があるではないか。

なにかをはじめて目にしたようなとき、じつは、そのものがたくさん身のまわりにあったということはめずらしくない。

じつは、裏の畑で、今年はじめて気がついたことがある。葉牡丹は、やがて葉のまんなかが赤か白かに色づく。ところが、葉ぜんたいが、グリーンの色がうすい列があるのだ。ほかの列はもっとみどりが濃く、はっきりちがう。グリーンがうすい列は、たぶん葉のまんなかが白くなるのだろう。そしてみどりが濃いほうは赤に……。

練馬のこの家に引越してきて、もう六、七年になる。そして、毎日、裏の畑を見おろしていながら、ある時季から葉牡丹のまんなかだけが赤か白かになるのではなく、葉ぜんたいのみどりのシェード（色調）がちがっていたのが、いままではわからないでいた。

もともと不景気

前にも言ったが、ぼくは月曜日から金曜日まで日に二本ずつ試写を見る。これで一日はつぶれてしまい、あんまり書いてはいない。映画関係者でもなんでもないのに、ほんとにご苦労なことだ。

夏のあいだはニューヨークにいき、シアトルにも一カ月ばかり滞在して、九月になって東京にかえってきた。そのあと、だらだらと毎日映画を見て、小説をやっとひとつ書いたら十二月になってしまった。

試写室でしょっちゅう顔をあわす人たちはかぎられていて、なかには大きなテレビ局の人もいる。この人は映画ばかり見ていて、テレビ局ではいったいなにをやってるのだろう？

でも、たぶん、テレビ局ではちゃんと仕事をしていて、昼間は映画の試写を見てるのか。ひとのことはいえない。ぼくだって小説書きってことになっているのに、映画ばかり見ていて、ふしぎな男だなあ、とみんなおもっているのかもしれない。

試写室で顔をあわす人たちが、「今年はたいへんな不景気で、だから、うちの会社でだすカレンダーも、うんと数をへらすんです」なんてはなしている。お歳暮もぐっとすくなくなる、とみんなで言っている。

まことにあいすまないが、ぼくには不景気というのがわからない。そのかわり、景気がいいというのもわからない。たぶん、いつも不景気で、それがふつうみたいになってるのだろう。

いつだったか、一月一日の正月の夜もあいている飲屋が新宿にあり、さすがに正月で人どおりのまばらな新宿の街の通りを風が吹きとおしてる寒い夜だったが、その飲屋に顔をだすと、試写室の常連とおなじように、うだうだと冴えない連中がいつものようにとぐろをまいていた。

それで、おもわず、「おめえら、正月の夜だってのに、家庭とかうちとか、いや、どんなにおソマツな女でも女房とかといっしょに飲むってことはないのかい。なさけねえなあ」とぼくはなげいた。

すると、みんなぼくよりは歳はうんと下の連中だが、「コミさんはどうなのよ」と言い、ぼくはだまりこんだ。

この新宿の飲屋だって、景気、不景気にはカンケイない。ぼくがいく飲屋は、給料日のあとだから混むということもない。景気にも給料にも見はなされた連中ばかりが飲んでるからだろうか。

じつは、これまた、たいへんにあいすまないのは、いつもとおなじように、お歳暮はうちにきている。こちらは、だれにもどこにもお歳暮なんかあげないのに、きょうも、兵庫県氷上郡の酒造場から、丹波特産の「栗の渋皮煮と黒豆煮」がおくられてきた。お正月用だろう。そのほか、きっちり十二月一日から、毎日お歳暮がきている。カレンダーもくる。ありがたいが、まことにあいすまない。

正月もあいかわらず

「お正月の朝はいそがしいので、これからは雑煮はなしと決定！」と下の娘が言った。この決定にはおどろいたが、下の娘が決定なんて言葉をつかうのにもおどろいた。そのとき、下の娘は小学校の二年生か三年生ぐらいだった。決定というのはマンガか劇画でおぼえたのだろう。

この決定は女房が下の娘に言わせたことだ。しかし、ぼくのうちは正月だからってなんにもやらない。それなのに、正月の朝はいそがしいとは、どういうことか。ふだんとはちがってるのは、雑煮をつくることぐらいだ。あ、そうか。雑煮をつくるからいそがしいのか。だから「もう雑煮はつくらない」と……。

ともかく、女房が言うことには、不満はあっても、ぼくはだまってきいている。しかし、そのことを女房は知っているのだろうか？

下の娘が言ったとおり、この正月には雑煮はでてこなかった。「雑煮なんて、お正月にたべるときまってるもんじゃないわ。好きなときに、雑煮をたべればいいのよ」と女房はなんだか意気軒昂と言った。しかし、好きなときというのは、だれが好きなときだろう？

うちは正月だからと、ほんとになーんにもしない。うんとまえ、女房の兄のエカキの野見山暁治がパリにいくまえ、まだいっしょに住んでるころ、たったいっぺんだけ、お屠蘇《とそ》を飲んだぐらいだ。お屠蘇は漢方薬くさくて、へんな味だった。

ぼくのうちは、お正月だからと、朝からお屠蘇をいただき、年始にいったり、年始の客がきたりして、お酒を飲むということはない。いま気がついたが、年始にいったことも一度もない。

そのかわり、毎晩酒を飲み、毎朝二日酔だ。正月の朝だって、いつもとかわらない二日酔で、お屠蘇どころではない。もしお屠蘇を飲んだら、迎《むか》い酒になる。ぼくはいろんな二日酔の治療法をやったが、迎い酒というのがいちばんいけない。いっときはよくても、二日酔をさきにおしやるだけだもの。アメリカのビジネスの人たちが、昼食に仕事の話でひととあい、ブラディ・マリーを飲んだりするが、あれははっきり二日酔の迎い酒だ、とぼくはおもっている。

いっぺんだけ、野見山暁治とお屠蘇を飲んだのはまだ戦後で、下の娘どころか、上の娘も生れていない。お正月に雑煮はなしと決定、と言った下の娘も、いまではけっして若くない。いや、ぼくは娘ふたりの歳は知らない。そういうと、みんなおどろくが、なんで娘たちの歳をおぼえとかなきゃいけないのよ。ぼくにはおぼえることがたくさんある。

やはり野見山暁治がパリにいくまえ、これも一度だけ、お歳暮に鴨がきたことがあった。昔は、お歳暮に鴨が一羽というのはめずらしくなかった。ただし、よそのうちのはなしで、ぼくが生れ育ったうちでも、鴨などもらったことはない。

「鴨がネギをしょってくる」という言葉がある。ボロいもうけがかさなって、みたいな意味だろうか。ほんとに、鴨の肉はネギといっしょでないと、たべれたものではない。こんなとき、鴨の肉はくさい、とふつうは言う。しかし、これは鴨を差別した言葉だろう。ぼくたちは鶏《とり》の肉はたべなれている。鴨の肉は鶏とはにおいも味もちがうというだけだ。なれないものを、あれはくさくて、なんて言ったりする。

昔は、正月と盆しか休まない人がおおく、だから正月ぐらいはのんびりして、朝からお酒なんかも飲んだのだろう。ところが、こちらは一年三百六十五日が盆か正月で、毎日だらだらと酒を飲んでいる。けじめがないのが、ぼくの特徴だけど、まったくけじめがなさすぎる。

ぼくは昼間は映画を見たり、バスにのったりして、夜は酒を飲んでいる。ところが、もとは正月はやたらに映画館が混んだ。試写もお正月休みだ。それで、正月のあいだは、がまんして映画は見ないでいた。

逆にバスはいい。正月だからと、そんなにバスの本数はへっていない。しかも、バスは混んでないし、バスがはしる通りは、これはもうスカスカに空いている。だから、気分よくバスにのってるんだけど、そうでなくても、東京のバスにはなんどものってるのに、暮れから正月にと、おなじバスにのっていて、あきてくる。

そして、いつものことだが、夕方になると飲んでいる。ぼくのうちはケチなので、近ごろでは、スーパーで安い外国ビールを買ってきて、まずはじめにこれを飲み、そして山梨県から送ってもらっている一升壜のブドウ酒をぐびぐびやる。最後はサントリーのジンに炭酸だ。外で飲むことはすくなくなった。飲みながらテレビを見ている。もとはお正月のテレビはつまらなかったが、いまはいくらかおもしろくなった。めでたいことだ。

II

港さがし

ある堀割とそれがある町をずーっとさがしていた。いまでもさがしている。幅が二メートルもないくらいのせまい堀割だった。ぼくはその堀割にかかったちいさな石の橋の上に立ち、堀割をながめていた。堀割にそった家はみんな裏壁で、なかには家の奥の蔵の裏口から堀割におりていく石段もあった。その石段の下に舟をつけ荷物をはこぶのだろう。せまい堀割だから舟もちいさい。

せまい堀割で両側には家の裏壁がびっしりならんでるが水量はたっぷりあった。びっくりするほどの水量だ。水はラムネのようにあおあおと澄み、それでいて底は見えなかった。あおあおと澄みながら、ふかい水だったのだろう。

夏の日だった。夏の陽ざしはあくまであかるく、堀割の水のなかにふかくさしこんでいながら底まではとどいていない。そして、たっぷりゆたかな水の堀割があかるくつづいているだけで、人のかげなどいない。うごくものもない。古びた石の橋もぼくひとりが立ってるだけで、ほかにはとおる者もない。

せまい堀割なのに、こんなにふかぶかとたっぷりすぎるほどの水をたたえているのは、ながれる川のはしにつらなっている堀割ではないからだろう。これは海の水なのだ。海の水のふかさ、ゆたかさだ。

ここは港町のはずだった。この堀割も海につながってるのだ。潮が満ちているのか、堀割の水もたっぷり満ちて、あおくあかるく澄みながら、底知れず堀割の底はわからない。

堀割もそれをはさんだ家々の裏壁もまっすぐたてにならんではいなくて、そんなにむこうまでは見えない。海への出口のようなものも見えない。たっぷりあかるく、あおい水。さわさわとちいさな細面《ほそおもて》の舟が水をわけてすすんでくる音はきこえながら、なんにもそよともうごかない。

その年の五月のはじめ、ぼくたちは北陸にテキヤの旅にでかけた。親分《おやじ》も姐さんもいっしょだった。しかし、商売《ばい》がうまくいったのは、せいぜい十日ぐらいで、ぼくたちは富山から滑川《なめりかわ》、魚津と高市《たかまち》（お祭り）をまわり高岡にもいて、福井にきた。福井では福田という土地の親分の窓ガラスもなく便所しか戸がない家にいた。毎晩、焼酎を飲んではケンカして、窓ガラスも戸もぶちやぶってしまうからだ。ぼくは易者《ろくま》で、福井駅前の露店市場の平日《ひらび》（お祭りや縁日ではない、ふつうの平日）をつかった。

しかし、ここでもすぐに客が枯れ、どこか新しい町で商売《ばい》をしようと福井駅からひとりで列車にのった。福井駅のいちばんはしのホームの三国港行《みくにみなと》というプレートがさがった列車（電車？）の姿が、いまでも目に見えるようだ。ところが、こういう目に見えるような記憶というのが、あんがいあやしい。ぼくは自分でもよくだまされた。いや、もし三国港行の電車としたら、福井駅のはしのホームではなく、すこしはなれた京福《けいふく》電鉄の三国芦原《あわら》線のホームではないのか。

じつは、ながいあいだ、あの堀割があった町は福井県の三国港だとぼくはおもっていた。ところが、山城新伍さんが主演の映画の撮影を、近くの芦原温泉でやったとき、三国港にいってみたら、そんな堀割はないんだなあ。その映画はぼくが書いた小説が原作だったのだが、かんじんな題名をわすれてしまった。

ともかく、三国の町をうろうろあるいたが、ちいさな石の橋がなかった。家の裏壁にはさまれた、せまいがたっぷりした水量の堀割などどこにもなかった。そのうち雨が降ってきて、ぼくは三国の町の路地のような通りで古傘を買ったのをおぼえている。百円だった。

そして、夜になると、たぶんおなじ通りのバーにはいった。がらんと大きな店で、天井からは一昨年のクリスマスの飾りがぶらさがってるような店だったが、女たちが都会っぽくなく、がやがやさわがしくておもしろかった。ちょうど町会議員の選挙をやっており、こういう町ではみんななにかの縁故があるので、つれだってバーにきたりすると選挙違反になるので、客がよりつかない、とママがボヤいていた。

きれいに澄んだ水をたたえた堀割をあきずにながめてたあとで、ぼくは遊廓《ゆうかく》の前の空地にいき、子《ね》、丑《うし》、寅《とら》……の十二支を書いた紙を地面にひろげて、易者《ろくま》の商売《ばい》をやった。遊廓とか赤線とか言うと、くらい、じめじめした感じがあるが、ここはからっとあかるく、下駄をつっかけた赤線の女がぼくに運勢を見てもらい、友だちの赤線の女をつれてきたりした。けらけらとよくわらう、気だてのよさそうな女だった。

そのときもらった金で、ぼくはうどんをたべた。金がなくて腹がへっていたのか、そのうどんはとってもおいしかった。そばではなくうどんだったのは、その食堂にはうどんしかなかったのか。

こんなふうに、ぼくは金がないことのほうがふつうだったのに、自分が貧乏だとか、貧乏な旅をしてるなんて考えたことはなかった。貧乏とか金持とかって気持があんまりないのだろう。これはぼくの長所ではなく、まるっきりそういうところが欠けているのだ。

金がないから、かえっていいおもいをするなんてことは、ないようで、じつはザラにある。オーストラリアのシドニーに一カ月ほどいて、かえってきたばかりだが、シドニーでも金があれば大ホテルにいただろうに、金がないばっかりに、メーソン・クラブの部屋にいたりした。

フリーメーソンのクラブなのだ。

メーソン・クラブが古い風格のある建物で、バスでその前をとおるたびに、イギリスふうの国はクラブがたいしたものなんだなあ、とおもっていた。四階の食堂などは天井が高い高い。廊下も広い。まことにぜいたくで、それでいて部屋代は安い。

オランダのアムステルダムでも客は二組だけという、まことにぜいたくなホテルになんどかいた。ここも部屋代は安く、浴室などはふつうのホテルのダブルの部屋ぐらいの大きさがあった。

さて、あの堀割があった町が三国港ではないとすると、いったい、どこの町だったのだろう？

富山県の新浜には海につうじる堀割があったけど、どうもあの堀割は大きすぎるような気がする。

島根県の境港にいったとき、こんなところだったのかなとおもったけど、はじめていったところに、まえにもいってるってことはあるまい。

ぼくはあの堀割があった町のことで「港さがし」という小説を書き、その小説を読んだ女性が、「わたしが子供のころの三国港にそっくりで……」と手紙をくれたりした。だったらやはり三国港だったのか？　しかし、もうあの堀割はなくなっていて……。ないものをいくらさがしたって、見つかりはしないが……。

霧《じり》が降る

駅ビルのかたちがおぼつかない。ぼくはなんどか目をこすった。ぼくたちは釧路《くしろ》の駅のほうにあるいていた。

「霧がでたのよ」

マリが言った。マリといっしょに、北海道もあちこちにいった。マリは神戸のコだ。

釧路駅の建物がやわらかく音もなく、そのままのかたちでぼんやりくずれて消えたみたいに、ぼくたちは駅のほうに近づいてるのに、駅がなくなってしまった。

大雪山丸という貨客船ではじめて釧路にきたのは、いつごろだろう？　東京の品川埠頭からまっすぐ釧路にきたのだが、船賃は二九〇〇円だった。

品川埠頭にいくと、出航が一日のびたとのことで、食事はでないけど、今夜は船に泊っていいよ、と船の人に言われた。

釧路につくと、さっそく米町《よねまち》にいった。石川啄木の短歌にも米町があったかどうかおぼえてないが、ぼくは米町にあこがれてたらしい。

米町には昔の廓《くるわ》の大きな建物が一軒だけのこっていた。ずんぐり大きな建物で北海道らしいともおもった。

米町の海辺では灰色の波がゆったりまきこむようにうちよせていた。波のうねりはさらさらのブルーではなく、濃いブルーを見なれていたのに、そのどちらともちがう、白いはらわたをぶちゃけたみたいな灰色のうねりだった。

いそがしくたちさわぐ波ではなく、なんだか北海道訛《なま》りみたいに、ゆったりした波だ。こんな波ではなく、沖のほうで白い波頭がくだけてる忙《せわ》しない波をゆびさして、「ウサギがとんでる」と漁師のひとが言ったのは、オホーツクのどこかの港町だった。

さいしょに釧路にきたときは、日が暮れてから、また米町にいき、座敷にあがって飲んだ。女中さんがついていて、お酌をしてくれた。

その女中さんが「ジリが降っている」と言った。ジリとは霧のことだった。また、ふつうなら、霧になったとか、霧が出たとか言うところを、霧が降る、とはおもしろい、いやおもしろい以上に北の釧路の町にはぴったりで、情感があった。

釧路の米町で生れて育ったひとから、「わたしが子供のころは、朝から三味線の音がきこえ、そりゃにぎやかでした」ときいたことがある。

でも、漁の景気でドンチャンさわぎの宴会をやっている料亭の座敷はにぎやかで、その歌声や三味線の音なども外にはもれていただろうかと、それだって夜の闇に滲《にじ》み、あとからあとから降ってくる霧《じり》にとけて、さわいでる声のぶんだけさみしかったのではないか。

昔のはなやかさというのには、いまではどの町でもめずらしくないアーケードの商店街などにはない、土の道の混りや暗さがいっしょになっていた。ぼくが米町で飲んだ夜も、くらくて淋しかった。

ぼくは駅裏で飲むのが好きだった。釧路でも駅裏で飲み、小上《こあが》り、という言葉を知った。カウンターではなく、靴を脱いであがるようになったちいさな座敷ってことだろうか。

ところが、あるとき釧路にいくと、駅裏がなくなっていた。でも、これはおどろくことではない。どの町でも駅裏がなくなっている。ニホンじゅうで、いちばん大きな駅裏だった名古屋の駅裏もなくなった。

せまい、いびつな路地に、ごたごた屋台じみた店があつまり、朝っぱらから女たちがいるような駅裏は、もうどこにもない。

でも、ぼくはあきらめきれず、なくなった釧路の駅裏をさがし、やっと、暗い通りに、その名残りめいた店がぽつんとあったが、たった一軒ではごちゃごちゃした駅裏にはならない。また、そんな店に若い女のコのマリなんかをつれていって、駅裏の説明なんかしたってバカみたいだ。

釧路から根室にいく列車が厚岸《あっけし》あたりをとおってるときに、河口か潟かに鶴が立ってるのが見えた。動物園なんか以外で鶴を見たのははじめてではないか。

色彩のない、ただ広がりだけみたいな景色のなかに鶴が一羽立っていて、それも一本足だ。鶴が一本足で立っているというのは、子供のときからぼくにはナゾだった。笑い話にこんなのがあった。

「鶴はどうして一本足で立ってるの?」

「二本とも足をあげると、たおれるからよ」

厚岸をすぎたあとか、列車が昼でもくらい樹木がしげったあいだをはしってると、灌木の奥みたいな地面に白いものがはえていた。

花にしてはかなり大きい。葉のかたちのようだが、こんな白い葉があるだろうか。それに、この白さはどうだ。

あざやかに白いのではない。まわりはくらく、そのあいだに匂いたつように、白さがうきあがっている。それも地面からじかに匂いたつように……。ともかく、こんなふしぎなものは、はじめてみた。ひとにきくと水芭蕉だそうで、尾瀬なんかではなく、ぼくは北海道で水芭蕉を見た。

根室近くの海につきでた岬と断崖の風景は内地にはないものだった。木がはえてなく、岬の台地がやさしいみどりにおおわれてるのは牧草みたいなものか。あとになって、これに似た風景をヨーロッパで見た。なぜかアイルランドの田舎のことをおもいだす。やはり岬があり海があったからか。

このとき根室の駅でおりて、港はどっちのほうか、と若い男にたずねると、自分もそっちにいくから、といっしょにならんであるいた。

ところが、途中でだれかを見かけたらしく、「あ、ヤバい」とその男はどこかの戸口に身を隠し、またでてきたりした。ヤクザのおにいさんだった。ぼくはどこかにいくと、すぐ、こういう知り合いができる。

ぼくは海が好き、港が好きだ。このとき、根室の港は碇泊してる船はすくなく、ぼくの記憶では港をまんまえにしている銭湯にいった。

ところが、おミッちゃんは「根室の港にはそんなおフロ屋さんはなかったよ」と言う。おミッちゃんは根室のひとで、いっしょにブラジルにいて、ほとんど同時にニホンにかえってきた。

その夜は狸小路で飲んだ。札幌の狸小路は有名だが、根室にも狸小路はある。ただし、この夜ぼくが飲んだ狸小路はいまの場所ではあるまい。

屋台のような店がならんだ飲屋長屋で、舗装してない土の道だった。それこそ霧《じり》でも降れば、足もとはやわらかくなったのではないか。この狸小路にはめずらしくサキソフォンの流しがいた。

ここで飲んでいて、「今夜はうちに泊っていかないか」ととなりのオジサンに言われた。北海道ではなんどかこんなふうに言われた。北海道の人はひとがいいのだろう。小樽ではストリップ小屋に泊めてもらった。

ハマナスにお詫び

「ヨーロッパにあってニホンにないものは、たいてい北海道にあるよ」

ドイツのブレーメンにいる娘が言った。しかし、これではまるで北海道はニホンではないみたい。

今年も七月になると、ぼくはブレーメンにいき、九月のなかばごろまではいる。夏のブレーメンは町じゅうあちこちにハマナスがいっぱい咲いている。この花だってニホンでは北海道以外では見かけない。

ブレーメンにいくときは、オランダのアムステルダムでシティ・ホッパー機（町から町へぴょんぴょんとんであるくという意味だろうか）にのりかえる。アムステルダムは人なつっこい都会で、ぼくは大好きな町だ。

このアムステルダムでもハマナスは町じゅうに咲いてるが、さいしょはハマナスだとわからなかった。アムステルダムは電車がはしってる。その電車がとまったとき、電車の窓の下に見えるグリーンベルトの灌木がハマナスだと知り、なにかぞくぞくとする気持だった。

ハマナスという花の名前は北海道の知床《しれとこ》半島をうたう歌謡曲で知った。そして〽知床の岬にハマナスの咲くころ、などとうたいながら、かってに絵具のホワイトをまぜたような波が打ちよせる浜辺に咲いた、まっ赤な大輪の花を想像した。

実際にハマナスを見たのは、なんどか北海道にいったあとで、オホーツク海に面した斜里《しゃり》の近くの原生花園というようなところだった。

そのハマナスは花がちいさく、海べの砂地のなかに、砂に埋れるようにして咲いていた。なんだかいじけたみたいな感じで、と書いたこともあった。ぼくがかってに想像した大輪のかがやかしい赤い花が、ちいさくて色も絣《かす》れたようで、かわいそうだったのか。考えて見れば、野生の草木の花で牡丹みたいに大輪の花などはない。

ところが、アムステルダムやブレーメンのハマナスはちがう。だいいち地面にはいつくばっているみたいではない。くりかえすが通りのグリーンベルトなどにある灌木だったり、垣根になってるハマナスは、ぼくの身長よりはるか高く、白や赤い花をいっぱい咲かせている。

ここのところ、三つの夏つづけてブレーメンにおり、そのたびにアムステルダムにも十日ぐらいはいるのだが、ハマナスを見るのがたのしみになっている。

去年の夏はブレーメンからクルマで一時間半ぐらいのハノーファー（ニホンではハノーヴァ

ーと言ったりする）にもいき、その郊外に子供用のスキーのゲレンデみたいなのがあって、それがハマナスの花につつまれたみたいになっており、花も大きく、金魚のふくらんだお腹《なか》みたいな実もつやつやしていて、ため息がでそうな気持だった。ともかく、北ヨーロッパのハマナスと北海道の斜里あたりの浜辺のハマナスとはおなじ花なのに、ありさまがちがうとおもっていた。

ところが去年の初秋、千歳から女満別《めまんべつ》空港におり、北見の町にいく途中、天都山によったとき、展望館の前庭にヨーロッパにおとらないみごとな灌木のハマナスがあり、それまで、北海道のハマナスのわる口を言ってたみたいなのが恥ずかしくなった。

斜里近くの人かげもない、海も波打際もいささか荒涼とした浜辺にあったハマナスはまったくの野生で、それとグリーンベルトの手をくわえたハマナスとくらべるのがおかしい。

天都山ははじめはテント山みたいにおもい、テントを張ってる山か、とおかしかった。このときは女満別空港から網走監獄博物館にいき、もとの監獄のふしぎな建物を見たりした。『湿原』の作者の加賀乙彦さんといっしょで、加賀さんは刑務所医もやったことがあり、囚人の食事も試食したりしたそうで、そういうパノラマを見ながら、いろいろはなしてくださった。

もとの監獄の建物の天井近くにニンゲンの大きさの人形があり、脱獄しようとしてる人物なのだそうで、まるでマンガっぽく、それでいて怪しげなのがおかしかった。

このときは網走の町もすぎたオホーツクの海岸の食堂で昼食をたべた。親子丼というのを注文した同行の人がいたが、でてきたものはまるっきり親子丼みたいではなく、ふしぎにおもったが、鮭とイクラの親子丼だった。

ちょうど稲の収穫の前に女満別の空港にいったことがあったが、そのころのあのあたりの稲穂は息をのむようだった。

広大な土地に稲穂が黄金《こがね》の波をうっている。まったいらな土地ではないためだろう。その稲波がうねりのある波で、ゆったり広々と見わたすかぎりつづいている。あんな雄大でしかも黄金色にあかるい風景はほかにはない。くりかえすが、去年北海道にいったときは初秋で、札幌ではドイツで買ったコートがじゃまになるくらいだったが、北見の夜は身がひきしまるようで、コートの前を合わせたりした。でも、けっしていやな寒さではなく、寒さも北海道の歓迎のしかたではないかとおもった。

北見では料亭でごちそうになったあと、町でよさそうな飲屋を見つけ、北見のあたりは薄荷《はっか》が名産だそうだけど、薄荷紀行というかるい焼酎を飲んでると、地元の劇団の人がきておしゃべりをした。この劇団はもう三十年もつづいてるという。劇団なんて生命がみじかいものなのに、おどろいた。

北見からはバスでるべしべ（留辺蘂）にいき、バスの待合室でスーパーで買った弁当をたべ、待合室のハウスキーパーのような女性と長いあいだはなしていた。

るべしべから旭川にいくバスにのる。ぼくが知らない温泉をいくつかとおる。層雲峡温泉は有名らしい。大雪山山脈の北側をとおる道のようだ。石北峠というのもあった。

西日本ではイモと言えばサツマイモだが、北海道ではジャガイモで、馬鈴薯《ばれいしょ》という古い言葉も北海道にはのこっている。ちょうど、そのジャガイモの収穫のときで、広い畑にジャガイモがきれいに掘りおこされてならんでいたり、とりあつめられて小山になってたり、またプラスチックの箱にいれられて、きちんとつんであったりするのが、バスの窓から見えた。

旭川はほんとにひさしぶりで、十なん年もまえに、ちいさな飲屋なのにピアノがあり、主人がピアノを弾いて客がうたってた店で飲んだことがあった。

その店のことを、あちこちで飲みながらたずねたが、みんな知らないと言う。そういう店はたいていいなくなってるから、ま、しかたがないとあきらめてた。だいいち、店の名前もおぼえてない。

ところが、ひとりであるいていて、路地でその店を見つけた。土地の人たちが知らない店がちゃんとあったのだ。

ボクの京都案内

ときどき京都にいく。東映の京都撮影所に毎月のようにかよったこともある。そのあいだに、徳川の将軍の役に二度なった。悪玉の切られ役はちゃんとした俳優しかできないが、将軍様はぼくみたいな素人にもやれるのだろうか。

東映の京都撮影所は太秦《うずまさ》にある。撮影所にくっついた有名な映画村のすぐそばを山陰本線がとおっている。秋、山陰本線の列車にのってると、もう京都市内から、たわわにみのった柿の実を見ることができる。

京都はほとんど戦災にあわず、古い町なみがのこっていた。そのかわり、昔のせまい道のままで、タクシーではしるとこわかった。バスはそんなにこわくない。

太秦は古い家々がのこった京都の町のなかでも、中心部ではなく、西のはしにあるためか、よけい古びた町なみで、「わかもと」の看板を見かけたりした。ちょうど家の柱の幅ぐらいのほそ長い金属製の板で、それが家の前の柱にうちつけてある。ぼくがコドモのころにはあったが、太平洋戦争のときには、もう姿を消していたものだ。それが、戦後もずっとあとまで、太秦の町にはのこっていた。

東映の映画にでてたときは、撮影所のすぐ前の旅館にとまった。この旅館の食堂で、ある大部屋俳優が附き人の若者に、こんこんと俳優の心得をはなしてきかせてるのを見かけたことがある。ふつうなら、いい話にうけとられることだが、ぼくはバカじゃないか、とおもった。まことにありきたりな俳優心得で、附き人はまだ十代ぐらいか、めいわくそうな顔つきで、ろくすっぽきいてなかったとおもう。有名な大俳優だが、あんな教訓をたれるようでは、たいしたことはない。

太秦の撮影所の前の旅館もちいさな旅館だったが、京都では、ちいさな旅館になんどもとまった。八坂神社の正面の通りの旅館、本能寺のそばの旅館、賀茂川の上のはずれの旅館。みんな静かな界隈で、泊ってるのはぼくひとりということもあった。八坂神社や本能寺は町のまんなかだが、そこは静かだった。敵は本能寺にあり、と明智光秀の軍勢が馬をとばしていったというから、本能寺は京都の郊外だとおもってたら、いまでは町のどまんなかで、おどろいた。これらのちいさな旅館は最高級よりもっと上のランク外だ。そんなところに、どうしてぼくが泊ったのか。ときどき、ふしぎなことがある。

まえは京都にいくと、千本通りと中立売通りの交差したあたり、いわゆる千中でよく飲んだ。

ここは千中ミュージックというストリップ劇場もあった。京都の町の中心部ではなく、西北にはなれたところで、いわゆる西陣のうちにはいるのかもしれない。

ここの「上海」という店は、かなり大きな飲屋だったが、酒のサカナがたんとあった。それがみんな、ちまちまっと量がすくなく、いかにも京都的だった。量がすくなくて、値段がやすい。

東京にはない、はもかわが二〇〇円だったり。京名物の高級料理の鱧《はも》が、その皮になると、ぐっとくだけて、飲屋の酒のサカナに化け、値段も安い。

「上海」には一銭洋食というのもあった。お好み焼の元祖みたいなものだろうが、コドモのころ、駄菓子屋で、一銭洋食を焼いてくれた。一銭は一円の百分の一。この一銭洋食もお好み焼にくらべると、うんと量がすくないので、チビチビたべて酎ハイを飲む。

そのほか、京名物のタケノコの煮物などもおいしい。まっ赤で長いニンジンなど、京野菜も流行《はや》ってきた。

千中の路地では、ほかの店でも飲み、そして千中の交差点をこえて五番町にいく。ここは昔の遊廓で、そのころの木造三階の建物が残っていた。昔の遊廓のご大層な建物は、名古屋の中村などにもあったが、いまは、ほとんどなくなった。京都の五番町の遊廓独特の建物も、いつまでもあるわけではあるまい。

五番町は水上勉先生の『五番町夕霧楼』のモデルになったところだが、路地はせまくてくらい。路地にならんだ築地《ついじ》のむこうはお寺だったりするから、夜、くらいのはあたりまえだろう。いまは旅館になってるこのもと遊廓に泊って、朝、窓の下を見ると、お寺の墓地だったことがある。遊廓のすぐ裏が墓地というのはおかしいが、めずらしいことではない。

五番町では「月の出」という、ちいさな飲屋で飲んだ。学校の先生がおおいところだ。京都の常連ばかりのような飲屋では、学校の先生によくあう。だいたい、会社員が圧倒的におおいのは、東京や大阪の飲屋ぐらいだ。地方にいくと、ＪＲや電力、ガス会社、それにＮＴＴや先生がよく飲んでいる。

五番町の路地で、いつも飲む飲屋があった。おばあさんがひとりでやってるせまい飲屋で、表のガラス戸ががたぴしして隙間風がはいるような店だが、このおばあさんが、たいへんに美人だった。京都でしかいないような、すっきりした美人で、しかもおばあさんなのだ。ぼくがいくと、いっしょにジンを飲んだが、なくなった。この店の名前はおぼえていない。じつは、千中の「上海」のあたりも、すっかりなくなってしまった。座頭市のセリフじゃないが（これも古い）いやな御時世だねえ。

京都でもどこでも、ぼくは名所旧跡みたいなものは、まったく興味がない。でも、だれかにつれられて、名所にいくことはある。南禅寺に案内され、その山門の柱がでっかいのに、へぇ、とおもったことがある。大盗賊の石川五右衛門がその山寺の屋根の上にのっかって、「絶景かな、絶景かな……」と言ったという山門だ。その柱がばかでっかく、しかも一本の木で、こんな大きな木をどこからもってきたのか、とふしぎになる。

また、いつ南禅寺ができたのかしらないが、たいへんに古い柱のようで、その古さとバカぶっとさがいっしょになって、ため息がでる。

南禅寺ぜんたいがいいのは、うしろが東山三十六峰の山々で、山も景色のうちにはいったコセコセしない風情か。

南禅寺の近くには、りっぱな邸宅があり、おそらく、ニホン一の高級邸宅地だろう。田園調布などとは、まるっきり格がちがう。だいいち、どの邸宅もしっとりおちついて、お庭がきれいで、高級住宅地なんて安っぽいものではない。

南禅寺の近くには平安神宮や図書館、動物園もある。動物園もバカにしてはいけない。女のコの動物好きは、はかりしれないものがあり、動物園につれていくと、やたらよろこぶコがいるから、女のコを口説くのは動物園にかぎる。

また、動物園へいくあたり、それに動物園の奥のほうには琵琶湖疎水がながれていて、その水をながめていると、ほんとにしみじみする。

京都でも、ぼくはバスにのってあそんでいる。大きなバス・ターミナルは京都駅前と三条京阪前。京都駅のそばの中央郵便局の前からでている奈良行のバスもいい。京都と奈良の名所よりも、そのあいだの風物のほうが、川になんでもない舟がうかんでいたり、川の土手に花が咲いてたり、田圃《たんぼ》のむこうに古いお寺があったり、とおもしろい。

京都も町の中心をはずれると、ごちゃごちゃ雑駁《ざっぱく》な家や店がならび、そのむこうに、とつじょ、伏見桃山城が高くそびえたってるのを見ると、びっくりし、へんな気持になる。

京都駅にわりと近い三十三間堂も、バスの窓から見て、けっして美的ではなく、でっかさにおどろく。『ひまわり』というマルチェロ・マストロヤンニとソフィア・ローレン主演のイタリア映画があったが、あの映画にモスコウのクレムリンがでてきて、そのバカでっかさに感心したが、それとは比較にならなくても、けっして美的ではない、とでっかさにあきれて、ため息がでる。

三条京阪のすぐ前の高山彦九郎の銅像も、旅の土と埃《ほこり》がにおうようで、いかにも田舎者じみておもしろく、この近くの飲屋の「伏見」はいまだに健在で、客が混んでいる。

大原・三千院のほうにいくバスは、途中が田舎っぽくていい。夏でもひんやりするような山道もあり、気持がせいせいする。お寺を見たって、しょうがない。お寺にいくまでの道すじがいい。

おなじように京都の北にむかう岩倉実相院行のバスもいいし、これは終点でおりて、しずかな木立のあいだをあるいてもいい。

修学院、松ヶ崎、このあたりに下宿していた京大生の友人が、京都でいちばん北の通りだ、と自慢にもならぬことを自慢していた。宮本武蔵と吉岡一門の決闘で有名な一乗寺下《さが》り松は、なん代目かの松なのか、ひょろっとチンケな松なのもおかしい。

西にうつって嵐山。あそこの桂川でおよいだら、浅くて腹が川底にこすった。まわりを見るとコドモばかり。大人はぼくひとりで恥ずかしかった。

嵯峨野の紅葉を見ながら、モミジの天ぷらをたべた。ただし、これもモミジがまだ青い葉のころつみとっておいたのを、赤いモミジを見ながら、天ぷらにしてたべる。いくらかあまくて、お菓子の類。ぼくがはいった紅葉茶屋に「錦繡之秋」という陳腐な言いかたの、書生っぽい、生真面目な文字の三島由紀夫の色紙があったが、あれは皮肉なのか、あんがい、それこそマジだったりして……。

ぼくみたいに名所旧跡がきらいな人は、京都にいったら新京極をぶらついて、錦の市場においでになるといい。ほそく長い錦の市場は、日本海の魚もあり、ほんとにたのしい。

あちこちの温泉

熱海で戦友会があり、一度だけ出席したことがある。もちろん、初年兵はぼくだけだった。もとの教育班の班長から葉書が届いたのだが、そのホテルに行ってみると、ぼくが知らない部隊名を言っていて、「ははあ、またまちがえたな」とおもった。

ぼくがいたのは、急造の独立旅団で、中隊の古兵さんたちは、独立旅団の名前さえ知らなかったのだ。

ぼくは俳優の殿山泰司さんとなかがよかった。残念なことに、殿山さんがよっぱらいのころではない。それでも新宿で会っては、何軒もハシゴをした。たいてい、直ちゃんという女性のカメラマンがいっしょだった。

殿山さんとよくいっしょに会っていたカメラマンの直ちゃんとは、アメリカで会ったことがある。

ニューヨークの下町のホテルにいたとき、黒人の強盗にカメラなどを奪われたのだが、ドジな強盗で、直ちゃんをクロゼットにとじこめて、部屋を出ようとしたのだが、鍵の関係なのか、出られなくてモタモタしてたのを、直ちゃんがクロゼットから出て、ドアを開けてやったとか……。

夜警のオジさんも黒人で、「同じ皮膚の男か……」と悲しそうに、手をなでたとか。

そのゼスチュアに、ぼくはほろっとなったりした。

直ちゃんのほんとのお母さんがハワイにいて、前から、ぼくが飲みに行ってた店のオーナーだった。

その殿山さんが、ある夜、「おれは軍隊に四年いたからな。その最後の時は中国にもいた。たしか、善という部隊だった」と言い出した。

「ぼくも善部隊にいました。それしか名前は知らないんです。善部隊のどこにいましたか？」

ぼくはびっくりした。戦後はじめてのことだ。しかも、親しくしていた殿山泰司さんが善部隊にいたとは……。

「馬橋ってところだ。中国にはめずらしく温泉地でね。河北省だったかな」と殿山さんはこたえた。

「馬橋は知ってます。独立旅団の本部がある町の病院で終戦になり、馬橋にうつされたのです」

馬橋は覚えている。川のなかに温泉が湧いていた。炊事場にカボチャが積み上げてあり、腹の膨らんだ初年兵がいた。

ぼくの中隊はおとなりの湖南省にあり、ここも温泉がちらほらあった。数少ない温泉地は、みんなニホン軍が押えていて、そこは温泉分哨とよばれ、数名のニホン兵がいた。その最後の温泉分哨に泊った翌朝、大隊本部への米を持っていくように言われた。

だが、分隊長代理のぼくは、受領した米を林のなかに捨ててしまった。南京の近くからの行軍のあいだに、ぼくたちは弾薬なんかも捨てていたが、食料品だけは持っていたのだ。しかし、生きていくのが大事で、米なんか持っていかれない、というのがぼくの考えだった。

大隊本部に着いてみると、米を差し出すだけで、出さなくてもなんの調べもなく、ぼくはほっとした。

いわゆる温泉地だが、熱海の戦友会でも、馬橋や温泉分哨でも、いい湯に入ったという記憶はない。

熱海では中隊時代と同じ四年兵が戦友会の事務をやっていておかしかった。馬橋では、マラリア発熱以前のガタガタ寒いときに、湯に入っていて、失敗した。あとが、大変だったのだ。温泉分哨では、大隊本部に持っていく米のことで、頭がいっぱいだった。

入営するまえに、父が「東京に行ってみるか……」と言ったのに、ぼくは別府に行きたいとこたえた。

そして、別府の旅館に泊り、朝になって、小さなフロに入ると、そこにドヤドヤ、女中さんがハダカで入ってきて、困ったことがあった。しかし、女中さんたちは、すぐ出ていき、色っぽいことはなにもなかった。

もう戦争がひどくなってたころだが、別府で、大ぜい入っている芝居を見た。

別府からの帰りは瀬戸内海を行く船だったが、米持参でたべた、コンブ入りのゴハンがおいしかった。夜の海が、夜光虫できらきら光るのを、いまでも覚えている。

戦後、一年ばかり、ある雑誌のために温泉場まわりをしたことがある。北は知床半島のラウスの近くから、南は鹿児島まで行った。沖縄は温泉がない。

ラウスは温泉地かどうか知らない。だが、ラウスの町をでて、知床半島をなんキロ先か、海のなかにお湯が湧いてるところで、たしか、目の前に、国後島《くなしり》を見ながら、だーれもいないところで、海の水にまじりあった、あったかい湯をお尻の下に感じていた。

そんな海のなかの温泉が二つぐらいあった。海のなかの温泉からラウスの町に帰る途中に洞窟があり、ここに「光り蘚《ごけ》」があるとのことだった。「光り蘚」は武田泰淳が小説にし、映画化はずいぶんおそかった。たしか、食人に関する話だった。しかし、洞窟は暗く、なんにも見えなかった。

ラウスの町ではトドをたべた。トドは海にすむけだもので、ゆれる小舟に立ち、鉄砲でトドの目をねらう名人のことを聞いたりした。トドの肉は煮ると泡がたって、おいしいものではなかった。

あくる朝、オバさんたちが中心の踊りの列が、ラウスの町の通りをねっていた。人通りもないのに、踊りの列だけが通りを圧するようで、おかしかった。

ぼくは東京生れだが、北九州にもいて、広島県のもとの軍港町、呉《くれ》で育った。あのあたりには、かつて、温泉はなかった。いまでは、地面をふかく掘るので、あちこちに温泉がでている。

その数少ない温泉が四国の松山市にある道後温泉だった。四国でもっとも古い道後温泉は夏目漱石が松山中学の英語の先生だったことから有名だが、お風呂場の床の青い大理石がへこんでしまって、波をうっていた。

大衆浴場の裏のほうにある、天皇陛下がはいる温泉というのは、一枚岩の豪華なものだったが、ひとりで温泉に入るというのは、味気ないものだ。

この道後温泉の旅館で、深夜、風呂場にいくと、石けんでいくつもオニギリを作っていた。いまでは、石けんでなく、洗髪剤を使う。あのあたりから、ぼくは温泉に行かなくなったのだろう。

まだ、うちが世田谷区の東玉川にあったころ、友人が入院したときいたので、お見舞いに行こうとおもって、自宅を出た。ところが、その友人がどこに入院しているのか、病院の名前もわからない。

それでも、ともかく、西にいくバスに乗った。そして多摩川を越え、藤沢まで行って、その日は帰ってきた。

こうして、高速道路などは使わない、西への路線バスの旅が始まった。それから、三十年以上も経っている。

少しバスに乗っては、東京に帰ってくるのだ。名古屋から関ヶ原を越えて、彦根まで行って、その先はバスがなく、身動きできなくなったこともある。そして、二年ちかく、ほっておいた。しかし、名古屋のテレビ局につとめる男が、三重県まわり、鈴鹿峠を越える案を持ち出した。じつは、そっちのほうが、古くからの東海道なのだ。

その名古屋のテレビ局につとめる男も亡くなった。東玉川から練馬の早宮にぼくが引越してからも、十年以上経つ。

そして、去年、鹿児島県の国分《こくぶ》まで行き、西へのバスの旅は終わり、本にもしてもらった。いや、その最後のバス旅で、鹿児島県に入り、出水市で一泊したときに、土地の名物ザボンの名前をとった温泉があり、そこで、洗髪剤の使い方を、知らない人におそわった。いまでも、うちでは石けんを使っている。もっとも、女房はとっくに洗髪剤だが……。

いや、道後温泉で石けんのオニギリを見たときは、野郎ばかりで温泉に来たって、たいくつするものだ、とおもったが、道後温泉で老妓と言われる人に、道後節をおそわった。これは転勤節と呼ばれるそうで、すぐ習いはじめても、やっと、つぎに転勤するころに、口にすることができる、というものらしい。

これは、全国あちこちで聞かれることで、有名な北陸の三大温泉、山中、山代、片山津の、〽夜の夜中にシシが出る、の山中節でも聞かされた。

北陸の温泉は前夜、呼んだ芸者が、朝食にも来てくれる。だけど、朝食でも一杯ってことになる。そして、終日、酔っぱらっている。

三十年におよぶ西へのバスの旅でも、北海道、東北への旅でも、温泉に泊ることが多い。同じ北海道の知床半島でも、ラウスの町の対岸になるウトロでも、温泉には行った。しかし、町の飲屋に出かけなくては気のすまないぼくは、けっきょく、芝居をやってる若い男女と知り合ったりする。

ウトロでは、夕方、突堤にあそびにいき、突堤のさきの白い灯台、赤い灯台には、左右の別はないものらしい、とぼんやりわかったり……。

翌朝はやく、知床半島をまわる船に乗って、漁民が寝泊りする番屋を見たり、舷側から海のなかに反吐《へど》をはいたり……。

ウトロは物価は高いがまだ町の飲屋が多いほうだった。しかし、熱海にしても、町の人が行く飲屋は少ない。比較できないことだろうが、東京の高円寺あたりのほうが、圧倒的に多い。人口のおおい東京に近い温泉場の熱海でもそうだ。

やはり東京にちかい山梨県の石和《いさわ》温泉に行ったこともある。ここも、戦後、川のなかに温泉がでたところだ。

ここで、同じ旅館に泊った。もちろん、外観はうんと違っている。しかし、風呂場に行って、そうではないかという気がした。

最初に、石和温泉に行ったのは、ポルノ映画になるまえのピンク映画のロケだった。ロケといっても、野外撮影はなく、みんな旅館の部屋を使った。ピンク映画ではセットは使わない。製作費の関係だろう。

二度目はテレビの11PMだった。藤本義一さんが司会だった。このとき、ぼくの役は芸者にかこまれて入浴し、ノボせて、ノビる役だった。風呂場の床にノビてるときに、ここはまえに来たことがある、とおもった。

やはり東京の近くといっても長野だが、戸倉上山田温泉にも行った。このときは、ある雑誌の編集者といっしょで、鯉こくをたべた。うまいものはたべあきてるくらいなのに、鯉こくは初めてだった。じつは、この男は、九州での小さな旧制高校のいちばん若い後輩だったのだが、とっくに死んだ。

戸倉に近い、神社の裏の洞窟のなかのバーに行ったことをおもいだす。客二人ぐらいでいっぱいのバーで、とにかく狭かった。

戸倉のほうに鉄道の駅があり、戸倉上山田温泉にはない。ニホンじゅうあちこちで、鉄道の駅が、石炭をたくので煤っぽいときらわれた話を聞いた。もう、いくらなんでも、そういう話はなくなっているだろう。

東京でも、わかし湯だろうが、温泉というものがあった。中原街道に近く、新幹線の列車のなかから見える、大田区の馬込《まごめ》温泉にも行った。

神奈川県の綱島温泉の旅館にも行き、長い芝居の最後のめでたしめでたしの幕を見たりした。オジさんオバさんには、最後の幕だけでいいんだな、と感心したりした。三橋美智也の名前も聞かないころの綱島温泉だ。

新宿のいまは副都心になっている、淀橋の浄水場の近くの十二社《じゅうにそう》温泉に行ったこともある。ここの温泉の水はまっ黒で、黒飴みたいな色だった。

まだ二十歳のころから、ぼくは頭が禿げており、あちこちの温泉に行った。それこそニホンじゅうの温泉に行っただろう。しかし、なんどもくりかえすが、町の人たちが行く飲屋で飲まなければ満足しなかった。

その意味で、温泉地には、そういった飲屋が少ない。下呂温泉でも、温泉客が行かない飲屋をさがすのに苦労し、紀州の白浜でも同じだった。紀州と千葉県とは、白浜、勝浦など、同じ地名が多い。

ミカン酒

広島県の瀬戸内海にのぞんだ軍港町呉の中学を四年で修了すると、ぼくは旧制福岡高等学校の文科丙類（フランス語）にすすんだ。水泳部に入ったが、博多の東中洲の路地にあった「十八番《おはこ》」の新入生歓迎会では、防空カーテンをぶらさげた店内で、合成酒を飲んだ。戦争中、戦後、ぼくたちの口に入るのは、合成酒だった。あれだけ合成酒の時代は長かったのに、いまは、合成酒について話しあうこともない。

旧制福高に入って最初の夏休みに、呉の本通りに近い常盤軒《ときわ》で、おもに海軍兵学校と旧制高校に行った者のパーティがあり、そのときは、ミカン酒という合成酒が出た。ごぞんじのとおり、広島県はミカンの県であり、瀬戸内海を見おろす段々畑にはミカンの木がいっぱいうわっていた。

瀬戸内海の大長《おおちょう》という港に寄ったとき、生れてはじめて、漁船でもないバスがわりのポンポン船でもないミカン用の農船を見た。そして、たまたま入った島の飲食店では、そこの三人の息子とも東京の大学に行ってるとのことだった。瀬戸内海のミカンがブームだったころのことだろう。

常盤軒で飲んだミカン酒は口あたりは、ミカンの香りがして、なかなかオツなものだったが、さっぱり酔わなかった。ぼくは旧制高校に入ってから飲みだした。まだ十六歳で、ところが、はじめっから強かったようだ。

常盤軒の息子の本川信也は呉の中学校での一学年下で、あとではずいぶん仲良くなった。同志社大学を出て、造船会社のロンドン支店長になり、長いあいだロンドンにいた。

呉にはもうひとつ、岩崎という料理屋があり、そこの芸者を、英語好きの海軍士官たちは、ロックとよんだ。常盤軒はグリーンだった。岩崎の息子も中学の一学年下にいて、いい大学に行った。

話が行きつ戻りつになるが、博多の東中洲の、「十八番」は、町つづきの春吉《はるよし》のほうに移って、二階建のずいぶんりっぱな料亭になった。

戦後、一度だけ、水泳部の先輩の山本のおトウさんに呼ばれて行ったが、合成酒ではなく、ふつうの清酒を飲んだ。ガキのときに通った飲屋に、大人になって行くというのは妙な気持だ。山本のおトウさんは旧制高校のときから、そう呼ばれていた。あだ名というのはおかしなものだ。二十《はたち》前から、おトウさんと呼ばれている。

おトウさんと呼ばれる人は、新聞社の偉い人になっても、よく似合う。

だいたい、水泳部の先輩たちはよく飲んだ。そのうち、ぼくが一年のときに三年で部のマネジャーをやっていた岩田達馬さんとは、ずっと仲のいい友だちだった。そして、岩田さんは死ぬまで日本酒を飲んでいた。

東京都の西多摩郡で、岩田さんは長いあいだ小学校の先生をやり、おもに西多摩郡の清酒を飲んでいた。たくさん飲むので、一級とか特級とかって清酒ではない。一級、二級と分かれてたときは、もっぱら二級だった。

大阪の築港《ちっこう》の近くのダイコー・ミュージック（いまはない）というストリップ小屋に、ピンク映画の実演と称して、みんなで、東京から行ったことがある。そのとき、ダイコー・ミュージックの社長の益田凡二さんが、「二級酒は飲まないようにしている」と言ってたのを、最近よく思い出す。二級酒は頭にくるから、という弁明だ。しかし、一級よりも二級酒のほうがいい、という弁明もある。

ダイコー・ミュージックの楽屋に泊ってるあいだ、ぼくは近所の酒屋から二級酒の一升瓶を買ってきていた。ストリップのあいだの実演では二回目と三回目の休憩に、フロ券をもって銭湯にいき、酒とオカズを買ってくる。大勢のために、たくさん買う。

浜松の「金馬車」ミュージックの二階の楽屋でのことだ。一日四回のストリップの交替のとき、二回目と三回目のあいだに、ぼくは銭湯にいき、飲むための買物をしてきた。

そのときは、なぜか、ぼくたちはウイスキーの水割りを飲んでいた。ところが、ぼくのグラスに、女性の例のちぢれっ毛が浮んでいるではないか。グラスから外に出し、指の先にとってみても、やはり女性のちぢれっ毛だ。

しばらく、ぼくはぽかんとしていたが、だいぶたってから、ようやく、事態が飲み込めてきた。

まず、夏だったのだ。

そして、ストリップ劇場は防災がやかましく、楽屋にもいくつかバケツを用意してなきゃいけない。そのバケツで氷を買いに行く。ウイスキーの水割りには、とくに氷が必要だ。

ということで、そのバケツで氷を買ってきた。氷は原型のままバケツのなかにある。それに、ストリッパーたちのいちばんお姉さん株のリリー・紅《くれない》が、踊りの最後のときに、あそこの汗をとるために、半分に切ったタオルをあてる。そのタオルは、ウイスキーの水割りを飲んでるときも、氷にあててあった。そのタオルにちぢれっ毛がついていたのだ。

わかってみれば、簡単なことだが、コトの真相が飲み込めるまで、しばらくかかった。

やはり、浜松の「金馬車」でのことだが、深夜、舞台の下で物音がするというのだ。なんど、ハシゴをおりてききにいっても、やはり、ガサゴソ、音がするようだ。

これも、わかってみると、簡単なことだった。舞台の下が、ふだんは使われない小部屋になっていて、そこを楽屋にしてるストリッパー夫婦がいたのだ。

夫婦が住んでれば、音もする。劇場に怪談はつきものだが、これはとんでもないミステリだった。

「金馬車」のオーナーの中村さんは、ぼくが翻訳したミステリなども読んでいて、ずいぶんかわいがってもらった。軽演劇の先輩の吉村平吉さんは、いまだに、お世話になっている。

ぼくは世田谷区の南のはずれの東玉川という小さな町に住んでいた。県境の多摩川までは、あるいて十五分ほどで、ほんとに東京の南の端だ。田園調布のとなり町で、それよりももっと南にあった。

女房の兄のエカキの野見山暁治がいた日本家屋で、戦争中も焼けてなく、梅雨どきには、古い家自体がカビ臭いにおいがした。この家の六帖間を野見山暁治はアトリエにしていたが、パリに行ってしまい、ヨーロッパに十年住んだ。

ぼくたちは言わば留守番だったが、勝手なことをして、とうとう、うちも自分のものにしてしまった。

ぼくは子供のころから、当時としてはめずらしい肥満児で、それと関係があるかどうか、酒もよく飲んだ。日本酒を飲んでたのだ。

そのころよく飲んだのは、呉の地元の清酒、「千福」の二級酒で、休みの日など、夕方までに一升瓶を空にすることもあった。広島県は酒どころとして知られる。賀茂鶴や酔心など有名な酒も多い。酔心がさらっとしていて舌にあうと思い、しばらく、酔心を飲んでたことがある。

「千福」は、もとぼくのうちがあった本通九丁目から坂を上がったところに本宅や工場があり、あとで引越した東三津田の家のいちばん下のほうに、「千福」の醸造元の三宅家の別荘があった。

「千福」は賀茂鶴なんかにくらべ、石高《こくだか》が多く、つまり生産量が群を抜いていた、と聞いている。ニホン最大の軍港町呉を背景にしていたからだろうが、戦争中には中国にも清酒の工場があったそうだ。

「千福」の二級酒というのは、ぼくみたいな貧乏人にあった酒ということだろうか。また、「千福」はいわゆる庶民的な清酒で、けっして気取った酒ではなかった。

いまはもっぱらバスに乗っているが、そのころは、足が丈夫だったためか、どこに行くのにも、自転車だった。

千葉県の柏に住んでいた川上宗薫のうちにも、自転車で行った。川上宗薫は定時制の高校の先生で、のちの大流行作家になる前だ。

神奈川県に近い東玉川から千葉県の浦安まで自転車で行ったことがある。そのころでも、クルマは渋滞することがあって、自転車だと、長いクルマの列の横を、すいすい抜けていく。

東玉川のうちから緑が丘の駅、大岡山の駅を抜けて、西小山《こやま》の市場まで、よくインチキ・ハンバーガーを自転車で買いに行ったものだ。

インチキ・ハンバーガーと名づけたのは、もちろんぼくで、これは、目蒲線《めかま》の西小山の市場にしか売ってなかった。

円形で、直径約十センチぐらい。厚さは一センチ半ぐらいだった。それを五枚ぐらい、「千福」の二級酒をお燗しながら、台所からコードをつけて引っぱってきたガス・コンロであぶる。いまだったら、その一枚でさえもたべられないだろう。大デブの肥満児だったことがよくわかる。お腹は十何段かの肉がつき、おチンチンも見えないくらいだった。これが、もっと太ると、足の先まで見えなくなる。

台所でぼくが飲んでいる六帖間とのあいだには、板張りの三帖間があって、それを越してゴムのコードを引っぱってくるのだ。

そして、スモウをテレビでやってるときなど、テレビの画面を見ながら、ぐびぐび飲んでいる。

そのうち、たあいなく居眠りしたりして、まだ小さかった娘たちが、「もう朝潮よ」と揺り起こす。

ぼくはからだの大きな先代の朝潮が大好きだった。そのころは、テレビの大相撲も、NHKのほかに二チャンネルぐらいあって、大相撲はテレビの人気番組だった。

テレビそのものも、電器店で買うと高くつくからと、東大医学部のレントゲン技師につくってもらった。この人は、海軍の甲種飛行予科練習生あがりで、同期のパイロットのうち生き残ってるのは、たった三人だけという人だった。ぼくたちの中学の二年ぐらいから、甲種飛行予科練習生に行った者は、たいてい戦死している。

いわゆる猛者らしくない、紳士然とした人だったが、テレビのため、裏庭にアンテナを立てるとき、下駄を履いて、泥んこひとつつけなかった。ぼくたちなら、泥だらけになるところだ。生き残りが三人だけというのも、それでうなずけて、ぼくは感心したりした。

朝潮は奄美諸島出身で、沖縄はずいぶんあとの復帰だが、奄美諸島も鹿児島県になるのが遅れた。だから、神戸で働いていた朝潮は、「自分は密入国者だ」と言っていた。

朝潮が引退したあと、「よくしゃべる」と驚いていた女がいた。現役のころは、勝てば勝ったで、「まぐれです」としか言わない男だった。

ぼくのうちも、はじめからテレビがあったわけではなく、上の娘も下の娘も、近所の米屋やお向かいのうちによくテレビを見に行った。

さて、テレビで朝潮が出るころには、もう一升瓶も空にしていたぼくは、それから、焼酎、ジンなどいろいろ飲んだ。ウイスキーは匂いが強いので、あまり飲まなかったほうだ。

いまでは、ビールに始まって、ブドウ酒、ジン・ソーダと飲む。夜遅くまで飲んでることもある。

いまでも、甲の焼酎をソーダで割ったチューハイが大好きで、九州に行ったときのほかは、乙の焼酎を飲むことはない。

大分県の、日田《ひた》に近い温泉地で、昨年、甲の焼酎のチューハイを飲んだときは、感激したが、あくる日、熊本県のやはり温泉地で、チューハイを飲み、それほどの気持でもなくなった。東京を出て、三十年間かけて、とぎれとぎれだが、西へ、西へとバスに乗り継ぎ、鹿児島県の国分にまで行き着いたときのことだ。

ところが、今年の夏前、沖縄に行き、泡盛一辺倒かとおもったら、チューハイがあって、はじめはかなり感激したけど、なーんだ、という気もした。

ニホン全国の若者のチューハイ志向が、九州にも、そして泡盛の沖縄にまで及んでいるのだ。食べ物だけは変わらない、と思うのはアサハカで、飲食には移り変わりがある、と言うべきだろうか。

さて、沖縄で飲んだ、缶のチューハイなんか、いまの合成酒ではあるまいか。合成酒は酒の味に似せてつくったものだろうが、チューハイが缶になってるところなど、合成酒的な発想ではないか。

戦後のなんでも飲んだ混乱期にも、ぼくは、有名だったカストリよりも、バクダンのほうが好きだった。バクダンはアルコールをもとにして、いろいろつくりあわせたものだ。

カストリは、九州の乙種の焼酎や沖縄の泡盛に似たものだろう。カストリでは原料も大事だが、燃料にもカンケイした。あるとき、いやにゴム臭いカストリがあり、オヤジにたずねたら、ゴムを燃やしてつくったカストリとのことだった。

地酒信仰というのがある。群馬県とか栃木県とかの、たいてい山の中に入ったところの（海辺が少ない）、それもバスを降り、山肌に沿った小道をうねうねとさがっていった、渓流を下に見る、一軒だけの温泉宿で、夕食に出された、名もない地酒のおいしかったこと、みたいな旅の雑誌の記事をよく見かける。地酒は特別おいしいみたいなことになってるようだ。

ところが、それに反対する人もいる。地酒はマズい、と公言してはばからない人だ。たとえば中田のオジさんだ。ぼくには福高時代の水泳部の山本のおトウさんみたいな、いい先輩が多い。この場合、いい、悪いはどこで決めるか、と以前に女房が皮肉たっぷりに言ったものだ。いい先輩とはかなりのノンベエなのだ。

中田のオジさんは、もと翻訳ミステリ雑誌の編集長で、いつも酔っ払っては、うちの娘がまだ小さいときに、手品をして見せたりした。

その中田のオジさんが、「地酒というものは、とにかくヤボったくて、しようがないよ」とボヤく。世が地酒信仰でわきたってるときだ。そして、ぼくも中田のオジさんの意見にだいたい賛成なのだ。

しかし、栃木県の山の中の温泉に行ったとき、地酒のおいしさにびっくりした。栃木県は、案外、東京から時間がかかったりする。そして、まず温泉に行ったのだが、風呂場が真っ暗だった。電気が故障なのだ。

そして、飲みだして、驚いた。そのおいしいこと。しかし、地酒の名前もひかえてなかった。ワインもそうだが、日本酒というのは、ほんとにわからない。

地酒信仰はマヤカシだったにしても、日本酒については、ぼくも口をつつしもう、と思っている。

毎年、夏と冬は外国に出かけるが、それもバーで飲むためだ。

神楽坂のユーレン

ときどき、神楽坂にいく。まえは、外堀通りにあった佳作座なんて洋画の名画座にはよくいった。いまは、飯田橋ギンレイみたいな名前になってるらしいが、おなじ場所かどうかはわからない。

中田のオッちゃんという先輩がいる。ミステリ雑誌「マンハント」の名編集長でもあった。この中田のオッちゃんが、「神楽坂にいかへんか」とぼくをさそい、「なんで神楽坂?」とぼくはききかえした。

「ユーレンがでる飲屋が神楽坂にあってな」

中田のオッちゃんは神戸の出身だ。関西では俗な言葉は幽霊がユーレンになる。またオジさんがオッちゃんだ。

というわけで、中田のオッちゃんにくっついて、ぼくはのこのこ神楽坂にいった。そのユーレンがでるという飲屋は、たしか神楽坂の坂の途中の右てにあり、いささか古風な店で、タタミがしいてある四帖半の離れの間に、ぼくたちはあがりこんだ。

「ねえ、いつユーレイがでるのよ」

飲みだすとすぐ、ぼくは幽霊の催促をした。ぼくはせっかちだ。

「まて、まて。あせるな。かならずでる」

中田のオッちゃんはおちついている。そのうち、店の娘らしい女性がはいってきた。まだ若いのにすごくやせている。顔色もよくない。酒をついでくれるとき、手までがほそかった。まるでユーレイみたいな……とぼくは胸のなかでつぶやきかけて、「あっ! ヤラレタ!」とおもった。やがて、この女性が部屋から出ていくと、中田のオッちゃんがニヤニヤわらった。

「あれがユーレイ?」ぼくはたずねた。

「そう……」中田のオッちゃんはすましてる。

「生きている小平次」という有名な戯曲があって歌舞伎にもなったが、神楽坂の生きているユーレンは、しばらくのあいだ、中田のオッちゃんとぼくが酒を飲むときのシャレになっていた。しかし、その飲屋はとっくになくなった。だから、生きているユーレイもいなくなった。

その飲屋とは反対側の、神楽坂通りからは、すこし左てにはいったところの料亭で飲んだことがある。神楽坂の三業地にいったのは、このとき一回きりだ。どこかの土建屋がみんなを集めて飲んでおり、ぼくは新宿のヌード劇場主によばれていった。その土建屋にあうのははじめてだし、なんでよばれていったのかはわからない。ぼくのほかに落語家のタマゴが二人いて、ヌード劇場主が、ご祝儀！　ご祝儀！とさけぶと、土建屋がぼくたち三人に祝儀をくれた。ぼくはいろんなことをやったが、ご祝儀をもらったのは、このときだけだろう。

ずっとまえから、ぼくは神楽坂の相馬屋の原稿用紙をつかっている。二百字のうすいグリーンの原稿用紙で、たいへんに簡素なのが、ぼくは気にいっている。じつは、気にいっているなんてことはとおりこして、相馬屋の原稿用紙に書くのが、ごくふつうになり、意識していない。

神楽坂は毘沙門天《びしゃもん》のほうにあがっていき、またさがってきて、その右てに相馬屋はある。そして坂をさがったところで交差してるのが大久保通りで、この通りはもとはチンチン電車がはしっていたのではないか。左にどんどんいくと若松町、戸山。いまの国立病院医療センターのてまえを、右に坂をくだると早稲田界隈だ。神楽坂と早稲田はそんなに遠くない。神楽坂の通りを早稲田系の文士が散歩してる姿をよく見かけたというのも、わかる気がする。ただし、昭和初期ごろまでのことで、牛込に家があった、なくなった色川武大さんなら子供のときに目撃しただろうが、ぼくは知らない。

いまは、矢来町の新潮社のすぐ近くにいるマコにさそわれて、ときどき、毘沙門天のななめ前の「さのさ」にいき、ブドウ酒をでかいグラスで飲み、焼酎も飲む。

かいば屋

浅草ではかいば屋で飲む。浅草六区の興行街をぬけ、ひさご通りをとおって、千束《せんぞく》通りにはいって二つめの角をまがった猿之助横丁にかいば屋はある。ぼくとはうんとまえからの飲み友だちのクマさんがかいば屋をはじめた。かいば屋という名前は野坂昭如さんがつけた。クマさんは野坂さんの後輩だったが、数年まえになくなり、いまでは、奥さんがちゃんと店をやってる。

昨夜は、まずビールにクリーム・チーズをのっけたクラッカー。つぎはラベルのない山梨のワインがうれしい。地元の旦那衆が自分たちが飲むために、ブドウをもちよってつくったワインだ。だから銘柄などはない。

こんどもマコといっしょで、宝焼酎と球磨《くま》焼酎にキュウリをこまかく切ったのをいれてもらう。キュウリ焼酎がいま流行っているのだそうだ。キュウリは、球磨焼酎のほうにあってるみたいだ。じつにフルーティないい味になる。

かいば屋は焼酎をグレープフルーツのジュースで割ったのでも有名だ。これは宝焼酎などの甲類の焼酎がむいている。こいつを、なくなったクマさんはグレ酎とよんでいた。焼酎までグレちまっちゃいけない。

刺身がでたが、三きれだけなのがよかった。ぼくには刺身は三きれぐらいが、いちばんおいしい。

小鉢にはいって、大根の葉を油で炒めたのもたべた。カマボコもミックスしてある。ほんとになつかしい味だ。大根の葉はとくべつの味とにおいだってことをおもいだした。

ほかにも、かいば屋には、辛子明太子をつめたイワシの塩焼きとか、カボチャ焼きとか、おいしいものがいろいろある。

こういったものをたべて、焼酎を飲んでるのが、ぼくの晩ゴハンだ。猿之助横丁という名前の由来は、歌舞伎の名優・市川猿之助の家がこの横丁にあったからしい。千束通りともと松竹歌劇があった国際通りとのあいだの横丁だ。かいば屋は国際通りのほうに近い。

終点は飲屋の入口

まえには、東京の町でも、どこにいくのにも電車にのった。それが、戦後のあるときに、トロリー・バスにかわった。一斉にではない。電車の路線により、その時期はちがった。新宿ゴールデン街は、その外側をぐるっととりまくようにして、都電がはしっていた。「まえだ」のさいしょの店は、裏を電車がいき、裏口をひょいとでると、都電にぶつかりそうになったりした。そんなに昔のことではない。いま、ぼくは練馬に住んでいて、池袋は身近な町だけど、池袋・渋谷の電車はとっくになくなり、もしかしたら、トロリー・バスも姿を消していたころに、ゴールデン街の裏を電車がはしっていた。

トロリー・バスというのは、いわゆる和製英語かもしれない。たとえばアメリカあたりでは、トロリー・カーという。東京では、トロリー・バスもみんななくなったが、アメリカ西海岸(太平洋側)の北の町シアトルでは、町の中心部にいっぱい残っている。

トロリー・バスはふつうのバスにかわった。そのへんのことは、時間がかかるかもしれないが、調べればわかる。世の中は、だいたい調べればわかるようになっている。しかし、小説家は世の中のひとではない、とぼくはおもっていた。ところが、売れる作家はみんな世の中のひとなんだなぁ。しかし、ともかくぼくは、調べてもわからないことを書いている。だから、売れない。

東京では電車がトロリー・バスにかわり、そのトロリー・バスもなくなった。だけど、たったひとつだけ、電車が生き残った。早稲田・三ノ輪橋間の都電荒川線だ。その王子・三ノ輪橋間を、きょうはのる。ニホンじゅう、まえはごくふつうの運輸手段だった電車が姿を消してひさしい。いまでは、電車が残ってる市は、ほんのすこしだ。しかし、坂の町長崎は、町のまんなかの谷底みたいなところには、電車がうじゃうじゃいて、それを名物にしている。

長崎の電車も、東京の都電荒川線も、かたちがちいさいチンチン電車だ。オランダのアムステルダムにも、うんと飛び火して、オーストラリアのメルバン（メルボルン）にも、電車がはしってるが、これは、ニホンの郊外電車とチンチン電車のあいだぐらいの大きさで、両市はうんと距離ははなれてるのに、トラム（TRAM＝市街電車）とよばれている。はなしはちがうが、シアトルにも、東京の都電荒川線とおなじように、たったひとつだけ、チンチン電車がのこっていて、埠頭近くのウォーター・フロントをはしっている。

王子の電車らしいフォームのベンチに腰をおろして、三ノ輪橋行の電車を待つ。JRのプラットフォームにくらべると、たいへんにちいさいが、ぼくが子供のころのチンチン電車の停留所よりかうんと大きいみたい。だいいちベンチがある。

やってきた電車は一両だけだが、なかなか新型だった。チンチン電車の都電荒川線がひとつだけ残ったときには、やがて、この電車もなくなるのかとおもったが、新しい車両がでてきて、「こりゃ、まだつづくぞ」とうれしかった。

でも、車掌はいない。都電荒川線にのると、バスではとっくにいなくなった、車掌さんがいて、なつかしかった。しかも、みんな年輩のかなりのオジさんで、それが、ゆったりした態度で、こまかな面倒をみていた。

荒川車庫前には、降りる人専用のプラットフォームというのがあって、ここで電車の運転手さんが交替する。子供のときとおなじように、運転席のすぐうしろにいて、電車の運転ぶりを見ている。たぶんブレーキだとおもう取りはずしのできる棹《さお》のうごかしかたなど、ぼくが子供のころとおなじみたいだ。

電車の線路ぞいに赤いバラが咲いている。ふつうのバラの背丈の倍ぐらいはありそうだ。この荒川線にはバラがおおい。荒川遊園地前という停留所でも電車をおりたが、ここは赤いバラだけでなく、白いバラ、バラ色のバラ、ほんとにバラらしいクリーム色のバラもある。バラは夏の暑いさかりでも、きびしい冬の日でも咲いている。ただし、桜の花みたいに、いさぎよく散らないで、リンゴのかじりかけのように、花が腐ってくるのがなさけない。

荒川遊園地には空高くまわりあがる観覧車もあったが、頭上のレールを、ペダルをこいではしるスクーターみたいなのがおもしろかった。

裏口からでると、川の土手になっていた。川面が見える。隅田川だ。川下のほうから、ひらったくひくい遊覧船が音もなくやってきた。すぐ近くに水上タクシーの発着所があるらしい。隅田川も遊覧船がゆききするなど、パリのセーヌ川なみになってきた。しかし、まえは、セーヌ川なんかより、よっぽどおもしろい川だった。ちいさな犬をつれたオジさんに、見る場所によって、一本にも四本にもなったという千住のお化け煙突のことをたずねたら、下流のほうをゆびさして「あっちのほうにあったんじゃないですか……」と言った。この遊園地は川っぷちにつくったらしい。すぐそばに川があるというのは、ただそれだけで、うれしい。

千住のお化け煙突は、荒川よりだったかもしれないが、東京湾にでるあたりは、かなりはなれていても、このあたりは隅田川と荒川は近い。王子をとおって西新井にいくバスなどは、隅田川をこしたら、すぐ荒川になる。赤羽では、どうも隅田川と荒川がいっしょになってるようだ。

荒川遊園地前駅のそばをミニバスがとおっていった。終点は遊園地のすぐ近くだ。無料だという。それにのりたくてしようがなかったが、乗客がいくらかそろわないと出発しないというので、あきらめた。

電車は小台をとおる。荒川操車場から東京駅にいく都バスが、小台橋で隅田川をわたる。川のてまえに、たしか商業高校があった。小台――おだい、という名前を、バスのなかで、なんども耳にしたものだ。

町屋でも電車をおりる。町屋の焼き場に、浅草・猿之助横丁のかいば屋の主人、クマさんの遺体をおくった。浅草橋のテキヤの姐さんも町屋の焼き場でお世話になった。

公式な町名は千束だが、いまでも、吉原のもとのおんな屋に住む吉村平吉さんの、別れたばかりの女房のお弓さんが、町屋のチンチン電車の駅からしばらくあるいたところの飲屋ではたらいていた。ぼくはこのお弓さんに惚れてしまい、よく飲みにいった。地下鉄の町屋駅などないころだ。まだ千葉県の柏にいて、少女小説を書いていた川上宗薫の家にも、この飲屋を中継点にして、東玉川から二日がかりでいったりした。江戸川をわたって千葉県にはいると、長い坂があったりして、自転車ではなんぎだった。お弓さんがいた飲屋と、チンチン電車の駅とのあいだに、広い暖簾《のれん》のかかった大きな焼酎屋があったりした。町屋の駅の近くの裏通りに、焼酎道場なんて大きな看板も見かけたが、駅前は高いビルにかこまれて、ほかの町とおなじようになっていた。

電車が町屋にくるまえに、尾久《おぐ》という停留所名を見た。尾久の名前をさいしょに知ったのは、阿部定が男を殺して、オチンチンをきりとったのが、尾久の待合だったからだ。待合といっても、ちいさなものだっただろう。そして、尾久なんて、東京のはてのはてぐらいにおもっていた。

終点のひとつてまえあたりに、大映の野球場があった。大映の社長の永田雅一が勢い盛んなころで、もっとも近代的な球場などと言われ、たくさんの人たちが、ぞろぞろ電車からおりた。

終点の三ノ輪橋は、チンチン電車をおりてから、両側にあるちいさな店のあいだの、古びた建物のなかをあるいた。そして、その建物の外壁の上のほうに、文字をけずりとった跡が王子電車と読めた。もとは三ノ輪橋から王子までの電車で、市電ではなく、私電だったらしい。

いまでは、そんな文字はなく、でも、ちいさな稲荷《いなり》さんの祠《ほこら》や、古いおせんべ屋さんなんかが残っている。宝くじ屋のおジイさんが店からとびだしてきて、ぼくにはなしかけた。王子で電車にのったときから、車内で、なにか言うおばあさんがいた。こんどのたったなん時間かの電車旅では、たえず、だれかがはなしかけた。これは下町の特徴だろう。下町の人は、おつに澄まして、だまりこんでいたりはけしてない。ほんとによくしゃべる。人懐っこいのだ。

三ノ輪橋から浄閑寺にいく。ここは、吉原で死んだお女郎さんをひきとる、投げこみ寺として有名だった。軽演劇の先輩の吉村平吉さんに、なんどもつれられてきた。ここには、永井荷風の碑もある。古い墓地だが、寺の本堂や庫裡《くり》は新築中だった。

三ノ輪からあるいて、山谷の泪橋《なみだばし》の「近江屋」にもよくいった。近江屋のおかみさんは、ぼくを山谷のドヤ街出身だとおもいこんでいて、顔をだすとよろこんだ。

三ノ輪の泡盛屋の「亀島」でも、吉村平吉さんにつれられて、なんどか飲んだ。泡盛の本場の沖縄では、よく泡盛にセブンアップをミックスするそうだ。南の人たちは甘いドリンクが好きだ。「亀島」では、泡盛をラムネで割ってる人がおおかった。しかし、いまどき、ラムネなんてとわらわれるかもしれない。あれも、むかしのはなしなんだなぁ。それに、風邪をひいてるのでもないのに、泡盛を玉子酒にして飲んでる人が目についた。「亀島」で、下町らしく、トコロテンがお通しにでたことがあった。それに、まるい塗り箸だ。トコロテンはつるつるすべり、それにツバもからまって、一口でたべられるはずのお通しが、逆にふえちまった。

三ノ輪の地下鉄の駅の近くの「中里」におちつく。ここには、毎週のようにいっていた。ビールに、まず、なつかしい煮込みをたのむ。おつれさんの女性の編集者はナマズの天ぷら。これはめずらしい。ナマズはアメリカのミシシッピイ河、ニューオリンズの名物だった。ぼくはじゃがバターも注文する。明後日はニューヨークにかえるマコが、オデンの玉子をぼくにくれた。酎ハイにかえた。マコは肉豆腐に、オデンをたのみ、オデンの玉子をぼくにくれた。酎ハイにレモンがまるごと一コついてたのに、マコは感激している。「中里」は広い大きな店だ。しかし、その夜いた客はみんなぼくの知り合いで、下町の人たちだから、よくはなしもし、たいへんにたのしかった。

「中里」の主人夫婦は、娘がカリブ海のジャマイカ、息子はアメリカのアリゾナ州にいるそうだ。子供たちもそんな歳になったのか。ぼくが「中里」にいきだしたころは、主人夫婦は結婚してもいなかった。「だまされて、いっしょになったのよ」とオカミさんはわらっていた。

III

ちいさくて中身すかすか

ぼくの旅行カバンはちいさい。空港の到着ロビイの荷物台でも、ぼくのスーツケースはいちばんちいさいほうだろう。

これはカバン美学（いやな言葉だな）やおしゃれで、旅行カバンを小型にしてるのではない。ただもう物をもつのがきらいで、めんどくさいだけだ。

だから、小型のスーツケースでも、なかはすかすかのことがある。四年つづけて、夏のあいだだけ、ドイツのブレーメンにいってるので、ズボン下や長袖の下着などもスーツケースにはいってるが、それでもすかすかだ。ブレーメンは北の都市で、夏らしい日は一週間ぐらいしかなかったり、八月中に毛皮のジャンパーを着る人もいる。しかし、この二年はズボン下などはいらなかった。

夏のあいだ、アメリカ西海岸のシアトルにいるときは、ズボン下などはいらない。また、冬も外国の町にいるのだが、ニホンの冬が夏になる南半球の南米やオーストラリアにいくので、冬用の物なんかはいらない。

ただし、ある夏サンフランシスコにいって、寒さにふるえあがった。ニホンではいちばん暑い七月のおわりごろが寒いときで、夜などは真冬の毛皮のコートを着てる女性もいる。「はじめて夏にサンフランシスコにいく人は、かならず風邪をひきますよ」とアメリカ史の猿谷要先生に注意されたのに、ぼくも風邪をひいてしまった。

それでしかたなく、ブロードウェイのチベット屋で毛皮のコートを買ったが、「犬の皮じゃないよなあ。犬のほうがまだりっぱだもの」とわる口を言われた。「そんなコートを着てると、ぜったいニホン人には見えない」とわらってる者もいた。

さいしょにベルリンにいったとき、スーツケースの鍵をなくした。特殊な旅行カバンなので、鍵の複製はできないという。ベルリン空港へはここの大学の工学部の研究所の外林秀人教授がおむかえにきてくださり、「うちの研究所でカバンをこわさなきゃ、しようがないかなあ」なんて心配していただいたが、カバン専門店で、鍵を手にいれることができた。外林教授には日本レストランの京都やほかのバーでもごちそうになり、古いりっぱなアパートに招待されたこともあった。

ハワイのホノルル空港で旅行カバンががたがたにこわれ、ワイキキでスーツケースを買った。小型の旅行カバンは、カバンのうしろにだけコロ（車）がついていて、前をもちあげてあるくやつだったが、これはニホン人には人気がないときいてたけど、やはりつかいにくく、すぐだれかにやってしまった。

旅行カバン自身にはカンケイないけど、ぼくの旅では荷物がなくなってしまうことは、ごくふつうだった。ドイツのブレーメンへは、オランダのアムステルダムから二十人乗りのシティホッパー機でいく。グラスホッパーはバッタのことで、シティホッパーは町から町へ、ぴょんぴょんとぶヒコーキという意味だろうか。

アムステルダム空港でシティホッパー機にのるとき、目の前のトレーラーの荷台に、ひときわちいさなぼくの旅行カバンがのっており、「今年はちゃんと荷物がとどくな」とおもった。

その前年は、ブレーメン空港に荷物がとどかなかったのだ。ところが、こんども旅行カバンがこない。

アムステルダム空港でシティホッパー機のすぐそばで旅行カバンを見たのに、とどかないとは、とふしぎだった。

しかし、これは、搭乗機のところまで荷物はもっていったのに、なにかの都合でつみこまなかったのだろう。

もっとも、荷物はあとで配達してくれたし、ブレーメン空港に到着した日は、荷物がないので電車にのり、タクシー代がういた。いや、当日荷物がとどかないと、いろいろ不便なことのほうがおおいけどさ。

こだわらない

毎年、冬と夏には外国の町にいく。あったかいところ涼しいところというわけで、まったく無目的だ。

今年は、マイアミから、メキシコ湾のなかにほそ長い突出したキーラゴあたりにいってみたいね、とマコとはなしていた。マコは新宿ゴールデン街の飲み友だちだ。

しかし、なぜかぼくはマイアミがおっくうだった。きらいというのではない。やはり、冬のあいだ南米のヴェネズエラにいったとき、マイアミによった。一月のはじめと、かえりの三月すぎだ。合計ほんの四、五日の滞在で好ききらいがわかるほどではない。

ただ、町はずれにいい日本レストランがあり、たっぷり肉がついた大柄の女房がいて「自分はユダヤ人だ」と言っていた。すこぶる陽気な女性で、ぼくは大きなグラスで白ワインをたくさん飲んだ。この日本レストランはかなり気にいった。

マイアミ・ビーチとマイアミ市はちがう行政管轄のようで、警察もべつらしい。ぼくはおもにミステリの翻訳をしてたことがあり、でも、ミステリにでてくる地区はほんとにかぎられていて、このあたりは、その数すくない地区のひとつだった。ミステリの舞台の土地を、自分で見るというのは、こんなにうれしいことはない。とくに、いきたくてもいけないころに翻訳をやっていたぼくたちにとっては、もどかしいあこがれの地だった。

ところが根気のないぼくは、やがて翻訳をやめてしまった。そして、ぼくがやめたころから、翻訳の部数がうんとあがったそうだ。ぼくには逆の先見の明があるらしい。また、ぼくは売れない小説書きの典型みたいなものだが、ふつうは売れることへの嗅覚がするどいなどと言うのに、ぼくは売れないことへの嗅覚が発達している。たとえば、翻訳するまえに原本を読んでみるが、ぼくがつまらなくて翻訳しなかった本はたいていよく売れた。だから、出版社でぼくをやとったらどうか、と提案した。ぼくが、「ああ、つまらない」とおっぽりだした本の翻訳権をとるのだ。

一月の寒い夜、マコと新宿の「三日月」で飲んでいて、とつぜん、ぼくが「マイアミはやめよう」と言うと、マコが「やめよう、やめよう」とすぐOKした。

「だって、おまえ、去年マイアミにいきたがってたじゃないか」ぼくはいささか拍子ぬけがした。

「去年？　ほんと？」

まったくマコは屈託がない。いや、ぼくもマコもいいかげんなのだ。固執するところがない。近ごろ、こだわりというのがいい意味で使われている。この漬物へのこだわり、なんてさ。しかし、もともとは、こだわっちゃいけない、といけないことへの言葉だった。少し古いが、生きざまもおなじだ。まえは、そんなわるいことをしてると、死にざまがよくないぞ、なんて反対の意味につかった。

しかし、マコもぼくもいいかげんではあっても、鈍感ではない。そこいらの人たちがなにかにこだわってるのをみると、まったく、つまらないことにこだわってるとおもう。だから、マコもぼくもこだわらない。こだわりなんてイチ抜けた、ってところだ。

「台湾にいきたいな」ぼくは言った。台北空港にはなんどもよったが、台湾は知らないのだ。

「香港もいいわよ」ドイツのブレーメンに住んでる娘が東京のうちにかえってきていて言った。「しかし、香港はせまいからなあ。バスに二日ものってたら、ぜんぶのバスにのっちまう」

「それは、トウちゃんが船にのらないからよ。香港は船がたくさんでてるの。その船にのって、あちこちの島にいってたら、ひと月ぐらいすぐたつよ」

娘はドイツ人の亭主と、とくべつに砂漠用に改造したクルマでアフリカにいったりする。亭主は軽飛行機の操縦もできて、これも夏、二人でノールウエイあたりの野原に着陸し、テントを張って寝たら、翌朝、テントから顔をだすと、目の前に大きな牛がいてびっくりした、なんてことも娘ははなしていた。

東京から名古屋にいき、名古屋からソウル空港をへて、台北、香港。香港に一泊、それから成田空港にきて、アムステルダムにいったこともあった。安い航空券だからということだったが、それを二度もやっている。とにかく、香港ではやたらに飲んで、これは自分持ち。

アムステルダムでは日本レストラン「与一」のバーにいき、オランダ焼酎のジェネヴァを飲む。

じつは、台湾行もダメになった。新宿の「三日月」で第三者が台湾行に反対したのだ。そして、オーストラリアにきまってしまった。

オーストラリアは南半球なので、ニホンの冬が夏になる。つまりはあったかい。ということで、いまこれはシドニーで書いている。シドニーの新宿みたいなキングズクロスという繁華街で通りに女も立っている。

ホテルもキングズクロスのなかで二度引越した。そして、昼間はバスにのり、夜は近所のあまり客はいないが、小ぢんまりしたいいレストランで、マコとワインを二本もあけ、そのあと二階のバーでも飲んだあと、またほかのバーにいったりした。そのレストランは、とうとうほかの客はこなかった。それなのに、マコもぼくも前菜の一品料理をたべただけ、ウエイトレスは健康なわらい顔だった。

どいつがドイツ

七月から九月までドイツのブレーメンにいた。ブレーメンはドイツの北のほうの町で、ヴェーザー川の大きな貿易港だ。ヴェーザー川の河口までは約六十キロ。このあたり北海の沿岸や島々は風が強く寒さがきびしいので、変人がおおい、とわる口を言われる。なぜ寒いところに変人がおおいのかはわからない。まえの年の夏もブレーメンに二カ月いた。

ブレーメンには娘夫婦が住んでいる。しかし、親だから娘のところに訪ねていかなきゃという気持はない。まえの年のブレーメン行もひょいときまった。いや、きまったというのではなく、ひょいといくことになった。

娘のところが居心地がいいわけではない。娘は小うるさい。たえず、ぼくを叱《しか》りつけている。娘が子供のころ、ぼくは叱ったりしなかった。それなのに、いま、ぼくは娘に叱られてばかりいる。まったく間尺にあわない。

たとえば、ドアをしめるとき、音をたてると叱られる。食事のあと、せめて自分のたべた食器ぐらい洗おうとすると、また叱られる。流し（シンク）のまわりに水をはじきとばすのはいけない。そもそも、洗うのがよくない。いちいちあらってたら、水をたくさんつかう、洗剤もつかう、水の節約にならないし、洗剤をつかえば環境汚染にもなる。つかう水も洗剤もうんとすくなくてすみ、いっぺんにたくさんの食器が洗える皿洗い機があるではないか。

ところが、その皿洗い機のなかにつかった食器をいれる、そのいれかたがわるい、と叱られた。

ちょうど、東西ドイツの統一ということが、毎日のように、ニホンの新聞では大きくとりあげられてたときに、ブレーメンにいたことになる。

そのためか東京にかえってくると、ドイツ統一の現場の空気みたいなものをたずねる人がおおかったが、ぼくのまわりでは、そんなことは、まったく話にでなかった。

もう、まえから、いわゆる東ドイツの人たちは、たくさん西ドイツにはいってきており、「はじめは服装を見ただけで、ああ、東ドイツからきたんだ、とわかったけど、いまでは、服装ではわからないわね」と娘がはなしてるのをきいたぐらいだ。

ニホンでは、どこにいってもニホン人がいるけど、ドイツではそんなふうではないらしい。娘の亭主のディルクと町をあるいてたとき、五、六人の人たちとすれちがい、ディルクは「南の人たちね」と言った。その人たちはなにかをはなしてたのではなく、ただにこにこ、だまってあるいていた。だから、言葉の訛《なま》りで南ドイツの人、とわかったのではない。一目見て、南ドイツの人たちだとわかったらしい。

ディルクの両親はブレーメンから百キロほど南のハノーファーに住んでいる。それだけ海（北海）から内陸部にはいったわけで、ブレーメンでは、まだ魚をたべるけど、ハノーファーではほとんど魚はたべないとのことだった。たった百キロはなれても、ぜんぜんべつな町、べつな国らしい。

ドイツは連邦で、ひとつひとつの州が独立国みたいになってるようだ。こんどは、東ドイツもおなじ連邦のなかにはいったってことだろう。

ディルクのお父さんと、ブレーメンの近所の飲屋にいったことがあるが、「へえ、ハノーファーに住んでるんですか。わたしも、戦争中に一度だけ、ハノーファーにいったことがありますす」と、その飲屋の常連の一人がはなしていた。

たった百キロしかはなれてない町でも、外国の町のような言いかただった。こういったことは、ぼくもなんどかきいた。ぼくは広島県のもとの軍港町県《くれ》の育ちだ。「戦争中に一度だけ、呉にいったことがありますよ」そっくりおなじことを言う人に、なん人もあっている。

戦争中には、いろんなおかしなことがある。いま、アメリカの兵隊たちがクソ暑いサウジアラビアにいる。おそらく、ほとんどの兵隊たちは、「なんでおれたちはこんなところにいるんだろう？」とふしぎな気持のはずだ。

それに、戦争に勝ってる側よりも、負けてる側のほうが、もっとおかしなことがおき、うろちょろうごきまわったりする。

戦争でもなきゃ、ハノーファーみたいなよその土地にいくこともなかったのに、戦争中に一度だけ……ということだろう。

ブレーメンにいたとき、「どうして、ニホン人はみんな、ヒットラーのことをきくんだろう?」となんども言われた。とてもふしぎなことらしい。

ヒットラーはブレーメンには一度もこなかったらしい。きたらソンだとおもったのだろう。もともと、ヒットラーは南のほうのオーストリアの人だ。ブレーメンの人たちは、よその国の人のようにおもってたのか。

旧港のクナイペ

　こんどの夏も、ドイツのブレーメンにいった。ブレーメンには、うちの下の娘がドイツ人と結婚して住んでいる。とくべつ、ぼくは娘の顔が見たいなどとはおもわないが、ブレーメンの夏はまことにさわやかなので、もうなん回もいっている。しかし、冬はたいへんにきびしいらしい。寒いのがきらいなぼくなんかは、いけたものではない。

　ブレーメンの娘夫婦の家はハウプト・バーンホフから、あるいて十一分ぐらいだろうか。ニホンからブレーメンへの直行便はないので、ぼくはオランダのアムステルダム経由でいく。アムステルダムには、東京駅のモデルだなどと言われている、古くて大きな駅があり、CENT-RAL STATIONと駅の建物の正面に書いてある。東京駅に似た横に長い建物だ。これは中央駅と訳してさしつかえないだろう。しかし、ハウプト・バーンホフは中央駅と訳していいだろうか？　ドイツのほかの町に旅行したとき、英語のセントラルに似たドイツ語を見たような気がする。有名なドイツの作家のハウプトマンは、本家さん、みたいな意味ではないだろうか。だから、ハウプト・バーンホフに、ぼくはかってに本駅みたいな訳をあてたが、これは世間では通用すまい。

娘夫婦の家のすぐ近くには、アム・ドッペンの停留所がある。ここに、1番と10番の電車、30、31、33、34番のバスがくる。25番のバスもとおってるが、バス停はすこしさきだ。

このうち、33番と34番のバスは、ニホンで募集した中高生の寄宿学校のそばをとおり、昔のクルップ、いまのアトラスの工場の前が終点（起点）だ。ここは、2番と10番の電車の終点でもある。

ここからも、いくつものバスがでてるが、そのうちのひとつに21番のバスがあり、ブレーメン大学にいく。ブレーメン大学からも、なん本かのバスがあるが、28番のバスは大学をでて、そのむこうの湖のほとりをとおり、ブレーメンの町をよこぎって、旧港が終点だ。

ブレーメンはドイツで二ばんめに大きな港だが、ヴェーザー川にのぞんでいる。ドイツ第一の港のハンブルクはエルベ川の河港だし、ヨーロッパの大きな港は河港がおおい。ブレーメンの町はヴェーザー川の河口から六十キロ。そのさきはノルト・ゼー（北海）で、冬、寒いので有名だ。

ブレーメンの旧港はヴェーザー川の下流にむかって右側で、いまでも港湾本部の建物などがあるが、停泊してる船などはほとんどいない。川の左側にコンテナ船の基地ができ、広大な地域にコンテナがおいてある。いまはコンテナ船の時代になった。

旧港のバスの終点の前には郵便局があるが、人が出入りするのは見たことがない。それに、郵便局のよこにはクナイペ（バー）らしきものがあるが、これもまことにひっそりとしている。しかし、表のドアはあいているようだ。ぼくはこのクナイペで飲みたくてしかたがなかったが、港は町からははなれたところにあるのがふつうで、また、港の入口のゲートをとおってからも、かなりの距離がある。もたもた飲んでたら、もともと本数がすくないバスは、とっくになくなってしまうだろう。それどころか、旧港ぜんたいが、だーれもいなくなって、かえりのタクシーもよべないかもしれない。

ところが、マコがブレーメン大学から、28番のバスにのり、このバーにいってきたという。マコとは新宿の長い飲み友達で、こんどの旅はいっしょだった。

「テーブルがいっぱいおいてあってさ。社内食堂みたいに、がらーんと大きくて、港湾の人たちの食堂なのね」とマコは言う。

「しかし、あれはバーだろ？　表から見たら、どう考えたってバーだよ」とぼく。

「ううん、食堂よ。テーブルが三、四十あるんだもの。そんで、わたしがいちばん奥のテーブルに腰かけて、ビールを飲みだすと、ほかのテーブルのオジさんたちが、じーっとこちらを見るの。だから、わたしがひょいとふりむくと、みんなあわてて目をそらすの」

「そんなにたくさんオジさんたちがいたのか」

「けっこういたよ。三つ四つのテーブルに、十人ぐらいかな」

三、四十のテーブルに十人ぐらいでは、けっこういた、とは言えないんじゃないか。ともかく、マコはブレーメンがはじめてだ。初めてのマコに、旧港のバーの先をこされてしまった。というわけで、ぼくもブレーメン大学から28番のバスにのり、旧港の終点にきた。そのちょっとてまえに、長さ三百メートルぐらいの人工の入江みたいなのがある。長い年月に両側の岸壁ともにくろずんでいるが、船かげはない。くらい、しずんだ色の水がひっそりつづいていて、気味がわるい。こんなところにおちたら、なにかが尻《けつ》の穴から腕をつっこんで、腸《はらわた》をぬきとられそうだ。人がひとりもいない人工の建造物というのはこわい。おまけに、水がからまると、よけいこわい。

くりかえすが、表から見るとクナイペだ。間口だって、そんなに広くはない。しかし、なかにはいっておどろいた。ほんとにテーブルが三、四十ある。間口まで急に広くなったようだ。三、四十のテーブルのうちの二つに、オジさんが三人いて、オバさんも一人いた。ぼくは部屋の奥の売店みたいなところにいき、ビールを買い、グラスをもらって、近くのテーブルにもってきた。マコは東洋人の女性だからか、オジさんたちがめずらしがって見たというが、ぼくのほうは、だれも見ない。そのうち、オジさんのあいだのオバさんは売店の人だとわかった。

娘夫婦の家からハウプト・バーンホフ（本駅）とは逆のほうに、あるいて十分ばかりのところに、昔の鉛筆とか昔の爪切りとか、へんなものばかり売っている古い店があった。ここで、いまから六、七十年まえの旧港の絵葉書を買ってきた。えらく繁盛していて、たいへんに活気がある。船がひしめきあい、たくさんの人がはたらいてる。川の対岸のコンテナ船の基地など、まるっきり草ぼうぼうの空地だっただろう。いまでも、コンテナ基地は広いばっかりで、あまり人気《ひとけ》はない。しかし、こっちの旧港は、ほんとにすっかりさびれてしまった。いまは一軒だけのクナイペも三、四十軒、港にむらがる女たちもなん百人もいたというのに……。

南米のカラカス

夏も冬もニホンにいないが、いく場所がちがう。もちろん、夏は涼しいところ、冬はあったかいところだ。

去年まで四年つづけて、夏のあいだはドイツのブレーメンにいた。ドイツは寒い。ブレーメンはそんなドイツのなかでも、北海の河口まで六十キロの川の港で、寒いためブドウもとれない。じつは夏のあいだしか、寒がりのぼくはいられないだろう。

年によってちがうが、夏らしい暑い日は一週間ぐらいってこともあるようだ。暑い夏の日はもうお祭りで、上半身裸の男たちが公園の芝生の上に、大ぜい寝ころがっていたりする。

ニホンにいると、夏の暑い日はたまったものではないが、ブレーメンでは、ぼくまでが暑い日をよろこんでいた。

冬はあったかいところにいく。ニホンの冬が夏になる南半球のオーストラリアには、なんどもいった。シドニーやメルバン（メルボルン）なんかだけではなく、インド洋側のパースにもいたことがあった。しかし、夜、寝苦しいということはなかった。

こんどの冬は地中海のキプロス島にいった。北のドイツの人たちやイギリス人などは、キプロスはとってもあったかいところのようにおもっている。今年も、ブレーメンに住んでる娘夫婦と赤ん坊も、たのしみにしてキプロスに出かけていったようだ。

しかし、ぼくは東京で出発がおくれ、もたもたしてるうちに、娘たちはキプロスからドイツにかえってしまい、いきちがいになった。

娘たちが滞在していたラルナカというキプロスの町に、ぼくも三日もいたのに残念なことだった。

やはり地中海のマルタでも一冬すごした。ここも、もとはイギリスの植民地で、半袖のツーリストもめずらしくなかったが、島の女性たちはブーツをはき、毛皮のコートを着ていた。ニホン人のぼくたちは、ま、島の人たちとおなじようなものだ。真冬に海で泳いだりはしない。

ニホンの瀬戸内海の島々でもそうだったが、たいていの島は水に苦労した。マルタ島では、川らしいものの跡はあっても、水が流れてる川はなかった。飲み水などは、海っぱたの工場で、海水からこしらえていた。だから、飲むとほんのりしょっぱかった。それで、同行したマリは水を買ってきていた。近ごろの若い人たちは水を買うことに慣れてるともきいた。しかし、水を買えば、もってかえるのが重い。「よくもまあ、そんなめんどくさいことをやるなあ！」とぼくがあきれると、「めんどくさがるのはオヤジの証拠よ。水を買うのはファッションよ」とケイベツされた。めんどくさいファッションだな。

マルタ島のつぎの冬は、アメリカの南半球のヴェネゼエラのカラカスにいった。カリブ海のすぐそばの空港からタクシーで一時間ぐらいあがったところにカラカスの町はある。海抜八百メートルとか千メートルとかきいた。

じつはそんなに高くても谷間の町で、両側に連山がそびえている。そのなかのひとつのアビラ山は有名で、町の人たちは自慢にしている。この山の名前をとった「あびら亭」という日本レストランもあった。

「あびら亭」のメニューには、寿司のバンクーヴァー巻きがあって、「どうして？」と首をかしげた。カナダのバンクーヴァーはまえから鮭で有名で、日系人の漁民もいた。鮭の皮をこんがり焙《あぶ》って、寿司をまき、カリフォルニア巻きにちなんで、バンクーヴァー巻きと名前をつけたのもわかる。しかし、ここは南米のカリブ海に近いカラカスなのだ。鮭なんかカンケイねえじゃないか、とぼくはおもったのだ。

ところが、ブレーメンの夏みたいに、これまた南米づいたのか、カラカス、ブラジルのマナウス、サンパウロと二冬つづけ、つぎの冬はチリのサンチャゴにきてみると、鮭のはなしでもちきりだった。

ニホンの技術者が苦労して鮭の養殖に成功し、とくに南チリでさかんにやっていて、いまではニホンへの大きな輸出品だという。チリは南にいくほど気温がさがる。

鮭の養殖技術をおしえた人の息子さんにもあった。ニホンの商社の人だ。「養殖した魚はかならず逃げる」とその息子さんが言ったのも、うれしくわらっちまった。

養殖場の魚は池のなかなどに飼われ、逃げるどころではないみたいだが、大雨が降って池の土手がこわれたり、海中養殖の網が切れたりすると、どんどん逃げちまう。こうして逃げた鮭がチリの近海にはたくさんいるそうだ。

ニホンの浜名湖のあたりのウナギの養殖場も、あるとき、大雨が降って、ウナギたちが海に流れ、それがまた天竜川をさかのぼってきたとかで、大ぜいの人が天竜川にウナギを釣りにいったとか……。

鮭は寄生虫が人体にわるいそうで、いっぺん冷凍して寄生虫を殺したらしいが、チリの養殖の鮭は寄生虫がいないのか、生でどんどん刺身にする。海にいる鮭も直接刺身にしていいらしい。

さて、カラカスでは、「あびら亭」のほかのもう一軒の日本レストラン「黒帯」で毎晩飲んで、カサノヴァ通りにあるホテルの近くのバーに、これまた毎晩かよった。

白木みたいな、いくらかそっけないドアがひとつの、窓などはないバーで、いつもドアはしまってる。

そして呼リンをおすと、目の高さのよこにほそ長い、郵便受みたいなちいさな窓がかちんとあいて、なかの者がやってきた客をたしかめたあとで、ドアをあけてくれる。

まるで禁酒時代のアメリカのもぐり酒場（スピーク・イージイ）みたいだ。事実、ほかの客はあんまりいたことがなく、ぼくの顔を見とどけてから、いれてくれたあとは、一晩じゅう、ぼくひとりで、だれもこないこともめずらしくなかった。

南米はブラジルのほかはみんなスペイン語の国だが、ぼくはまったくスペイン語はできない。しかし、そばに女がいて、酒を飲んでるぶんには、あんまり不自由はないようで、ぼくはひとりで大はしゃぎで飲んでいた。

とくに、ぼくとしたしかったのはカレンという女性だったが、ブラジルの人ときいた。ママのブランカも、ほかの店の女も、みんな肌は白い人たちだ。

女たちは陽気で、それにラムをよく飲む。ただしボトルの値段が安いから、たいしたことはない。ぼくはよく歌をうたっていた。大きな声を張りあげてうたう。

カウンターのいちばん奥がぼくの常席で、となりにカレンがいる。そして、カウンターのなかにママのブランカ。ボックス席もあるバーだが、となりにも大きな部屋があり、壁ぎわにソファなんかがおいてある。

しかし、くりかえすが、ひと晩に客はぼくひとりだったりして、この部屋に客がいたのは見たこともない。

でも、トイレがこの部屋の奥なので、こんなりっぱな部屋をもったいないなあ、ときょろきょろ見まわしながら、トイレにいく。

カラカスでも、ニホンの商社員などがいくバーなんかとはぜんぜんちがう。しっとりおいついてるというより、客がいないバーなんだもの。まるっきり内輪のバーで、なによりもなごやかな感じなのがいい。けっして陰気なバーではない。

カレンとは地下鉄で二駅はなれた「黒帯」にも食事にいった。「黒帯」は、大統領府のカサブランカ（英語ならホワイトハウス）から遠くない。クーデターの銃撃戦はつぎの冬のことだったが、かなりこわかっただろう。いや、酔っぱらうにはやかましいだけか。

おとした金をひろってくれ……

このまえの冬はブラジルにいた。アマゾンのマナウスや河口の町のベレンなどもまわってきたが、おもにサンパウロにいた。ヴィラ・マリアーナという地下鉄の駅やバスターミナルもあるところの近くだ。

このヴィラ・マリアーナのバスターミナルで、あるバスからおり、べつなバスにのろうとあるいてると、ぼくによびかけ、はしっておいかけてくる女性がいた。

ブラジルの女性にしてはいくらか小柄で、着ているものも飾りたてたりはせず、さっぱりしていた。

しかし、ぼくはこんな女性に知りあいはない。ふしぎに思いながら、足をとめると、その女性はなにか言いながら、手にもった封筒をさしだした。

お金をいれた、ぼくの封筒だ。ぼくは財布はもってない。お金を財布にいれてると、財布ごとおとしてしまうからだ。だから封筒にお金をいれ、これをポケットにつっこんだりせず、バッグにしまってる。

でも、その封筒がなにかでバッグからこぼれおちたんだろう。これじゃ財布ごと金をなくすのとかわりはない。

このときも、なにかをおとしたような気はいはあった。しかし、それは四列はあるバスターミナルのずっと向こうのほうで、だった。この女性はそこで封筒をひろい、かなりの距離をはしって、ぼくを追いかけてきたのだろう。

ブラジルはヤバい。サンパウロでもむりやり金をとられたというはなしは、しょっちゅう聞いていた。ところが、金をとられるどころか、この女性は金をひろい、はしってぼくを追いかけてとどけてくれた。このはなしをすると、奇蹟だな、とみんなわらう。

ぼくはあちこち外国の町にいってきたが、ドロボーなんかにはあったことがない。運がよかったのかもしれないけど、ただ、それだけではない気もする。

ブラジルのニホン人

サンパウロ空港で搭乗手続きの列にならんで、旅行社の人としゃべってると、どうもはなしがトンチンカンなのだ。ぼくが「いっしょにブラジルにきた仲間は、とっくにニホンにかえったのに、ぼくひとり残って……」なんて言うと、旅行社の人が「ええ、いくひとは、もうみんないってますからね。いまは二度目って人がおおいんです」みたいなトンチンカンなやりとりだった。

そして、だいぶたってから、この旅行社の人がぼくをニホンへの出稼ぎの男だとおもってるのに気がついた。

しかし、ぼくは日本国の赤い旅券だ。旅行社の人はぼくの旅券をもって搭乗手続きのかわりをやってくれたりした。それなのに、どうして、ぼくをこの国からニホンへの出稼ぎとおもったのか？

ところが、ブラジル国籍をもたない、それこそニホン人が、この国にはたくさんいることを知った。

北アメリカで日系の一世は、戦前の遠い昔にニホンから移民できた人たちで、いまでは二世というより、三世、四世の時代になっている。

ところが、ブラジルでの一世と言うと、戦後になって、この国にきた人たちで、永住権はあっても、国籍はニホンだ。だから日本国の旅券をもっている。

戦争がおわるまえにブラジルに移民した人たちは、古いコロニアの人、なんてよばれているようだ。ニホンからきた人たちは、州政府から土地を借りて移植地、コロニアをつくった。

このコロニアのニホン語として植民地と言ったりする。植民地などわる者あつかいの言葉なのに、ここではいまでも平気でつかっている。

こんなコロニアはつまりニホン村で、おたがいニホン語でことがたり、ブラジルの言葉、ポルトガル語は知らないでもすむそうだ。

そんなふうなので二世、三世でも、ニホンの内地の人なみにニホン語をしゃべる。英語しかはなせない北米の二世や三世とはうんとちがう。ただし、ふつうのニホン人とかわらなくても、ニホン語の微妙なニュアンスはわからないことがおおい。サンパウロ空港でぼくをニホンへの出稼ぎの男だとおもいこんでいた旅行社の人は、ニホン語はなめらかだったが、この国で生れた二世かもしれない。

こんどブラジルに滞在していたあいだにアマゾン地方にもいった。アマゾンという川の名前はマナウスまでで、ここより上流は二つの川にわかれ、ひとつはソリモエス川、もうひとつは、黒い川という意味のヒオ・ネグロ。

この二つの川の水がまるでちがうのはふしぎでしょうがない。ソリモエス川は濁流で木の枝や草のかたまりみたいなものがつぎからつぎに流れてきたりする。

ヒオ・ネグロ川をちいさな船でさかのぼり、船のなかで寝たりした。ヒオ・ネグロの名前どおり、船の舳先《へさき》でくだける波はコカコーラでもついだみたいに、黒く泡だっていた。だが水は透明で、川のなかにはいって泳いだとき、川の水をてのひらですくうと、コカコーラの色、くろっぽい色というより、琥珀色の紅茶の色だった。

くりかえすが、この二つの川が、マナウスで別れるとすぐ、水の色だけでなく、かたっぽうは濁流で、ひとつは色はついてるが透明な水、とまるっきりちがうのは、どうしたことだろう。

ヒオ・ネグロ川を船でさかのぼったとき、船がちいさな船着場につくと、すごくきれいな若い女性がいた。

鄙《ひな》にはまれな美い《い》女って言いかたがある。しかし、この船着場だって、なんキロかのあいだにぽつんとひとつだけあるところで、船着場のすぐうしろに、わずかな耕地らしいものが見えるが、そのむこうは果てのないジャングルだろう。だとすると、ジャングルにはまれな美い女ってことになる。

肌は褐色だが、すらっとプロポーションがいい。この国には美しい女性がおおいけど、ぼくなどが見るとバストや腰まわりの肉づきがたっぷりしすぎる。

ところが、この船着場の若い女性は、そういった余分の肉がなく、ほっそりしなやかだ。

「しかし……」と船のオーナーで船長さんのニホン人が声をひくくした。「あれでソウバなんですよ」

「ソウバ?」ぼくはめんくらったが、船長さんとはなしてるうちに、総入歯のことだとわかった。

混血だけにある妖しいように美しいこの女性が総入歯だとは……。しかも、まだ十四歳だときいて、またびっくりした。

歯の手入れもほとんどしないし、歯がわるくなると、ほっといて、歯がぜんぶわるくなったところで、町の歯医者にいきみんな抜いて、総入歯にするのだそうだ。

いや、それにもおどろいたが、小柄な船長さんは、たまたまこちらに住みついてる、まったくのニホン人だ、とぼくはかってにおもっていた。ぼくたちとおなじ、ふつうのニホン語だったからだ。

しかし、総入歯をソウバと言った。で、あらためて船長さんにたずねると、「わたしはこの国で生れて兵隊にもいき、完全な二世ですよ」ということだった。

まだ小学校にはいってない子供でも、ずいぶんオシャマな口をきくことがある。ところがはなしていて、トンチンカンなことがおきたりする。でも、相手は子供だとわかってるので、やはり子供なんだなとおもう。

ところが、この船長さんだってちゃんとした大人だし、また、ぼくたちとおなじような自然なニホン語をしゃべっていた。北米の二世なんかにはこんな人はいない。

それで、てっきりニホンで育った人だとばかりおもってたら、とつぜんソウバだ。ブラジルについて、あれこれきいていたが、ぼくは、二世などのニホン語のなめらかさとトンチンカンさが、とても興味があった。

出稼ぎのことも、大さわぎなのにおどろいた。毎日、みんなで出稼ぎのことをはなしている。サンパウロのニホン町の、ぼくが好きなちいさな飲屋なんかも、店をしめてしまったり、客がこなくて不景気でしようがないとコボしてる。飲屋の客がごっそりニホンに出稼ぎにいってしまったのだ。

ただし、ニホンで考えるような出稼ぎという、くらいイメージはない。サンパウロ空港から成田にいく日航機では、ほとんどが出稼ぎの人たちだときいており、ぼくも出稼ぎに見られたが、女性や子供たちがおおいのに、これもおどろいた。

子供たちは出稼ぎではない。女性もあんまり出稼ぎのようには見えない。いい機会に、ニホンを見てやろう、ひさしぶりにニホンにかえってみるか、という人もいるのではないか。

ニューヨーク、ハーレム

ひさしぶりにニューヨークにいってきた。ニューヨークは冬は寒く、夏は暑い。練馬のうちのとなりのエカキ野見山暁治と美術学校のとき同級生だった古川吉重さんのアパートにもいったが、ここはマンハッタンのうんと南のほうでハドソン河の河畔に近い。

「冬は、ハドソン河から吹いてくる風が、もう寒い、寒い」

と古川さんは暑い夏の夕方に肩をすぼめるようにした。有名なリンゼイ市長のときたてた芸術家のための広大なアパートだ。古川さんのところも、奥さんのぶんも二つアトリエがあり、ダンスの練習場がついたアパートもあるという。

こんどの旅では、セントラル公園《パーク》の南のはしからM5のバスにのって、よくハーレムにいった。

このバスはハドソン河にそったリバーサイド・ドライブという、なかなかおもむきのある、ときには河の眺めもいい通りをとおって、ハーレムにはいり、ジョージ・ワシントン橋のたものあたりが終点だ。

ニューヨークに二十年以上もいる美術編集者のフジさんは「へえ、そんなおとろしいところに、よういくなあ」と、関西弁でため息をついた。

この終点からバスがひきかえしてくるときには、スペイン語をしゃべる黒い人たちが乗客のほとんどだった。

ニューヨークについた日の翌日から、たしかM1のバスにのり、この終点もハーレムだった。ハーレムのうちでも柄のわるいところで、紙包に酒壜をいれた人たちなどが通りにつっ立っていた。

なぜか、ハーレムには毎日のようにいった。そして、毎日なんどか、消火栓から水をだして、子供たちが水をからだにあてて るのを見かけた。こんなのは映画でしか見なかったことで、それを日常的にやっていた。

セントラル公園《パーク》の北側はもうハーレムだが、ハドソン河の近くはすこしちがっていて、コロンビア大学もそういうところにある。大学の前もなんどかバスでとおったが、構内をうようよ人があるいてるのにびっくりした。アメリカの大学はやたらにキャンパスが広く、みどりがいっぱいで、リスがいたり、野ウサギやシカさえいることがあるのに、やはりニューヨークはちがうのかなあ。

マンハッタンのずっと南のほう、グリニッチビレッジのニューヨーク市立大学は、キャンパスそのものがなくて、建物だけだという。

もとはミュージシアンとして有名だったらしい黒人のアックイが運転するクルマでハーレムにいったかえり、リバーサイド・ドライブの木立のあいだからハドソン河の水面《みなも》が見えるところで、屋台のアイスクリームを買おうとしてクルマをおりたら、目がくらんだ。暑い日だったが、東京でも長いあいだバスにのっていたあとあるきだすと、ふらついたりする。ま、もう長くはないんだろう。

87分署シリーズの作者のエド・マクベインはニューヨーク子だが、ぼくがこのシリーズの『通り魔』などを翻訳したころには、ニューヨークには実際には87というナンバーの分署はなかった。

「ところが、いまはある」とアックイは言う。「いや、ない」とぼくは力んでくりかえしたが、アックイはわらった。「だって、うちの娘の亭主が、げんに87分署の署長だよ」

まえはなくても、いまは87分署はあるのか！　番号から考えて、ブルックリンあたりにある分署かなとおもったら、やはりそうらしい。それにしても、小説で有名な87分署を実際につくるなんて、ニューヨーク市警はおおらかなのか。

もっとも、新宿も淀橋署と四谷署の管轄で、フィクションにだけ新宿署というのはあったのだが、淀橋署が新宿署になってしまった。フィクションにだけでてきて有名なのは、エド・マクベインのミステリでは東京の城南大学なんかもそうだろう。

87分署はイソラにある。イソラはラテン系の言葉で島という意味で、マンハッタンのことだろう。マンハッタンは西のほうはハドソン河、東はイースト・リバーで北はハーレム河、南はニューヨーク湾で、昔は舟でしか渡れなかっただろう。いまよりもっと、島の感じがあったはずだ。

あやまらなきゃいけないのは、ぼくはイソラをアイソラと読み、そんなふうにニホン語の片カナにしてきた。エド・マクベインとあっておしゃべりしたとき、はじめてイソラとわかったが、もうたいへんな手おくれだ。

エド・マクベインとはなしたとき、87分署シリーズの初期の作品の『通り魔』と『レディ・キラー』をぼくが訳したことを言うと、「あのころは、おたがいガキ（キッド）だったなあ」とエド・マクベインは昔をおもいだすような顔になった。彼はぼくよりも一歳下だ。第二次大戦がおわったころ、十九歳でニホンにきている。海軍の水兵で、ほとんど艦《ふね》のなかにいて、あまり上陸しなかったらしい。ニューヨークと言えば、ビジネスの町みたいにおもわれがちだが、ニューヨークは海軍の町でもある。ニューヨーク子のエド・マクベインは、わりと自然に海軍に志願したのだろう。いまとちがい、昔はセーラー服の水兵さんなども、もっとたくさん町で見かけたにちがいない。ニューヨークは古川さんがいるアパートでもわかるように、芸術の都でもある。フジさんやギュウちゃんこと篠原有司男《うしお》さんなんかにもあった。売れてるエカキさんだ。

新宿ゴールデン街の飲友だちのマコが、マンハッタンの西十五ストリートのアパートの部屋を借り、ぼくを待っててくれた。このアパートはほんとに下町っぽいところにあり、毎晩、もろニューヨークの下町みたいなレストランやバーにいき、さわいで飲んだ。

東京の下町には、下町だってことを鼻にかけ、おつにとり澄まして、となりの人には話しかけるな、酒徒五戒なんて貼紙のある飲屋もあるけど、マンハッタンの下町のバーはまことにざっくばらん、毎晩、マコとぼくはすぐ街角をまがったところのフラネリイズという酔っぱらいバーに最後によった。

ショーン・コネリー主演の『ライジング・サン』という映画がある。この映画のニホン企業の社長になるのが、ハリウッドではもっとも有名な日系俳優のマコだが、ぼくの友だちのマコは女性だ。まことに果敢な酔っぱらいだけど、そのマコがフラネリイズ・バーのことを、あそこは酔っぱらいばかりいるバーで、と顔をしかめる。しかし、毎晩ふたりでいってたけどさ。

黒人のアックイとマコとぼくでマンハッタンの南のはしからフェリーにのり、途中、自由の女神を見ながら、ニューヨーク湾をよこぎり、ステットン島にいったこともあった。

ステットン島へはブルックリンとニュージャージイのほうから橋がかかっていた。どちらも、ぼくがまえにニューヨークにきたときにはない橋だった。

ブルックリンにも食事にいった。ぼくたちがはいったレストランは、長い歴史をもつ風格のある店だったが、なんと、まだガス灯をつかっていて、夕方、長い竿のようなもので、それに灯をともしてまわった。まわりの通りはけっしてきれいではなく、ニホンの紳士などはいかないところだ。

ハーレムについても、おそろしいはなしを、うんときかされていた。しかし、ぼくみたいなしょぼくれた服装の者がいったって、ぜんぜん目立たない。こんどの旅のあいだだけだが、むしろ、みんな親切だった。

でも、なぜ、毎日のようにハーレムにいったんだろう。それも好奇心があってハーレムにいったんじゃない。バスにのったら終点がハーレムで、終点だからバスをおり、ついでに、そこいらをぶらぶらするといったぐあいで、ほんとにどうってことはなかった。

暗闇にバーのネオン

アメリカ西海岸（太平洋岸）のいちばん南の港町サンディエゴは人口はおおいが、なにか鄙びた町で、ぼくは気にいっている。

さいしょにサンディエゴにいったときは、ダウンタウンから坂をあがった丘の上のホテルにとまった。大理石造りの白くかがやいてるようなホテルで、かつてはサンディエゴでもいちばんのホテルだったのだろう。

そのホテルについたときは、もう夜の九時すぎで、腹がすいてたし、酒も飲みたくて、ふらふらホテルをでた。

ホテルのまわりはくらい。くらい通りをくだっていくと、いくらか広い通りと交差していた。あとでわかったが、これがFifth Avenue（五番街）だった。五番街はニューヨークだけではない。

この五番街を右にまがり、また坂をあがった。灯りがついた店などはひとつもない。通りはひっそりしずかだ。ぼくはかなり絶望的な気持になっていた。

はじめての町のはじめての夜だ。まったく心ぼそい。おまけに日曜日の夜だった。外国の町で土曜、日曜日がどんなにとくべつな日なのか、ごぞんじの方にはよくわかるだろう。もちろん、店なんかはみんなしまってる。バスもなくなってしまうことが多い。通勤や通学のためのバスだろうか。とにかく、ニホンの町の日曜の夜なんかとはまるっきりちがう。

くらい通りに橋みたいなものがかかっている。こんな小高いところに川があるとはおもえないが、陸橋のようなものだろうか。それさえもわからない。

しかし、ぼくは夜の散歩にホテルをでたのではない。くりかえすが、腹もすいてたし、酒も飲みたい。あてがないまま、橋みたいなものをわたる。すると、右手のさきのほうに、闇のなかにぽっちり滲《にじ》むように灯が見えた。ひきよせられるように、その灯に近づいていく。

灯の前までできた。メキシコふうの褐色の土壁に、ただ文字だけの看板がでている。これもネオンのうちだろうか。しかも釘《くぎ》折れみたいな、ほそい文字だ。ほそいけれども、金釘流の落書のように、メキシコの田舎家みたいな壁に、のたくってうきあがっている。金釘文字をたどると、「NORMA JEAN'S BEER & POOL」と読めた。

粗い土壁の金釘流のネオン文字。ただそれだけなのに、どんなにやさしく、ココロあたたかくおもえたことか!

通りはひっそりくらいのに、ドアをおすと、ほんとに別の世界があった。だいいちあかるい。アメリカのふつうのバーよりも、もっとあかるいのではないか。客もたくさんいる。みんな顔なじみだろう。チキン・バスケットをたべてる客もいるから、たべものもだいじょうぶのようだ。

しかし、あの金釘流ネオン文字のとおり、ウイスキーやジンなどの強い酒（スピリット）はなく、ビールとワインだけらしい。こういう店は、ふつうワイン・バーという。また、これも看板にいつわりなく、pool（玉突き）台もいくつかおいてあった。

カウンターで飲みながら、看板のNORMA JEANというのは、どこかできいた名前だなあ、とぼんやり考えてるうちに、はっとおもいだした。ノーマ・ジーンはマリリン・モンローの本名だ。

店をそんな名前にしてるのには、マリリン・モンローになにか縁故があるのか？　カウンターのなかの女性がオーナーらしいが、もう若くはないけど、なかなか色気があって、とくにヒップの張りっぷりがいい。マリリン・モンローはアメリカではかわいい女のタイプだったが、この女性はキャサリン・ヘップバーンふうの美人だけど、もしかしたら、マリリン・モンローの妹だったりして……？

ぼくはマリリン・モンローの伝記はいくらか読んでるが、サンディエゴにきたという記述はなかった。しかし、マリリン・モンローが生れ育ったロサンゼルスは、ここから列車で二、三時間のところだ。

また、マリリン・モンローというよりノーマ・ジーンが十七歳で結婚したジム・ハガティは海軍の工員になり、第二次大戦中は海軍の修理船にのって南太平洋にいた。サンディエゴは太平洋ではハワイの真珠湾とならぶ大きな軍港だ。彼女の夫のジム・ハガティがサンディエゴにきたか滞在していたことは、ほぼまちがいあるまい。だったら女房のノーマ・ジーンもいっしょにサンディエゴにいたってことも考えられるのではないか。

ともかく、有名女優の名前をバーの名前にするということはあっても、女優になるまえの本名を看板にするとは粋なことだ。

さて、サンディエゴからロサンゼルスをとおりこしたサンフランシスコに、「ファイナル・ファイナル」というバーがあった。有名な金門橋のあたりは軍用地（要塞みたいなものか）で、たいへんにさみしい。そちらのほうにどんどん近づいて、もうまわりは樹がおおい庭ばかりみたいなところに、ひょっこりこのバーの看板が見えた。

ファイナル・ファイナルとは、さいごのさいご、って意味だ。おなじサンフランシスコのジャパン・タウン（ニホン町。といってもビルのなかだが）のお春ちゃんの店で、現地の日系三世や四世が「ファイナル・ファイナル！」と、さいごのさいごの乾杯をしてるのも、なんども見かけた。

しかし、あのバーはほんとに「ファイナル・ファイナル」、さいごのさいごのバーだろうなあ。森のなか樹のなかのバーの看板で、こんなところにギンギラのネオンがきらめくような看板があるわけがない。ひっそりひかえめな森のバーの看板ってところだろうか。あれからさきは住宅さえもなくなり、公園と軍の病院や施設だけになってしまう。

アメリカ西海岸をうんと北にあがったシアトルのもとニホン町（いまではチャイナ・タウンとよぶ人のほうがおおい）には「招き」というレストランがある。招き、なんてほんとに飲屋さんや料理屋にはふさわしい店の名前で、古めかしい感じなのもいい。事実、古い店の名前で、東京なんかにも昔はずいぶんたくさんあったのだろう。シアトルの「招き」は明治のころからの古い日本レストランらしい。

シアトルのニホン町はさびれた。空地や雑草がしげった崖なども目につく。「招き」は人どおりのすくない坂の途中にある。「招き」はどでっかい六階建ぐらいの建物の地階にあった。この建物は、明治のおわりごろには、ロッキー山脈から西ではいちばんの建物だったりしたのかもしれない。でも、いまでは、いったい建物はつかわれてるのかどうか。

「招き」のほか坂道にならんでる地階の店舗はちいさく、注意して見たら、みんなしまっていた。くろずんだ建物は死んだようにだまりこんでいる。

坂の通りの角から角へ、一ブロックぜんぶみたいに巨大な建物の、壁面のほんとにささやかな一部をくりぬいてガラスをはめ、そのなかに招き猫がちょこんとすわり、「招き」の看板もある。よこが店の入口。「招き」という飲屋の看板は、東京では、吉祥寺―調布のバスの窓から一度見かけただけだ。

これもほろんでいくのか、小樽の運河のむこうの道に、まるで小屋みたいにちいさなバーがあり、「女」とただ一文字の看板がでてたのにはひどく感心した。ネオンなどはなく、四角な板に「女」と書いてあるだけで、ゴーストタウンの、しかもはしのほうで、夜がふけるとまっくらなところだから、「女」の看板も闇に消える。小樽名物の粉雪に舞いたてられ、ぼくは「女」にはいっていった。

音楽と私

もうだいぶまえだが、サンフランシスコのジャパンタウンで飲んでると、ニホン人の紳士に声をかけられた。松成博茂さんだった。もとの軍港の呉の県立第一中学校で松成さんは一級下だ。戦後、ぼくが呉のアメリカ軍政府ではたらいてるとき、海軍兵学校からかえってきた松成さんはよくあそびにきた。そのあと、松成さんは旧制の第六高等学校にいき、京都大学にすすむ。松成さんはちょうど浪人中でヒマだったのだろう。アメリカ軍政府の調理場にいたぼくもヒマで（ヒマではいけないのだが）ふたりで一日じゅうおしゃべりをしてたこともあった。

サンフランシスコのジャパンタウンは、そのころはもう、ばらばらの日本レストランなんかではなく、二つぐらいのほそ長いビルにはいっていたが、そのなかの「新宿」というピアノバーあたりで松成さんにあったのではないか。松成さんは川崎汽船のサンフランシスコ支店長だった。あとで社長になる。

その夜、松成さんは映画『カサブランカ』の主題歌「AS・TIME・GOES・BY」をうたった。そして、「この歌、コミさんにおそわったんだよ」と言った。『カサブランカ』はニホンの『愛染《あいぜん》かつら』のように、アメリカの娯楽映画の代表みたいに言われていて、そのセリフはよく物真似された。ハンフリー・ボガートとイングリッド・バーグマンの主演だ。主題歌も有名だった。

呉の軍政府のちいさなクラブにも町の楽団《バンド》がきたりして、英語の歌詞がわからないバンドの人たちに、ぼくはその発音を言ったりした。松成さんにもおしえたのだろう。「AS・TIME・GOES・BY」はなつかしいほうで、「SOME・SUNDAY・MORNING」や「SENTIMENTAL・JOURNEY」などもよくうたった。もちろん「YOU・ARE・MY・SUNSHINE」も。これは「YOU・MAKE・ME・HAPPY」の歌詞HAPPYのところをSORRYにかえたりした。

あとで、渋谷の松濤《しょうとう》町の将校クラブでバーテンをしてたときも、バンドの人たちに、アメリカのポピュラーソングの歌詞の発音をおしえた。

松成さんにあったサンフランシスコの「新宿」にはお春さんという二世のママがいたが、バクチで負けて店をとられたとかきいた。別れた主人は「人生宿」というやはりピアノバーをやっていた。

ハワイでは大津美子の「ここに幸あり」が州歌みたいになっていて、だれでも知ってるし、フィリピンの楽団《バンド》でもこの曲はやる。「STORMY・WINDS・OF・LIFE・MAY・BLOW」なんて歌いだしの英語の歌詞もあり、ぼくも紙に書いてもらっておぼえたりした。松成さんとは彼が第六高等学校にいくまえに別れたきり、なん十年かたってサンフランシスコであったわけで、たいへんな奇遇だった。そのときも、松成さんに案内されて気持よくあそんだが、あとで、シアトル、シドニー、印度洋側のパースと、あちこちで川崎汽船の方々に世話になっている。こんどもチリのサンチャゴにいく。

黒い縫合糸

サンフランシスコでジュンとあい、やたらに飲んで別れた夜、ジュンは道路に転んで、歩道の縁に顎《あご》をぶっつけて切り、病院にはこばれて、顎をなん針か縫った。

そのジュンとひさしぶりに新宿であい、歌舞伎町の「三日月」で、サンフランシスコのブッシュ通りのオムレツ専門店にもない、おいしいオムレツをたべて、焼酎やジンを飲んだ。世界のあちこちの町にあるオムレツ専門店のオムレツは、だいたいシッシイな（女のコっぽい）味で、ノンベエが酒のサカナにたべるのにはむいていない。

ひさしぶりに、歌舞伎町の三日月であうと、ジュンはサンフランシスコのことをおもいだして、おこってみせた。

「こっちは病院にかつぎこまれて、顎をなん針も縫い、うんうん言っているのにさ。わたしは新宿ゴールデン街あたりで、しょっちゅう酔っぱらって、ころんでるけど、ケガはしたことはなかったのに、サンフランシスコのコンクリートはニホンより固いのかしら。それで、ころんで顎が切れたのか……とわたしがボヤいてるって、コミさんがそこらじゅうのバーでしゃべってまわり、そのころ、サンフランシスコのバーの大ジョークになったのよ。こっちはヒドいめにあってるのに……」

このことは、ぼくたちの仲間では有名なはなしだが、このあいだあったとき、ジュンは意外なことを言った。サンフランシスコの病院で、転んで切った顎を縫ったのが黒い糸だったというのだ。そのとき、ジュンがかつぎこまれた病院は、貧乏人や金のない旅行者はタダで、「だから、そこいらにあった黒い糸をつかったのかねぇ」とジュンはひがむ。

傷口を縫合《ほうごう》するのに黒い糸とは、ぼくははじめてきいた。いや、まてよニホンとちがって、アメリカでは黒人がたくさんいるので、黒人の黒い皮膚には黒い糸のほうが目立たないのか。その黒人用の糸を、安病院なのでジュンにつかったのか。

いやいや、まてまて、白人でも黒人でも、白とか黒とか色がついた糸ではなく、透明な糸のほうが、傷口を縫いあわせるのには目立たないのではないか？　とにかく、ちいさなことのようだが、たいへんなミステリだなあ。

とおもいながら、コドモのころからの友人の外科医の藤原京二に電話したら、「おれなんか、ずっと黒い絹糸をつかってるよ。医者にはよく目について、いいからさ」と言った。せっかくのミステリも、かんたんに解けた。

宮武東洋写真館

毎年、夏と冬は東京を逃げだし、外国の街にいる。この二年ばかりは、L・A（ロサンゼルス）にずっと滞在している。L・Aの郊外に台湾系の人たちの人口百万のチャイナ・タウンができ、そのなかにある宮武東洋さんのスタジオに出かけていった。

そのスタジオをやってるのは、東洋さんのご長男のアーチイ・ミヤタケさんで、障子風の（磨りガラスでできてるらしかった）部屋にとおされ、たどたどしい日本語でおはなしをうかがった。

アーチイ・ミヤタケさんは、花柳若奈先生の踊りの会と、そのあとのディナー・パーティで、世界的な映画俳優早川雪洲さんの息子の雪夫さんとジェリー伊藤さんと三人の写真をとられた。ジェリー伊藤さんは東宝映画で主役の映画が何本もある。若奈先生のご主人であり、L・Aのやはり近郊のマリナ・デル・エイの海の近くのアパートの前までいき、「あれが踊りの先生の住所よ」とマリちゃんにゆびさされたことがある。ただそれだけの純情な一情景として、ぼくは紹介したいのだが、若奈先生は作家の山口瞳さんの妹でもある。とつぜん、マリちゃんなんて名前がでてきたが、マリナ・デル・エイの日本レストラン「辻の花」のウエイトレスをやっている。この日も、その踊りの会で、アーチイさんがとったマリちゃんの写真四枚もあずかっていた。

故東洋さんのお父さんは、リトル・トウキョーで、古い創立の風月堂とともに和菓子屋をやっていた。「歳とった二世なら知ってますよ」と孫になるアーチイ・ミヤタケさんは、ぼくが泊ってるリトル・トウキョーのホテル「都イン」までクルマでむかえにきてくれた三世のパット・セキさんにかたる。

パット・セキさんとアーチイさんは、故東洋とおなじカリフォルニア州東部の第二次大戦強制キャンプのマンザーナにいれられた。アーチイ・ミヤタケさんは、一九二四年の生れ、ぼくよりも一歳上だ。

パット・セキさんは、L・A地区の詩吟の国誠会の会長で、宗家もいたマンザーナへの詩吟の法要を計算している。そして、「辻の花」でもはたらいているウエイトレスのサナエちゃんなどもたのしみにしている。

パット・セキさんがマンザーナ収容所にいれられたのは三歳ごろだときいた。詩吟の会の人たちは、収容所の金網の塀にむかって詩吟をやってた、とアーチイさんがほほえみながら、おっしゃる。

文藝春秋社からでているお父さんの宮武東洋さんの写真も見せていただいた。

ジェリー伊藤のお父さんのニューヨークに本拠をかまえていたらしい舞踊家伊藤道雄さん、早川雪洲さんの写真もある。

「早川雪洲はね、よく、ハリウッドで大きなパーティをやってました。ほかのハリウッドの俳優にくらべても、身長の高さといい、男っぷりといい、けっして引けはとりませんでしたしね」アーチイ・ミヤタケさんははなす。彼の、ぽつんぽつんのおしゃべりがゆっくりつづく。

収容所全景などの広角写真について、L・Aに保管しておいた東洋さんのもちこみを禁じられた機材のなかから、収容所長の厚意で、だいぶもちこめたとの秘話がつづく。マンザーナ収容所からも、合衆国の軍隊に入隊する若者がいて、そのときの家族写真が必要になったらしい。

まだコドモのころの美空ひばりや江利チエミの写真もある。皇太子（いまの天皇）のお写真もある。

宮武東洋さんは、昭和十年代に故郷の香川県善通寺にひきあげたようだ。そのころは、ニホン町のリトル・トウキョーだけでも十三軒ぐらいの写真館があったらしい。

そして、また、アメリカにもどってきた。東洋さんは写真の技術はたしかだが、お金をとることがへたで、二度目にアメリカにわたったときは、「商売はほとんど母がやりました」とアーチイ・ミヤタケさんはかたる。

パット・セキさんのクルマにのっけられてのかえり道、しばらくすると、L・Aダウンタウンの高いビルと、夕陽が見えてきた。これでもって、アーチイ・ミヤタケさんがもりたててる宮武東洋さん写真館《スタジオ》があるサン・ガブリエルが、リトル・トウキョーなんかがあるL・Aダウンタウンの東ってことがわかる。

L・Aには、指をおってかぞえられないくらい、いままでに、なんどもいってるのに、いまだに、それこそ西も東もわからない。

宮武東洋さんはカリフォルニア州東部のマンザーナ強制収容所にいれられるとき、息子のアーチイさんに、しみじみかたったという。「これは、自由の国アメリカの大きなブラック・マーク（汚点）になるかもしれない」

そして、収容所にひそかにもちこむ写真のレンズについては、なんでも相談する妻にも相談しなかったという。なにもかも自分の責任にしようとしたのだろう。

ベルヴューに八回も

このまえの夏から、こんどの夏まで、八回もベルヴューにいった。ベルヴューはシアトルの郊外都市だ。はじめに住宅ができ、住宅のそばというので、高層のオフィス・ビルがたち、大きなショッピング・センターもある。有名デパートの名前がついた店がいくつもあつまってるセンターで、ぼくもなんどかつれていってもらったが、自分とは縁がないという気持もあってか、ベルヴューのどこの場所かもわからない。

ベルヴューから西へ、大きなワシントン湖とそのまんなかのマーサー島もよこぎり、シアトルのダウンタウンにいくと、バンマルシュという古いデパートがある。BON MARCHEとフランス語で書く。ニホンふうの発音ならば、ボンマルシェだろう。ここは、エレベーターが二十台ぐらいならんでいて、アメリカにもデパート時代があったことをおもいださせた。バンマルシュはベルヴューのショッピング・センターにもある。しかし、エレベーターの数は少ない。デパートに華《はな》を感じた時代ではないのだ。マミはそのベルヴューのひときわしずかな住宅地にすみ、ぼくは、このまえの夏から、マミの居候だった。

しかし、そのまた二年ぐらいまえの夏にも、バンマルシュの前から州立ワシントン大学がある大学地区にいくバスにのり、よく、ウエスト・レーカのトミーの鮨バーにいったがたいてい、マミといっしょだった。

こんどの夏がおわり、ぼくが東京にかえってきてからあとに、マミは「招き」のウエイトレスかバーテンダーになった。マミはもともとはバーテンダーだ。「招き」はワシントン湖をこしたむこうの、わりと近くにある。あるいていけるところに古い建物の鉄道の駅や屋根つき野球場のキングドームがあり、昔のニホン町だ。しかし、戦時中に、ニホン人は強制疎開にあい、チャイナ・タウンになってしまった。

「招き」は坂の通りに面して、入口のよこに、壁にはめこみのショーウインドウがあり、そこに招き猫がちょこんとすわっていた。「招き」という店名そのものが古いけど、もとのニホン町でもいちばん古い日本レストランだそうで、明治のすえからやってるらしい。この「招き」でカラオケをやるため、マミはやとわれたのだろう。

「招き」は一軒家で、まわりは雑草がはえた空地にとりかこまれている。とぼくはおもっていたが、古色蒼然とした大きなビルディングの一画だった。これまた明治のおわりにできたようなビルディングで、こんなものはニホンにはない。

でも、どうして、「招き」のことを、ぼくはおもいちがいしたのか。そのことを、半年以上もつづいた新聞小説に、えんえんと書こうとしたが、これは、ぼくの身勝手だったようだ。「招き」のバーには、シイちゃんというバーテンがいて、そのはなしがおもしろく、マミも、毎晩、シイちゃんのところにかよって、そのはなしをきいてたという。

ぼくが知ったころは、シイちゃんはもうおばあさんで、ところが美しいおばあさんだった。二世で、ユウがミイがというニホン語だけど、そのおしゃべりはまったく独特で、ぼくは食事もバーでしたが、飲みながら、たべながら、そのはなしにきき惚れていた。シイちゃんはもとは「招き」の経営者《オーナー》で、それが店を売って、バーテンになっていた。こういうのも、ニホンにはあまり例がない。

このまえの夏は、とりあえず、呼吸器学会などをやるコンヴェンション・ホールの近くのアパートメント・ホテルにはいり、翌日、目がさめると、あるいてバンマルシュの地下にいき、七月のバスのパスを買った。このとき、バスのオフィスの黒人の若い女性から、「おまえは、シーニア(老人)ではないのか?」と言われ、一カ月四十なんドルの定期代が、たった三ドルになった。

ニホンでもおんなじで、ぼくはオジイだから、バスの恩典があるのだが、申請はしていない。ぼくはバスにのるのが習慣で、できれば、最前列のひとり掛けの席にすわりたい。そんな気持でいるのに、老人パスでは恥ずかしいからだ。いま気がついたのだが、東京では恥ずかしいのに、シアトルでは恥ずかしくないのか。

シアトルのバスで、たいへんにふしぎなのは、運転席には、長い金属の棒がそなえつけてあって、これを、ときどき、料金箱につっこんで、かしゃかしゃやることだ。乗客がバス料金に一ドル札をつかい、それがどこかでつっかえるためというのはわかる。しかし、札をつかうことは厳禁だったころから、この金属棒はあった。こんなのは、ほかの町では見たことはない。

ぼくはほとんどバス病で、ベルヴューから東京にかえったあとも、よくバスにのった。きょうは土曜日で、映画の試写はないから、これを書きおえたら、地下鉄で池袋にでて、バスにのるだろう。おなじバスになんどものってるわけで、じつは、あきあきしながら、バスにのっている。けっして、バスにのるのが大好きというわけではないのだ。

マミのうちはたいへんに閑静なところで、家の裏は私用のドライブウェイだが、クルマを見かけたことはなく、たまに、リスや野ウサギが、このドライブウェイをかけおりてリスはマミのうちのテラスにまでくる。

ドライブウェイのむこうは、ユニテリアンの教会の裏庭だが、ほとんど、人かげを見たことはない。そして教会の入口は、二つぐらいむこうの通りの、とんでもない遠いところだ。マミのうちは、ベルヴューのなかでも、ファクトリアというスクエア（広場）に近く、ここにはセーフウェイなどのスーパーや銀行、映画ビル、日本レストランまであり、あるいてもいけるのだが、いつも、マミのクルマにのっている。

Ⅳ

私の「本」整理術

ぼくはこれを掘りコタツ式の机で書いている。いまはあったかい季節なので布団《ふとん》はかけてない。この机をかこむようにしてL字形の本棚がある。そして、その裏にウォーク・イン・クロゼットみたいな、つまりあるいてはいれる本のクロゼットがある。

でも、本はどんどんふえる。自分で買ってくる本もあるけど、いろんな本が送られてくる。雑誌もたくさんくる。ぼくが書いてる部屋は二階のいちばん奥で、南の窓ぎわにはタタミが三帖しいてあり、ここに寝ころがって、おもに雑誌を読む。送られてくる雑誌のほんの一部分だ。だから、たいていの雑誌は階下《した》からぼくの部屋にはこび、読まないまま、また階下《した》におろす。かなりの量だ。毎日毎日、雑誌をかかえてラセン階段をおりることもある。

階下《した》にかかえおろした雑誌類は、その後、どうなってるのかはわからない。女房がなんとか処分しているのだろう。うまく処分できなくて、苦労しているのかもしれない。

机をかこんだL字形の本棚の一段に、送られてきた本で、とうてい読みそうもなく、また参考にもならない本をならべておく。三ヵ月にいっぺんぐらい、古本屋さんにもっていってもらうのだ。とてもいい古本屋さんで、高く買っていってくれる。

まえの東玉川の家では、送られてきた本はみんなとっておいた。女房の兄の野見山暁治がアトリエとしてつかっていた大きな部屋のうしろの壁いっぱいに本棚があり、床にも本をおいた。しかし、いまの練馬の家にうつってからは、読まない本をとっておくのがバカらしくなった。

ところが、なにかの役にたつだろうとおもったり、せっかくだれかが送ってきたのだから、とウォーク・イン・クロゼットふうの本棚にとっておいた本が、もういっぱいにあふれてきている。これを、ほっとくわけにはいかない。

また、ぼくが小説を書いた雑誌などもある。こういった小説が本になれば、雑誌なんかはすててしまうんだけど、なかなか本にならない。正直言うと、短編などはだいたい本にならない。しかたがないのでぼくの小説がのった雑誌はとっておくのだが、やはり未練だろうか。

なにかの見栄で本棚に本をならべておくような気はとっくにぼくはなくなっている。しかし、くりかえすが、どんどん本はふえていく。ぼくにむいた本の整理のしかたを、ほんとにおしえてもらいたい。

うんとまえのころだが、川上宗薫の柏の家に自転車でたずねていったことがある。ソークンさんは少女小説を書いていて、流行作家にはなってないときだ。ソークンさんは机をまえにしてすわり、机のうしろのちいさな本棚をゆびさして、「おれは本はもってない。あるのは、自分が書いた本だけだ」とわらった。テレて、わらったのかもしれない。このひとはテレるのもへただった。含羞《がんしゅう》の人というのはほめ言葉だが、テレるのがうまい人、テレてサマになる人だ。ソークンさんはテレるのがへた、冗談を言うのも、ふざけるのも、本人は好きだが、ヘタだった。テレるのはともかく、冗談を言ったり、ふざけるのは、ぼくのほうがよっぽどうまかった。しかし、ぼくは冗談とふざけることの専門家みたいになり、ソークンさんのようには小説は売れなかった。だから、本にもならず、書いた雑誌がたまってくる。そんなことよりも、ソークンさんみたいに、本がなくっても平気、っていうのはツヨいなあ。本を読むのも煩悩のうちか。

毎日のように、ぼくは映画を見にいく。これも、映画なんか見なくっても、ちっともかまわないのであって、煩悩なのだろう。そのいきかえりの地下鉄のなか、また試写室でも本を読んでいる。本を読みおわったり、じつは読書用の老眼鏡を忘れたりして、本が読めないと、じたばたするような気持だ。あきらかに煩悩、病気みたいなものにちがいない。

本を読まなくても平気なら、本の整理に苦労することもない。ぼくはすぐ極端なことを考える。ラジカルと言えばきこえがいいが、極端なことを考えるのが、ぼくの特徴だ。

家じゅうを本棚みたいにして、かまわずに、そこいらじゅうに本をおいとくのが、いちばん、ぼくの性にあってるのだろう。しかし、家は女房のもの。ぼくはえんりょして家のなかでくらしてるつもりだが、あんがいわがままなのかもしれない。

きのうも試写を見るいきかえり、地下鉄のなかで本を読んでいたが、いつももっているバッグに本が三冊はいっていた。二冊はいいとして、三冊はおおいんじゃないの。ぼくはなにかをもちあるくのはきらいなのに、いったいどうしたことだろう。こんなふうだから本もふえる。

うちの父が生きてたころ、旅行して列車にのっていて、どうして学生は本を読むんだろう、と言っていた。父は列車にのるときは本を読まず、窓の外を見ていた。これもぼんやり見ているなんて言ってはいけないのだろう。ぼんやりかどうかはわからないんだもの。また、列車の窓の外の景色とも書けない。たいてい景色だろうが、父の目にうつっていたのは、ふつう景色とよばれるものではない可能性もある。ともかく、父は列車のなかでは本を読まなかった。

広島県の呉《くれ》で、町なかの家から山の中腹の家に引越すとき、庭のプールのなかで、父はたくさんの本を焼いた。なかには紙の質がいい洋書もあり、もったいない、と近所の駄菓子屋がもっていったりした。ヤキイモなどの包み紙につかったのだ。

ぼくもなんとか本の整理をしなきゃ。ほっとけば本にうずまってしまう。おっくうがらずに、毎日毎日、本や雑誌を片づけていくのだ。とりあえず、そこいらの雑誌やパンフレットを階下《した》にはこぼう。

わからないことがいっぱい

私の読書生活

なくなった俳優の殿山泰司さんと名古屋であったことがある。いっしょにテレビにでたのだ。

トノさんとはハゲ頭も似ているし、よくまちがえられた。

そんなとき、トノさんはお得意のギョロリと目をむき、ドスの利いた口調で言ったものだ。

「また、おれの名前をカタって、ナンパしたな」

ところが、ギョロリの目つきも、ドスの利いた声も、みんな、ぼくへのいとしさのこもった演技だった。トノさんとは、新宿ゴールデン街などで、よく飲んであるいたが、れっきとした俳優さんだもの。そして、ふだんは、やさしい声の、よく気をつかう、しずかなひとだった。

そのトノさんに名古屋であって、ぼくはおどろいた。ジーパンの尻ポケットにミステリのペイパーバックをつっこんでるぐらいで、財布ぐらいはもってただろうが、なーんにももってないのだ。

しかも、トノさんは、そのまえに東映京都撮影所に一週間いたあとだった。それでいて、洗面用具のはいったカバンひとつもっていない。いつも、外出するときは、ショルダー・バッグをもちあるいてるぼくは、恥じいり、感心し、これこそは殿山泰司のオシャレなんだな、とおもった。やはり、役者さんのオシャレはちがう。

さて、ぼくのそのショルダー・バッグのなかだが、手縫いのかるいアルパカのセーターのほかに、読書用と、映画・テレビを見るための二種類のメガネや、哲学の翻訳書などがはいっている。

外国にいくときは、旅行カバンをひとつ預けるが、ショルダー・バッグはふだんとおなじものをもっていく。なかに、なんの本をいれるかは、ちょっと考える。

じつは、このまえのまえの夏からシアトル郊外の都市ベルヴューに九回もいっていて、そのたびに一カ月半か二カ月ぐらい滞在するので、東京にいるよりも長いのだけど、いちばん最近、ベルヴューにいったときは、そのまえからエドムント・フッサール著、細谷恒夫、木田元訳『ヨーロッパ諸学の危機と超越論的現象学』（中公文庫）を読んでいたのだが、これは分厚いし、おいていくことにして、木田元著『ハイデガーの思想』（岩波新書）をバッグにつっこんでおいた。

ただし、成田からシータック（シアトル・タコマ）空港のあいだは、いきかえりとも、酒をのんでいて、本を読むどころではなかった。しかし、ベルヴューでは、林のなかのしずかな住宅で、ゆっくり、この本を読んだ。

ベルヴューでは、ぼくは居候だったのだ。居候なんてのんきな存在は、いまはない。したがって、それをあらわす言葉も、とっくに死語になってるのだが、昼間は本を読むかバスにのっていて、夜はビール、ワイン、ジンとやたらに飲んでるぼくには、まことにぴったりの言葉だ。しかし、死語がよく似合うぼくは、もう死人のうちなのかな。

ぼくの尊敬する友人の井上忠さんは東大での哲学の講義のさいしょは、哲学は思想ではない、ということからはじめたそうだ。哲学は思想なんてあいまいなものではなく、明晰な学問である、ということを、学生の頭にたたきこみ、また自分の考えをはっきりさせたのだろうが、木田元さんの言う「ハイデガーの思想」とは、まるっきりちがうのだろう。こんなふうに、各哲学者のあいだで、言葉のちがいがあることに注意しなくてはいけない。どこの派にも属さない教会の牧師だった父は、事実、ということをたいへんだいじにした。しかし、井上忠さんは事実という言葉をきらう。どちらの気持もわかって、ぼくはおもしろい。

『ヨーロッパ諸学の危機と超越論的現象学』では、いわゆる客観的科学といわれるものの基盤が、じつは、ぼくたちの生活世界にある、というのは、どうやらわかる。しかし、つづいて書かれている、世界の妥当に向けられている判断中止《エポケー》ということが、さっぱりわからない。

ここ十年以上、ハイデガーやその先生だというフッサールの翻訳書などを読んでるけれども、ハイデガーの存在というのは、いちばんだいじなことらしいのに、これもわからない。なにかがあるというのは、ぼくにはあたりまえのことで、べつに、おどろき、言いかえれば哲学ではないからだ。ギリシアのソクラテス以前のパルメニデスのころから、あるというのは、根源的なおどろきだというけど、それが、ひしひしと、ぼくの身にはせまってこない。

しかし、フッサールのこの判断中止《エポケー》は、具体的な例をあげ、よくわかってるひとが、ていねいに説明してくれれば、ぼくにでもわかりそうな気がする。

存在は無理だとしても、これは、いくらかでも、わかりそうな気がするのだ。ことわっておくが、旧制高校生のように、ぼくには、むつかしい本を読もうとするような気持はない。読んでおもしろいから哲学の本を読んでいるのだ。

「近ごろは、小説を読まなくなりましてね」とぼくが言ったのに、「小説を読まないというのも、老化現象ですよ。そして、哲学の本なんかを読みだす」とこたえた、おじいさんの名誉教授がいたのをおもいだす。

ショルダー・バッグのなかには、この本のほかに、やはり文庫本で波多野精一著『基督教の起源』（岩波文庫）がはいっている。波多野精一は、明治三十四年に二十四歳の若さで『西洋哲学史要』を書き、西田幾多郎よりも歳は下だけど、『善の研究』発刊のずっとまえのことだった。

波多野精一は自分の文体をもった大秀才で、ぼくはずっとしたしんできた。『基督教の起源』にはパウロの一篇もついていて、イエスは、なんとなくわかるのだが、パウロもにが手だ。

耽読日記

○月×日　ヨーロッパにいってきた。まずオランダのアムステルダムに飛んで、さっそく日本レストランの「与一」にいった。そして十日ほど滞在してるうちに、「与一」でウナギの蒲焼がでた。目黒のサンマではないけど、ウナギはアムステルダムの「与一」にかぎる、とあちこちで言いふらしていたので、「与一」のご主人の与一さんが、蒲焼用のウナギをさがしてくれたらしい。ヨーロッパのウナギはでっかすぎ、蒲焼にちょうどいいウナギを見つけるのはたいへんなようだ。

ながながとヨーロッパにいてかえってきたら、そのあいだに、本や雑誌がそれこそ山のように送ってきていたが、そのなかに、西村陽子著『お遍路道中記』というのがあった。西村さんは小学校の先生を定年退職した方だ。ぼくの先輩の岩田達馬さんとは作文の会の仲間で、おもしろい文章だから、と機関誌にのせたのを本にしたらしい。

四国では「お接待」といって巡礼にお金や物を恵むということがあるという。著者の西村陽子さんと八十一歳の母サヨさんは西国に巡礼にいったのだ。ところが、巡礼の旅で阿波から土佐にはいったとたん、室戸岬までのバスにのってると、うしろの席の女の人が、「これ、お接待です」と言ってさしだした物を見てびっくり仰天、なんとお金が五百円。「まあ、お金を恵んでもらうなんて」ああ、これがかのお接待なるものか。なんの信心もないのに貰ってはかえってばちがあたるのではと複雑な気持だった。これがお接待の始まりで、このあと旅が終わるまで私たちはいろいろな形でのお接待を受けたのだった。みたいなことが書いてある。かってに行をかえたりして、すみません。

西村さん母娘は、偶然、まっちゃんという新潟の男とあうが、そのあとは、ずーっといっしょに巡礼の旅をしているというのもおかしい。また、お接待にはクルマで送ってくれるということもはいっていて、もちろん、長い道のりをてくてくあるくこともあるけど、列車やバスにものったり、ただつらいだけの巡礼の旅とはちがうようなのを読むのははじめてで、たいへんに興味があった。

○月×日　東京にいるときは、月曜日から金曜日まで、毎日映画の試写を二本ずつ見る。試写は銀座のあたりがおおいが、練馬のうちから銀座までの地下鉄のなかや、試写のはじまるまえは、いつも本を読んでいる。うちにかえってからも、寝ころんで本や雑誌を読む。まえまえから、本屋で目をつけていた本を買ってきて読むのだが、文庫本がおおい。大宅《おおや》壮一は戦後のマスコミの大御所みたいに言われたんだが、その『青春日記』（上下巻・中公文庫）を読んだが、中学一年からはじまる学校に提出する日記で、アテがはずれてがっかりした。しかし、大宅壮一はこの日記を書いたあと、大阪府の茨木中学を退学になっている。それで、やはり中公文庫の牧野伸顕《のぶあき》著『回顧録』上下巻を読みだした。牧野伸顕は大久保利通の次男で、その娘は吉田茂の妻、孫が吉田健一だ。それに、第二次大戦後まで生きている。すっごくおもしろい回顧録だろうとおもってたら、これもアテがはずれた。

○月×日　かなり厚い文庫本の大宅壮一『青春日記』上下巻、牧野伸顕『回顧録』上下巻がどちらともコケて、つづいて、あまり期待していなかった、これも中公文庫の村松梢風著『女経』を読んだら、みょうにおもしろかった。

村松梢風は村松友視さんの祖父だ。第一話　円満な女が必ずしも幸福ではない、の目次で、私は顔のまるい女が好きである。なんて書きだしである。とくに古い話がいい。古い時代の女たちがいきいきと書いてある。神戸の三宮の古本屋で百円で買ってきた岩波全書第一巻の西田幾多郎著『哲学の根本問題』をまた本棚からだして読んでいる。いま、神戸はたいへんなことになっているが、この本を読みながら、神戸の町をあるいたものだ。

ニーチェはたいしたことはない

冬と夏のあいだは、どこか外国の町にいる。東京の夏はひどいが、冬はたいしたことはないのに、暑さ寒さにおびえてしまってるのだろう。実際の暑さ寒さよりも、おびえのほうが始末にわるい。しかし、実際なんてものが、それこそ実際にあるのかなあ。

ともかく、こんどの冬は地中海のキプロス島にいた。そして、キプロスからかえってきて六日目の今、はじめて地図を見たら、キプロス島は地中海の東のはしにあり、トルコのすぐ南、シリアやレバノンにも近いことがわかった。

ぼくの旅行カバンはちいさい。しかも、旅行カバンの中身はすかすかで、ほんとにわずかしかはいっていない。そのなかにニーチェ著・竹山道雄訳の『ツァラトストラかく語りき』（新潮文庫）の文庫本上下をいれた。

この文庫本はぼくの掘り炬燵式机のすぐよこの本棚にあった。こんど練馬に引越すまえ、世田谷の東玉川の家のときから、ずーっと机から手のとどくところにおいてたから、もうなん十年もそばにあったのだろう。

そして、なんども読みかけたが、つづかなくてやめてしまった。ニーチェのほかの訳本はだいたい読んでいる。いちばん最近読んだのは、白水社イデー選書の西尾幹二訳『偶像の黄昏』と『アンチクリスト』だ。

ニーチェの〝存在よりも生成〟とか、有名な『権力への意志』の深遠そうな解釈から平明な解説など、さまざまな解釈もおもしろいが、近ごろつくづくおもうんだけど、ニーチェは考えが浅いのではないか。

だいいち、世の中のこと、キリスト教や教会のことに憤慨しすぎる。でも、キリスト教というのはいけません。生命《いのち》であって、けっして教えではない、とうちの父も言っていた。それでいて、ぼくたちは世の中でしか暮していけないが、世の中のことなんてどうだっていいじゃないの。

それはともかく、ニーチェの『ツァラトストラかく語りき』は、ぼくがまだ十四、五歳の中学生のころから、なんども読みかけた。ニーチェの流行はニホンでもなんどもあった。太平洋戦争のはじまるまえ、ぼくが中学生のときにも流行したのではないか。函入りの目立つ装丁の『ツァラトストラかく語りき』の本もあった。

しかし、くりかえすが、みんなはじめのほうをすこし読むだけで、途中でやめてしまっている。だから五十年以上も、ニーチェの『ツァラトストラかく語りき』を読みかけてはやめてるのだ。

ぼくはおもに文庫本になってる哲学の訳本を、ショルダーバッグにいれてもちあるき、地下鉄のなかや、試写室で映画がはじまるまえなどに読んでいる。小説なんかより哲学の訳本のほうがおもしろいからだ。

そのことを、東大の教授だったある人にはなすと、「小説が読めなくなるというのも、老化現象のひとつですよ」とわらった。

でも、文庫本の哲学の訳本も、ほとんど読んでしまった。ハイデガーの『存在と時間』など、また一年ぐらいかけて読みかえすのもわるくないが、こんどのキプロス島行には、なんども読みかけてはやめているニーチェの『ツァラトストラかく語りき』をもっていこう、と旅行カバンのなかにいれたのだ。

哲学書としてはつまらなくても、小説だとおもえば、もっとつまらない小説も読んでることだし……なんて月なみな、それこそ世間で言ってるようなことをつぶやいてさ。ついでだが、こんなバカなことは考えてはいない。ま、せいぜいつぶやくぐらいだ。

そして、キプロス島にいるあいだに、『ツァラトストラかく語りき』をちゃんと読んだかって？

やはりダメでした。文庫本の上巻の三分の一ぐらいでストップした。そこには、こんなことも書いてあった。

「しかるに、国家は善と悪とのありとあらゆる舌をもて偽る。いやしくも語るとき、彼は偽り、――いやしくも持つとき、彼は盗む」

ね、ツァラトストラが力をこめて語っても、ぼくには興味がないんだ。

というわけで、ニーチェの『ツァラトストラかく語りき』の文庫本上下巻は、ぼくの机のよこの本棚に逆もどりしてしまった。この本棚にある哲学の訳本は、もうみんな読んでるのに、このつぎ、『ツァラトストラかく語りき』がとりだされるのは、いつのことなのか。ぼくが死ぬまで……それも、もうさきの長いことではないだろうし……とうとう読まないままなのにちがいない。

さて、竹山道雄訳の文庫本では『ツァラトストラかく語りき』となっているが、戦時中、ぼくが旧制高校生だったころには、ツァラトゥーストラみたいな発音をしていた。

そして、これは、英語ではゾロアスターかザラスーストラだろう。彼を祖とするゾロアスター教は善神と悪神の二神教とか。拝火教の名もある。ササン朝ペルシアでさかんだった、と事典にのっていた。中国に伝わって祆教《けんきょう》とよばれたらしい。

神戸の外人墓地の一隅には、ゾロアスター教の人たちのお墓があり、神戸にお住いの陳舜臣さんに、生田神社からの坂をあがったところの、中国料理もあるバーで、そのおはなしをうかがった。三宮駅近くからでている森林公園行のバスを、外人墓地の近くでおり、ゾロアスター教の人たちのお墓を、遠くからだがながめた日のことだ。こういうお墓があるってことは、神戸にはゾロアスター教の人たちが住んでたってことか。

神戸にはユダヤ教の集会所《シナゴグ》が山手にある。これも陳舜臣さんにおそわった。

くりかえしになるけれど、ぼくみたいに無学なものがオコがましいが、ニーチェはたいしたことはない。それとくらべるわけではないけど、キェルケゴールのほうがよっぽどおもしろい。

私の一冊　『存在と時間』

文庫本か新書判の本をバッグにいれ、いまはハイデガーの『存在と時間』の中巻を読みかえしている。

　これは、ぼくとしてはたいへんにめずらしい。もちあるいてる本は、哲学の翻訳書の文庫なんかがおおいけど、歳のせいか、小説がつまらなくなり、哲学書がおもしろくなったためで、哲学を勉強しようなんて気は、まったくない。ただおもしろくて読んでるんだから、読みかえしたりしないのだ。

　でも、ハイデガーの『存在と時間』は死についての考えなど、ぞくぞくおもしろいのに、わからないところがおおすぎた。せっかく読んだのに、これではだいいちもったいない。読みかえしたら、もっとたくさんおもしろいところがでてくるのではないかとおもったのだ。

　ニホンがまだ戦争をしていた、ぼくが十代のころから、フランスの哲学者のベルクソンの訳本はよく読んだ。また、西田幾多郎もかじり、その文体の口真似をしたりした。西田幾多郎が書いたものはニホン語だしわかったような気になるけど、ほんとはわかってないんじゃないか、と自分でもおもったりした。ついなん年かまえ、西田の『善の研究』を読んでたら、「個人あって経験あるのではなく、経験あって個人あるのである」という文章を見つけた。こんな重大なことを記憶してなかったのは、やはり十代にはちゃんとわかってなかったのだ。

カントの『純粋理性批判』も篠田英雄訳の岩波文庫でずいぶん長い時間をかけて読んだが、ハイデガーの『存在と時間』とはうんとちがう。

『存在と時間』はなんだか曲者《くせもの》のようだ。それで読みかえしているのだが、やはりわからない。それでいて、たいへんおもしろかったり……。

私の好きな文庫本ベスト5

❶ハイデガー『存在と時間』上・中・下（桑木務訳、岩波文庫）

翻訳は裏切行為だという言葉がある。どんなにいい翻訳でも、原作の文章をついゆがめてしまうってことだろう。だからわたしは翻訳は読まず、原書で読んでいる、とおっしゃる学者がいたが、ぼくはちがう。いい原作があれば、自国語のニホン語に翻訳したくなるのも自然ではないか、とおもうのだ。しかし、この本だけはドイツ語で読みたい。だって、ドイツ語のコトバのことが書いてあるんだもの。翻訳可能な普遍とはちがう。

❷ベルクソン『創造的進化』（真方敬道訳、岩波文庫）

ベルクソンは大好きで、『笑い』はガキのころにも読んだ。戦後、ただおもしろくて哲学の翻訳書を読むようになったのは、河野与一訳のベルクソンの岩波文庫『哲学入門・変化の知覚』『哲学的直感』『哲学の方法』（副題「思想と動くものⅠⅡⅢ」）あたりからだろう。河野与一は京大教授などもしたが、語学の天才と言われた。しかし、この真方敬道訳は気どらないニホン語で、とくべついい翻訳だ。ベルクソンの原作もまとまりがいい。

❸ジーン・ウェブスター『あしながおじさん』（遠藤寿子訳、岩波文庫）

中学三年ごろのことか（昭和十五年あたり）受持の仁木盛雄先生とはなしていて、「あんがいとおもしろい本が……」と先生が言いだし、二人いっしょに『あしながおじさん』と口ばしった。仁木先生は本が大好きな先生だった。しかし、最近の岩波文庫の解説目録には『あしながおじさん』はのっておらず、原作者と翻訳者の名前も忘れた。文庫本にはなかったが、若松賤子のバーネット原作『小公子』の翻訳はじつに現代的だった。

❹司馬遼太郎『街道をゆく』（朝日文庫）

司馬遼太郎さんの本は好きで、それもじつは文庫本ばかりを読んでいるのだが、書棚のひとつがぜんぶそればかりならんでいる。そんななかでも、小説ではないけど、このシリーズがいちばん長く、また、たいへんにおもしろい。司馬遼太郎さんの真骨頂はこのあたりかとおもったり、よけいなことは考えず、ただおもしろけりゃいいんだ、とおもいなおしたり……。いまのところ、32巻の「阿波紀行・紀ノ川流域」まででていて、たのしみだ。

❺トゥルナイゼン『ブルームハルト』（永野羊之輔訳、新教出版社／新書版）

カール・バルトによって、キリスト教神学はがらっとかわったと言われる。この本の原作者のトゥルナイゼンは、そのバルトと終生友だちだった。そして、二人に影響以上のものをあたえつづけたのが、ドイツの一地方の牧師ブルームハルト父子で、この本は子ブルームハルトについて書いてある。訳者の永野羊之輔さんは広島大学の教授だったが、その訳文は鮮烈で、魂の底どころか、底のない底からつきあげてくるような書きかただ。

ミステリーの古典ベスト・ワン　A・A・フェア『倍額保険』

ぼくは百冊以上の本を翻訳している。しかし、生来の勉強不足で、訳したい本を自分で言いだすのではなく、いつも、編集者がえらんでくれていた。早川書房では、エラリイ・クイーンズ・ミステリ・マガジンの日本版もハヤカワ・ミステリも、都筑道夫さんが、ぼくにむいた本をえらんでくれ、まことに適切で感心した。そのなかに、A・A・フェアのミステリがあった。ペリー・メーソン弁護士シリーズで有名な作家のE・S・ガードナーが別名で書いたものだ。

はじめて、早川書房の旧社屋のせまい編集室で都筑道夫さんにあったとき、「どんな作家が好きですか?」ときかれ、「たとえば、ジェームズ・M・ケインなんかが……」とぼくはおずおずとこたえた。それまでも、ぼくはアメリカ軍につとめてたとき、米兵が読みのこした本などを、好きかってに読んでいた。そのなかには、たいへんに気にいったものもあり、活字になる当てもないのに翻訳したりした。あとで、ウィリアム・サローヤンの短編だとわかったが、そのころは著者の名前も知らなかった。そんなふうなので、好きで本は読んでるが、勉強なんかする気はないので、たとえば、ミステリについての知識などは、まるでなかったから、おずおずといった返事になったのだろう。

さて、A・A・フェアだが、『寝室には窓がある』『コウモリは夕方に飛ぶ』『梟《ふくろう》はまばたきしない』『猫は夜中に散歩する』など、ほかにもなん冊か翻訳していて、ぼくはその書きかたが、すっかり好きになった。むつかしい言葉などはつかわず、のびのびと平明で、底なしにあかるく、しかもあたたかみがある。ぼくは都筑道夫さんに「ジェームズ・M・ケインが好き」と言ったけれど、J・M・ケインのパッショネート（情熱的）な文章が気にいってたのだろう。ところが、それとはまったく逆みたいな、A・A・フェアのあかるく平易で、けっして気取ってなんかいない、のびやかなことばづかいが、ぞくぞく身ぶるいするようではなくても、ほのぼのとうれしいのだった。

たとえば、『倍額保険』にはこんなことが書いてある。世間でも評判の高い、お金持の医者がひとりで海に釣りにいく。そして、魚のウロコなんかもついていそうな、ホットドッグを、片手に釣竿をもちながら、わしづかみにしてたべている。自宅《うち》での食事では、スパイスのきいた料理が、ゴージャスな食器なんかにもられているのに……。この医者はやがて死んでいく。その死のことを書いてるところもいい。医者の奥さんはべつに上流ぶってるわけではないが、とにかく名門の出だし……。要するに、自分の属する階級からはでられない人で、読者にとってはつまらない人だろう。

世間では、たいへんに有名なミステリ作家でも、文章がつまんない人がいる。ぼくは極端かもしれないが、書きかたが大げさではなく、奇矯な言いかたもせず、平明なのがいい。

あれこれかるい人物

ミステリがほんとに好きならば、一度はチャンドラー病にかかると言われたものだ。チャンドラーはいわゆるハードボイルドの作家だが、一皮むくと、みずみずしいジュースがたっぷりの文章だと感心された。

しかし、ぼくはチャンドラーのよさは、その観察眼にあるとおもってる。たとえば、こんな文章があった。「ふつう、黒いクルマは目立たないとおもわれてる。だけど、カルフォルニアではとんでもない。たいていのクルマは赤とか白とかブルーで、黒いクルマなんかほんとにすくなく、いちばん目立つほうだ」

そのチャンドラーのミステリの主人公は私立探偵のフィリップ・マーロウだが、秘書もいないぼろ探偵事務所に寝泊りして、ウイスキーを飲んで、ひどく酔っぱらったりするんだが、そのウイスキーの銘柄がわからない。ただのウイスキーというのが、フィリップ・マーロウの気取らなさみたいで、ぼくはたいへん気にいっている。

ところが、フィリップ・マーロウはカクテルのギムレットを飲む、と言う人たちもいる。たしかに、チャンドラーの作品のなかには、マーロウがギムレットを飲むところもでてくる。しかし、あのぼろっちい探偵事務所にカクテルをつくるシェーカーなんかあるだろうか?

ハードボイルド・ミステリの元祖みたいに言われてるダシェル・ハメットのたいへんに有名な『マルタの鷹』などには、これまた有名な私立探偵サム・スペードがでてくる。このサム・スペードが主人公の中編をはじめて翻訳したときに、ぼくはかなりおどろいた。まるっきり味もそっけもない文章だったのだ。ハードボイルドでも、チャンドラーの文章は逆で、ジュースたっぷり、味がある。ところが、ハメットの文章はぽきぽき、まるで砂を噛むみたいにさくさくしている。ハードボイルドの極致はこんな文章になるのか、とぼくは感心するより、あきれてしまった。

『マルタの鷹』はくりかえすがまことに有名で、作品の舞台になるサンフランシスコでは、いまだに本屋に『マルタの鷹』のペーパーバックがならび、ラジオドラマでもやり、この作品のさいしょの殺人の場所とされてるところには、路地の裏壁に金属板もはめこまれている。『マルタの鷹』はフィクションだ。フィクションのなかのことがらを、ここがその場所と言うのは、まるっきり『金色夜叉』の熱海のお宮の松みたいではないか。

ついでだが、著者のダシェル・ハメットは、ニホンでは、ぼくが翻訳した『血の収穫』もふくめて、みんなダシールになっている。しかし、その後、ハメット役がでてくる映画を見たりして、ニホンの仮名では、ダシールよりダシェルのほうが近いのではないか、とぼくはおもいだした。つまらないこと、世間では評価してくれないことには、ぼくはあれこれ苦労したりする。

さて、有名な『マルタの鷹』よりも『血の収穫』のほうが、ぼくはうんと好きで、翻訳もしたのだが、こちらは主人公の名前もなくて、コンティネンタル探偵社のオプとなっている。オプとはオペレーターの略。調査員のことだ。酒も飲んでるらしいが、なにを飲んでるかはわからない。

ぼくはカーター・ブラウンのミステリをたくさん翻訳している。そのなかでも、アル・ウィラーという警部がでてくる作品は、たいへんにかるく、話も調子よくはこんでいく。主人公のアル・ウィラー警部がまた、まことにかるーい男でひたすら軽薄で、ぼくは大好きだった。だから翻訳もしたのだ。ぼくはきらいな人物がでてくる作品は翻訳しない。翻訳でも、ぼくはわがままだった。

でも、いまでなら、軽薄さもいくらかウケるかもしれないが、そのころは、カーター・ブラウンの作品は、ごく一部の人のほかには、たいして評判にはならず、発行部数もけっしておおくはなかった。

カーター・ブラウンのミステリには、メイヴィス・セドリッツという若い女性の私立探偵がでてくるのもあり、この女性はどうもお脳のほうはかるいようで、そのぶん、からだのあちこちの曲線《カーブ》でおぎなってるという、とんでもない女私立探偵だった。そういう人物をつかって事件を解決するのはたいへんにむつかしい。

つい三、四日まえ、ビデオだがレイモンド・バー主演のペリー・メーソン弁護士のテレビを見た。この原作者のE・スタンリー・ガードナーは、ミステリ界の大御所だったが、A・A・フェアという別名でもミステリを書いており、そっちのほうを、ぼくは十冊ぐらい翻訳している。

こちらは、バーサ・クールという中年のオバさんが探偵所長で、そのパートナーのドナルド・ラムという青年が主人公。バーサ・クールはドナルド・ラムのことを、ちび、なんてよんだりするが、おそらく身長はおなじぐらいか、ドナルドのほうが高いかもしれない。

ただ、バーサおばさんは体重はぐっとおおいようで、しかも、でっかいからだをしていながら、ワイヤー・ロップのようにかたぶとりで、女ながらにがっしり筋肉がついてるらしい。

そんなふうだと、頭脳が冴えてるということまずなくて、かわりに、なにかであばれたりすると、男の二、三人はふっとんでしまう。

いや、頭はよくなくても、バーサはぬけめがなく、欲がふかくて、ガメつい。かわりに、ドナルド・ラムはさっぱりした気性のようで、あっというようなことを考えつく。

こういう人物をミステリにもってくるだけでもたいへんなことだが、なによりも文章がいい。

あかるく平明で、けっしてむつかしい言いかたはせず、ひたすらなめらかにつづく。年とって枯れた文章というのはほめ言葉だが、ガードナーは晩年になっても枯れてもいない。それをとおりこして、あかるく……。

私の外国語上達法

ぼくは英語で書かれたおもにミステリやなん冊かの少女小説も翻訳している。その冊数は百をこえるだろう。

どうしたら小説が書けるか、どんなふうにしたら翻訳ができるかということを、よくきかれる。しかし、ぼく自身のことをおもうと、こういう質問がそもそもおかしい。だって、たとえ他から小説なんか書いちゃいけない、翻訳をするなと強制されても、どうしても小説が書きたい、翻訳がしたいものだからだ。どうしたら小説が書けるようになり、または翻訳ができるか、なんてひとにきいたりしてる人は、はなっから小説を書いたり、翻訳をしたりしないほうがいい。世の中には翻訳をやったり小説を書いたりしないでも、ちゃんと暮してる人のほうがうんとおおいんだもの。

ただもう小説が書きたくて小説を書き、翻訳がしたくて翻訳をやってるのであって、それが売れるアテなんかまるっきりなくても、どうしてもやりたい。それで食えるかどうかがとてもだいじなことみたいに考えるのはふつうの人で、またそういう物語もおおいけど、実際に小説を書き、翻訳をやってる人にきいてごらんなさい。おそらくみんな、そういうことは考えませんでした、とこたえるにちがいない。いわゆる生活の不安なんかより、ひとがとめても、おどかされても、書きたくてしようがないのだ。

たまたま、ぼくは翻訳や小説を書くことを仕事にすることができた。たいへんにラッキーで、ほんとによかったとおもっている。おまけに翻訳をやったり小説を書いたりするほかは、なんにも取り柄のない男で、まあこれはとんでもない幸運だろう。

だいたいが、おしゃべりが好き、コトバが好きだった。まだ子供のころ、広島県の呉にいたぼくのうちに、年に一度ぐらい、九州の福岡からあそびにくるおなじ歳ごろの姉弟がいて、おもしろがって福岡弁をならった。こんなところからも、ぼくの外国語好き、コトバ好きははじまっていたのだろう。

旧制の福岡高等学校では文丙、つまりフランス語のクラスだったが、フランス語ではとくべつにいい点をもらった。しかし、こんなことは自慢にはならない。クラスのほかの連中はフランス語や英語やドイツ語の読み書きができ、そして法科や経済学部にいっている。ところが、ぼくは外国語がいくらかやれただけで、くりかえすが、ほかにはなんの取り柄もなく、あとでは翻訳をはじめて、それが商売になった。下駄職人が下駄つくりがうまいのはあたりまえのことだ。旧制高校のおなじ学年の連中は、それぞれ役所にいって高官にもなり、なかには最高裁の長官にもなった男がいて、会社でもえらくなった。そのうえ外国語もできる。

旧制の福岡高校では、ぼくはフランス語の点はとくべつよかったが、サボってばかりいて出席日数がたらず、落第してドイツ語のクラスになった。戦争中のことで、フランス語は敵性語として、文丙のクラスがなくなったのだ。

ところが、フランス語もドイツ語も兵隊で中国にいってるあいだに、きれいさっぱり忘れてしまった。ぼくは初年兵として中国の湖南省あたりまでいき、戦争がおわっても捕虜として一年おり、ひどい病気もし、前後まる四年ぐらい、ぼくは歌もうたえなかった。喉がへんになってたのだろう。やたら歌が好きなぼくが、歌もうたえなかったぐらいだから、フランス語とドイツ語がパァになったのはあたりまえか。

それで、戦後、進駐軍ではたらき、アメリカ語のおしゃべりをおぼえた。アメリカ語をおぼえるのが、うれしくてしようがなかった。また、ニホンの役所や会社ではぼくはやとってはくれず、アメリカ軍でばかりはたらいていた。

そんなあいだにつくづく感じたことは、なによりも相手がはなすのをききとるのがだいじだってことだった。おれはしゃべるのはうまいんだが、相手がしゃべることはよくわからない、と言う人がいるが、あれは大まちがい。相手がはなすことがわからなくて、うけこたえできますか。そんなふうで、しゃべるのはうまい、とおもってるのはとんでもない錯覚だろう。

翻訳をやってるときは、研究社の新英和大辞典をいつもそばにおいていた。また原文のウェブスターの人名事典と地理事典は欠かせないものだった。翻訳の専門家はちいさな英和辞典はぜったいにつかわない。いつも大きな辞典を見る。辞典の訳語だって、ほかのひとが訳した言葉だ。それをあれこれ参考にし、自分の訳語をつくる。

ウェブスターのTHIRD NEW INTERNATIONAL DICTIONARYは語数がたくさんあり、よくつかった。ほんとにバカでかい辞典で、とくべつな台をつくらせ、その上にひらいてのっけていた。

全三十巻のTHE ENCYCLOPEDIA AMERICANAは大項目主義の事典だ。こういう事典はおもしろいので、つい翻訳はそっちのけにして、事典を読みこんだりする。平凡社の世界大百科事典や用字便覧などは、いちばんよくつかう辞典だろう。

スラング辞典などは、いまあるのだけでも十冊をこえる。しかし、スラング辞典をひいてスラングがわかるなんてことはほとんどない。辞典にのってるようなスラングはもう古くて、つかいものにならない。

辞典でなにかわかったら、こんなにらくなことはない。だから、辞典よりもなによりも、たとえばアメリカの本を訳すならば、アメリカ語がよくできるアメリカ人をさがすのが、ぼくにはとってもだいじなことだった。しかし、ニホン語がよくわかっていて想像力もあるニホン人がたいへんすくないように、こういった先生もなかなか見つからなかった。

ヒドいい師匠

いまでは、小説には先生なんかいないのが、ふつうになっている。しかし、まえは、かならず先生がいた。戦争がおわったあとでも、門弟三千人など称し、先生も門弟もそれをよろこんでる人がいた。

ぼくは本人も書くものもヘソマガリだから、先生はいない。しかし、翻訳には先生がいた。ぼくの翻訳が世にでるとき、この先生は「なるべく仮名をおおくしろよ。名詞以外には漢字をつかわないぐらいの気持でいろ」とおしえてくれた。こういう、ぼくにぴったりのことをおしえてくれるからこそ、まったくの先生だ。

その先生はいろんな翻訳で有名だった中村能三さん。ぼくたちはヨシミという名前を、かってにノウゾーさんとよんで、したしんでいた。こわい先生ではなかった。それどころか、自分が先生だともおもっていなかった。それぐらい、すばらしい先生だった。

ぼくはコドモのときから漢字をおぼえられなかった。だから、翻訳についての、ノウゾー先生のおしえはまことにありがたかった。そして、仮名をおおくすれば、文体もちがってくる。原書の雑誌一ページのニホン語翻訳が原稿用紙四枚にあたるとされていたのが、ぼくが訳すと四枚半になった。

ぼくはいい気になって翻訳していたが、あるとき、ノウゾー先生はたまりかねたのか注意をした。

「きみ、いくらなんでも仮名がおおすぎるよ。もうちょっと、漢字をふやせないかね」

「いや、いや、いままでどおりでやります。名詞以外はみんな仮名にしろというのは、先生の命令ですからね。ぼくは先生のおしえにしたがいます」

ノウゾー先生は、なくなったとき、若い連中とマージャンをしていた。そして、牌《パイ》をもってきて、その手を高くあげたとたん、よこにたおれたのだそうだ。それで、最後にどんな牌をとってきたのか、もう死んでる先生のてのひらをおしひらいて、やはり翻訳の弟子の永井淳が見てみたらしい。

「それが七索《チーソー》なのよ。まったくつまらない牌」と永井淳は言った。

ぼくは狛江市にあるノウゾーさんの家によくあそびにいった。しかし、ほんとにあそんでるだけで、焼酎をたらふく飲んで、オダをあげ、自転車でかえってくる途中、なんどもころんだりした。まったくとんでもない弟子だったが、あんなにいい師匠はいなかった。

パーティでも本を読んでいた

タタミ敷きの大広間のパーティだった。戦後だいぶたったときだけど、そのころだって、日本間で結婚披露宴というのは、東京ではほとんどなかったから、だれかの出版記念会かなんかだったのだろう。

ぼくはセッカチで軽薄な男だから、パーティの時間におくれるなんてことはまずないが、このときは、いくらかあとのほうから、広間にはいっていくと、あちこちにおかれた座敷テーブルのひとつに、植草甚一さんがひとりですわっていたので、ぼくもそこにいき、腰をおろした。

植草さんは酒は飲まない。これは大きな特徴だ。おつきあいに飲むまねでもってこともない。これも大きな特徴だった。自分の好み、自分の趣味をおしとおしたひとだ。逆に、ぼくはやたらに酒を飲む。また、趣味といったものはまったくない。植草さんは映画会社につとめたことがあり、また映画について書いてもいるが、ぼくみたいに、月曜日から金曜日まで、毎日二本ずつ試写を見るということはない。こんなのは、もう趣味ではなくて、たぶん狂気だろう。

さて、そのタタミの間のパーティでも、すぐ、ぼくはがぶがぶ飲みだしたが、くりかえすけど、植草さんは飲まない。では、なにをしていたかというと、まるい座敷テーブルの下で雑誌をひろげて読んでいた。

植草さんは外国の小説などにくわしかった。それも、英語で書かれたものだけでなく、イタリア、スペイン、北欧や南米の作家の短編なども読んでいて、そのことを雑誌なんかに書いており、ぼくは感心していた。

植草さんは座敷テーブルの下から、あんまりりっぱでない雑誌をとりだして、「これはね、世界じゅうの作家のいい短編が英語に翻訳されてのってるんだよ」とぼくに言った。

これならば、スペインの作家や南米の作家がスペイン語で書いた小説でも、翻訳の英語で読める。たしかイタリアで出版されている雑誌だったが、「いやあ！　まったく便利な雑誌ですね」とぼくはびっくりした。

そして、来月からは、ぼくもその雑誌を注文しよう、とそのやりかたを植草さんにきいたけど、けっきょくは、その雑誌はとらないでおわってしまった。つまりは、ぼくはオッチョコチョイだったのだろう。

それにしても、パーティの会場で、酒も飲まずに雑誌を読んでるというのは、ま、植草さんぐらいのものだ。しかも、タタミの日本間で、まるい座敷テーブルの下で外国の雑誌をひろげて読んでるというのは、あんまりサマになりすぎて、かえってそれがおかしく、その姿がありありと目にうかぶ。

植草さんは背はひくいが、りっぱな顔だちをしていた。なかなかの美男で、鼻の下にほそい髭をはやしていた。でも、映画『心の旅路』にも主演していたロナルド・コールマンふうのコールマン髭みたいにほそくはない。どちらかと言えば、フランチョット・トーンふうのほそい髭だろうか。この俳優も、フランチョットではなくて、フランショットだ、いやちがう、と名前の発音で大議論があった。それこそ、植草甚一さんの世代のオジさんたちの大議論だ。そして、こんな場合、植草さんは一方の雄で、自説をまげなかった。

いまのひとたちは、植草甚一といえば、遠い昔の変な人、とおもってるのだろうか。ぼくには、ごく身近だが、やはりちがう世界の人って感じだった。

ひとの名前の発音では、外国人の名前をニホンの仮名で書くのはもともと無理だけど、ぼくは、実際につかわれている音をとろうとする。だから、ドイツ移民だった父親は、自分でもボーカードとよんでいたが、息子はアメリカ生れで、英語流にボーチャード、と、そんなふうに、ぼくはニホンの仮名でも書いた。

ところが、ことはそんなにかんたんではないんだなあ。つい最近、『レジェンド・オブ・フォール』というソニー映画の大作を見た。この映画のなかで、おなじ兄弟なのに、ある女性のことを、兄のほうはスザンナと言ったり、主役の弟などは、ニホンの仮名ならば、シュザンナに近いような発音をしていた。こんな場合、植草さんだったら、なんと言っただろう？

サンフランシスコのホテル・ビクトリアのちいさなロビイにいたとき、まえのブッシュの通りを、植草さんが奥さんといっしょにあるいてるのを見かけ、とびだしていった。この通りをほんの一ブロックくだると、有名なチャイナタウンの入口になる。植草さんは不意にあらわれたぼくを見て、「どこからでてきたの？」とびっくりしていた。植草さんはサンフランシスコでも、木箱三つぐらいの本を買ったそうだ。いくらお酒を飲まないといっても、あんなにたくさんの本を読めたのだろうか。

ホテル・ビクトリアは、ホテル・バクテリアとわる口を言う日系の女性もいた。ダシル・ハメットの『マルタの鷹』のさいしょの殺人がおきるストックトン・トンネルのすぐ近くだ。

ふつうの男

田園調布のとなり町の東玉川にいたときだが、ある朝、知らない男がうちにたずねてきた。ちょうど、台東区区会議員選挙に出ている吉村平吉さんの選挙事務所にいくところだったので、ぼくはその男とつれだってうちをでた。

選挙事務所にいく途中の東横線や地下鉄の日比谷線のなかでも自分のはなしをきいてほしい、とその男がいったのだ。

男はうちにきたときから、「わたしは変った男でして……」と言っていた。それをきいて、こりゃふつうの男だな、とぼくはおもった。自分を変った男と言う者は、けっして変った男ではない。ま、ふつうの男だ。ついでだが、「わたしは変った女よ」と言う女性はあまりいない。

いや、ふつうの男、とぼくはばかにしているのではない。じつは、ぼくのまわりにはおかしな連中ばかりで、ふつうのひとはめずらしいのだ。

新宿ゴールデン街の区役所通りのほうの入口の角にちいさなタバコ屋がある。そのタバコ屋のとなりにバーがあって、なん代もママはかわったが、あるとき、ここにはいっていくと、かなりふつうの女性がカウンターのなかにいて、「ひゃあ！　ふつうの女がいる」とぼくはさけんだ。

するとその女性（やはりママだった）が「ふつうとはなによ」とおこった。これには、ぼくもめんくらい、このゴールデン街ではふつうの女はめずらしい、けなしているのではなくて、ほめているのだ、ともごもご言いわけをした。

だって、死んだ「まえだ」の前田孝子だって、そのほか唯尼庵《ゆにあん》のおキヨにしても、たとえかわいくて気性がよくても、みんなオバケだもの。オバケばかりのなかに、遠山の金さんの歌じゃないが、そこそこ美人のふつうの女がいたら目立つのだ。

くりかえすが、こんなふうにぼくのまわりはおかしなやつだらけなのに、「わたしは変った男でして……」と自分で言うようなのにでくわすと、ぼくはこまってしまう。

でも、ぼくは愛想はよくないが、気がよわいほうなので、東横線や地下鉄のなかで、男のはなしをきいていた。

男は「自分は年齢は三十八歳で、ストリップの世界にはいりたい」と言った。ぼくにすれば、相手の年齢などはどうでもいい。それに、……の世界、なんて言葉をつかう者には返事ができない。だから、なんにも言えずにだまってるのだが、ふつうの人だって、こっちがあんまりだまってると、うすうす、ははあはなしがあわないんだな、とわかってくる。

ところが、この男は察しがつかないらしく、えんえんとはなしていて、ヘイさん（吉村平吉さん）の選挙事務所までついてきた。そして、「ストリップの世界にはいるのに、保証人がいるのなら、ちゃんとした保証人をたてます」とまで言った。

ストリップの世界にはいるといっても、どうせ舞台にベッドショウ用の布団をしくぐらいだが、そんな仕事に保証人なんて、きいたこともない。ぼくが大学にいきだすとすぐ、ヘイさん先輩がおとなりの空気座にいた軽演劇の小屋の東京フォリーズにはいった。渋谷東横デパートの四階だ。そして、そのあと進駐軍の将校クラブのバーテンをしたり、テキヤの子分になったりした。ストリップもヤクザも保証人なんかはいらない。

ただし、この男はしつこいしゃべりかたなんかではなく、なかなか感じがよく、吉村平吉さんの選挙事務所にきても、「なんの用でも言いつけてください」なんて言っていた。

ヘイさんを台東区の区会議員選挙の候補者にしたのは野坂昭如さんだ。ぼくははじめからこいつはシャレで、選挙をタネにあそぼうとおもっていた。ところが、野坂昭如さんは、あそぶにしても真剣にあそんだほうがおもしろいという考えで、そのあたりがだいぶちがう。ぼくはただしまりなく、だらだらとあそんでるだけだ。

選挙には弁当がでる。安い法定費用の粗末な弁当だが、これがとてもおいしかった。浅草の言問《こととい》通りの角の大学イモ屋からはいった路地の、ゲイバーの奥の、タタミ三帖だけのせまい選挙事務所だった。

事務長はあとで浅草・猿之助横丁で飲屋の「かいば屋」をひらく熊谷幸吉さんで、でっかいからだにチビた下駄をはき、ぼくとはよくいっしょに焼酎を飲んだ。

このときの選挙ではヘイさんは最下位落選で、ぼくのおもったとおりだった。選挙の街頭演説の第一声を、吉村平吉さんは寛永寺に近い谷中の墓地でやった。「ここはしずかで、わたしのいちばん好きなところです」とヘイさんは言った。墓石に選挙演説をしたって、墓は投票してはくれない。


ストリップにはいるのに必要ならば保証人をたてると言った男だが、サギ師だとわかった。もちろんスーツを着て、きちんとネクタイをしめ、誠実そうな顔つきだけでなく、誠実に熱心にはなす男だったが、なにしろふつうの男だからねえ。ふつうのニンゲンはサギぐらいやるし、戦争にも加担する。このあいだのバブルなんかもそんなんじゃないの。

この男はヘイさんの選挙事務所に毎日くるようになり、ぼくからも二千円ばかり借りたりしたが、翌日きちんともどした。しかし、ほかの者でひっかかったのがいたらしい。なにしろ、ぼくはふつうの男とは口がきけず、この男もぼくはあきらめたのだろう。

ぼくは警戒心なんかはないが、こりゃへんだ、と相手がとまどってしまうのか。だいいち、サギ師はうまい話をもちかけて、それで相手をだますのだが、うまい話というのはふつうのニンゲンにたいするもので、ぼくにはうまい話もなんにもない。ただ、おかしなはなしにげらげらわらってるだけだ。

吉村平吉さんがいた空気座は新宿の帝都座の五階にうつり（いまの丸井のところ）、ここで、田村泰次郎原作の「肉体の門」で大当りをとる。ヘイさんは長いあいだ吉原のもと赤線のアパートにいたが、浅草のまんまんなかの花やしきのそばに引越した。

軽演劇の先輩は吉村平吉さんひとりぐらいになってしまった。軽演劇がとっくに消えてるんだからしかたがない。じつは、ヘイさんはレビュー少年だったのだが……。

友人、川上宗薫の酒

川上宗薫は女と男とのことを、よく書いた。また、ご本人も自らそれを実験し研究したと言われている。ただ、そのやりかたがせっせせっせと、なんとも大マジだった。だから、命をちぢめたとぼくはおもっている。

宗薫さんは女のことでは有名だが、じつは酒もたくさん飲んだ。あまり知られてないけどたいへんなノンベエだった。宗薫さんは執筆の量がおおいことでも評判で、月に七百枚などとうわさされた。

あんまり驚異的な枚数なので、「ほんとかい?」とぼくがたずねると、宗薫さんはそっとこたえた。「恥ずかしいから、ひとには言わないんだけど、じつは、月に七百枚ではなくて、八百枚ぐらい書いてるんだ」

ぼくなんかは月に五十枚も書いてはいない。かなりたくさん書いてる佐藤愛子さんだって、月に二百枚でもう目いっぱい、と言っている。

　こんなふうにたくさん書くひとは、徹夜をはさんで、二日で百枚書いた、なんてことはない。宗薫さんは午前十時ごろから書きはじめ、午後の三時か四時には、もう書くのをやめていた。ただし、それを毎日つづけた。まことに律義なものだった。律義でなきゃ、月に八百枚なんてことにはならない。

　それに週に二日は休みをとっていて、休みの日などは、午後からブランデーを飲んでいた。ぼくみたいにがっついた飲みかたではないが、ちびちびなめるようでも、飲んでる時間が長いから、ボトルはもんぶんぐらいはあけちまう。

　ウイスキーをひと壜からにした、などと威張ってるひとがいるが、そんなに飲めるものではない。はじめは勢いがついていても、あとではダウンしてしまう。

　ところが、川上宗薫は酔ってますます、という飲みっぷりだった。ぼくは女のほうでは、宗薫さんとはつきあえない。飲むほうの友達で、宗薫さんのほうが、よく飲んだんじゃないかな。

現代の英雄豪傑

梶山季之さんは「噂」という雑誌をやっていたことがある。昭和四十六（一九七一）年八月号から四十九年三月号までだ、と「噂」の編集長だった高橋呉郎さんからきいた。

噂というものは根も葉もないようで、みょうに生ぐさいところもあり、なかなかおもしろい。梶山季之さんのまわりには文壇の先生たちの噂話をしょっちゅうやってる編集者がたくさんいて、それで、梶山さんは「噂」なんて雑誌をはじめることをおもいたったのかもしれない。噂話が好きな編集者が自分たちでそんな雑誌をつくればいいが、そうはいかなくて、梶山さんをアタマにたてたのだろう。ま、シャレだ。

ぼくなどもしょっちゅうシャレはおもいつく。シャレというのはもともとは落語家の用語だとおもうが、とっくになくなった軽演劇でも、シャレが生命《いのち》、みたいなところがあった。

しかし、シャレはしょせんシャレでしかなく、ひとの噂とおんなじで、かってにしゃべって、たいていはわる口を言い、それでおしまいになってしまう。

ところが、梶山季之さんは屁《へ》のコッパ（火の木っ端《こぱ》という説もある）みたいな噂をタネに、ちゃんとした雑誌をつくった。ただシャレやジョークばかりをくっちゃべってるだけのぼくたちとはちがうところだろう。

「噂」はたのしい雑誌で、噂賞というのもだした。その選考委員は文壇の先生方なんかではなく、出版社の編集の人たちだということだった。

その第一回の噂賞には藤本義一さんがなった。藤本義一さんは直木賞の有力候補だったりしたが、「テレビにでるようなやつには直木賞はやらない」という選考委員のえらい先生があったとか。藤本さんは11PMの大阪読売テレビのたいへんに人気のあった司会者だった。

そんな藤本義一さんに噂賞というのはイキなことだった。そして二回目の噂賞はぼくがもらった。ぼくもテレビにでていたが、藤本さんみたいにスターではない。また、ぼくが噂賞というのには、あれこれ反対があった、と死んじゃった新宿ゴールデン街の「まえだ」のママの前田孝子がおしえてくれた。「まえだ」は編集者やライターがよくくる飲屋だった。

噂賞のパーティでは、今《こん》東光先生から賞状なんかをもらった。「あれが実質的な〈噂〉の終刊パーティでした」ともと編集長の高橋呉郎さんは電話でわらっていた。

噂賞のパーティのまえ、どこかで梶山季之さんにあったとき、「噂賞の副賞は十万円だったけど、今回から倍の二十万円にするよ」と言った。それで、新宿ゴールデン街の「まえだ」あたりで、「噂」の編集長の高橋呉郎さんにそのはなしをすると、「とんでもない！　そんな金がどこにあるんです？」とあきれていた。結局、ぼくがもらった賞金は十万円のままだった。

ともかく、「コミよ、いい賞をもらったね」と言ってくれた人がいた。今東光先生だったのかな。それは、噂賞もこれが最後だから、というためらしい。ぼくが噂賞をもらったときのパーティが、実質的に「噂」の終刊のパーティでした、という高橋呉郎さんの言葉どおりだ。

梶山季之さんと芸者がいる中野新橋にいったことがある。今東光先生もいっしょだった。「噂」で今東光先生は対談の連載をしていたが、それを中野新橋の料亭でやったのだ。芸者がそばにいて飲みながら対談をやり、対談のあとも芸者とあそんでるなんて、梶山さんの雑誌だからできたことだろう。

中野新橋の芸者は、みなさんがもっている芸者というイメージとはちがい、ごくふつうにいるような若い女のコで、いっしょに歌謡曲をうたったり、わいわいさわいでおもしろかった。梶山季之さんも今東光先生もごきげんだった。梶山さんは接待した人がごきげんだと自分もごきげん、みたいなところがあった。文筆仲間ではめずらしいことだ。

はじめて梶山季之さんにあったのが、どこだったのかはわからない。いつのころかも見当がつかないが、新宿にあったマリちゃんの店にいくと、梶山さんがいた。戦後のおもかげが残ってるような店で、新宿っぽい店でもあり、あとで銀座のほうにうつってからとはちがっていた。ただし、その店が新宿のどのあたりにあったのかは、おぼえてない。じつは、二、三人にたずねたのだが、「さあ、どのあたりかなあ」とみんなおぼつかない。ノンベエというのは、ほんとにたよりにならない。新宿のマリちゃんの店では村上兵衛さんにもあった。作家や村上さんのような評論家たちだけでなく、編集者もよく飲んでる店だった。梶山さんは編集者をだいじにするというより、仲間内のようで、「噂」も編集者のための雑誌だ。もっとも、編集者だけでなく、だれでも、梶山さんの仲間のような気持になった。

マリちゃんの店が銀座の新橋よりにあったときは、カウンターで梶山さんは紀伊國屋書店の社長の田辺茂一さんとよくならんで飲んでいた。いまではそういう人は見かけないが、田辺さんはウイスキーのストレートをシャットグラスで飲んでいた。

「野良犬の会」というのもあった。団長が今東光先生、副団長が柴田錬三郎さん。会長とよばずに、団長というのがおかしい。まるで不良少年団の団長だ。今東光先生なんかはおじいさんになっても不良少年みたいだった。「野良犬の会」では梶山季之さんはなんの肩書もない。しかし、実際に会をつくり、会を運営していたのは梶山さんだった。そして毎回の会の費用もはらっていた。こんな奇特なことはない。自分の道楽に金をつかう人はいる。しかし、「野良犬の会」にしても雑誌「噂」でも、ほかの人たちの道楽のためで、それに時間と金と労力をさくというのはなみのことではない。

池波正太郎さんの小説ではないけど、まえは軍鶏《シャモ》をたべさせる店があった。あるとき、四谷三丁目のシャモ屋によばれていくと、団長の今東光先生に副団長の柴田錬三郎さんもいて、文壇上昇中の半村良さんが「野良犬の会」に入会するとのことだった。

そのときはシャモ屋の二階の座敷なのに、柴田錬三郎さんが九州の筑豊地方を旅行したときにおいしかったという豚腸《とんちゃん》を味噌味でたべた。

ぼくは田園調布のとなり町の東玉川というところにすんでいた。ほそ長い屋敷町で、大会社の社長さんの邸宅みたいなのがならんでおり、ふつうの店だってあるようなところではない。

そこにぽつんとスナックができ、そこにはいると、今東光先生の「野良犬」という書が額にいれてかけてあった。まだ若いママは（ママひとりの店だけど）今東光先生とはなかがいい、と自慢していた。東玉川はほんとにちいさな町なのに、梶山季之さんゆかりの野良犬が、女と男、二匹もいたとはねえ。

このスナックからあるいて三分ぐらいの、すぐおとなりの奥沢に結城昌治さんの家がある。梶山季之さんがなくなって、フジテレビの近くのお宅に通夜にいくと、結城昌治さんがいた。梶山季之さんと結城昌治さんはたいへんに親しかったそうだが、からだつきからしてまるでちがうこの二人が、どういうむすびつきだったのか、ぼくにはさっぱり見当もつかない。

梶山季之さんはまったく端倪《たんげい》すべからざるところがあった。現代の英雄豪傑は梶山さんみたいな人ではないか、とぼくはかねがねおもっていて、本人に言ってしまったことがある。すると、梶山さんは、そ、そんな……、と口ごもり、それがまた梶山さんらしかった。

梶山季之さんが広島にくるとよるという流川《ながれかわ》のバーにいったことがある。広島に住む、ぼくのコドモのときからの友だちの歯科医がつれていってくれたのだ。

梶山さんはたしか広島高等師範学校をでている。昭和五（一九三〇）年生れぐらいかな。なくなった色川武大さんは昭和四年生れだった。

そして、二人とも生年月日について、あれこれ言われた。梶山さんも色川さんも生年月日を偽っていたのではない。梶山季之さんは若くて大流行作家になり、また昔のことにもくわしいので、みんながかってに歳上のようにおもったのだろう。

色川武大さんも古い浅草の劇場の楽屋にも出入りしてたそうだし、そんなことから実際の年齢より上にされたが、小学生のときから、浅草の劇場の楽屋にいってたのだ。

梶山季之さんは外地から広島に引揚げた人らしいけど、ぼくは広島からはバスで四十分ぐらいの、もとの軍港町呉でそだった。広島には同級生なんかもおおい。広島と呉とでは、町の性格はまるでちがうが、近しい町だった。梶山さんの奥さんも呉の人だときいた。そんなことからも、ぼくはかってに梶山さんとしたしい気持でいたのか。

梶山季之さんがなくなって、ぼくは形見をもらった。金のボールペンで、ずっと机の上の箱のなかにはいっている。ぼくは貧乏性で、こういうりっぱな物は、まわりにはこれひとつしかない。じつは、バッグのなかにいれてもちあるきたいのだが、落すといけないので、机の上におおいたままだ。でも、なんどかボールペンのインキはかえた。

V

山下清に似ている

ぼくは山下清によくまちがえられた。いまでは、山下清のことを知らない人のほうがおおいだろうが、もとはたいへん有名だった。

ぼくは鼻ペチャで山下清もそんなふうだ。それにどちらも坊主頭でおまけに禿げている。頭のうしろのほうは絶壁で、そのかわり、腹がイチヂク型につきでていて、夏は半ズボン。

世の中には自分とそっくりの者が二人はいるそうだが、山下清とぼくとは、とくによこから見ると、ふきだしたくなるほど似ていた。

ただし、写真なんかの山下清によく似てただけで、二人ならんだら、ぜんぜんちがってたかもしれない。山下清のことは芦屋雁之助がときどきテレビでやっている。

山下清がネクタイをしめて、会社員のカッコをしたって似合わない。ぼくもネクタイなんかもってない。そして、あるきかたも、なんだかひょこひょこして、けっして紳士らしくはない。

ぼくはなくなった俳優の殿山泰司さんにもまちがえられた。ぼくと殿山さんとはなかがよく、いっしょに新宿で飲んでまわったりし、飲屋のカウンターに二人ならんでることもめずらしくなかった。

そんなとき、殿山さんとぼくがならんでるのを見て、「ええっ！」と絶句した女のコがいた。このコはぼくを殿山さんだとおもいこみ、ぼくとあそんでたのだ。

かなりそそっかしいコだけど、ぼくと殿山さんは頭も禿げてるし、ま、似てるほうだろう。だが、二人ならぶと、こんどは、まるっきり似てなくて、そのちがいは歴然としている。

この女のコが絶句したとき、殿山さんはれいのぎょろっとした目で言った。「また、おれのニセモノになって、女をナンパしたのか」

さっき、中田のオジちゃんから電話がかかってきた。中田雅久さんは名編集者だったが、なぜか、みんなで中田のオジちゃんとよんでいた。そのオジちゃんのはなし。

言葉にも流行があり、ここのところ、ニホンの男性はよく、「やっぱり」と「もう」をくりかえす。

「やっぱり」のもとは山下清で、ただし、流行になるコトバのほとんどは、物マネからひろがっており、「やっぱり」も山下清をモデルにした映画『裸の大将』の主演の小林桂樹の「やっぱり、兵隊の階級《くらい》で言うと、やっぱり……」なんてセリフから流行になり、いまだにつづいてる、と中田のオジちゃんは言う。

「もう」のほうは田中角栄だそうで、「もう、その……もう」なんて口調が、これも物マネから、みんながつかうようになったという。

山下清の「兵隊の階級《くらい》で言うと」というのも流行になった。たとえばふつうの社会だと、社長と平社員とでは社長がえらいのにきまってるが、山下清には独特の評価があり、平社員でもりっぱな人柄のオジさんは少佐で、社長はせいぜい伍長ぐらいになったりする。

ある夏、ぼくは三宅島にいたが、そのころはふとって腹もでていたし、草履《ぞうり》に半ズボンで、すっかり山下清にまちがえられた。

じつは、ぼくは子供のころから山下清の名前は知っていた。千葉県の八幡学園というところに、知恵おくれだが、たいへんに絵がすばらしい男の子がいることが、式場隆三郎という医学博士が書いたもので紹介されている、とさかんにはなしてる人がいたのだ。

東京の近くだが田舎っぽいところをバスであるいていて、雑貨屋みたいな店で弁当を買ったとき、「あなたは天才画家の山下清に似てると言われたことはありませんか?」と店の奥さんに言われた。この奥さんは、世間で山下清のことを天才画家などと言ってるから、なにげなくこの言葉をつかったのかもしれないが、自分がその人のことをつくづく天才だとおもってるのでなければ、だれかを天才などと言うのはどうか。天才とよんだりして、安っぽくなることもある。

スイカ

ぼくは瀬戸内海の軍港町呉《くれ》でそだった。呉は三方を山でかこまれ、南が湾になってひらいていた。ぼくの家は呉の町の西側の山の南にむいたスロープの中腹にあり、ほかの家よりもいちばん高かった。

うちには段々になったミカン畑やイチゴ畑なんかのほかにいろんな果物の木や花などがあった。ぼくはナシやビワ、そしてスイカなどの水分のおおい果物が好きだった。ビワはまるい実のふつうの日本ビワのほかに、大きくて長い実の西洋ビワの木もあって、そのころとしてはめずらしかった。

コドモのぼくは夏が大好き、夏の果物のスイカも大好きだった。スイカは井戸で冷やしてたべる。ぼくの家のとなりには一段ひくく、うちの山の果物つくりや花つくりをしてる人の家があって、深い井戸があった。これにスイカを吊して井戸の水につけて冷やす。ところが、ちょいちょい、スイカが縄かなんかからはずれてしまう。

そんなときは、いったいどうしたのだろう？　井戸替えなんかのときのほかは、深いふかい井戸の底まで、ひとがおりていってスイカをひろってくることなんかはできない。でも、はずれたスイカは井戸の底におきっぱなしにしていたのか？　そんなことをすれば、井戸の水がおかしくなる。

井戸で冷やしたスイカをみんなでたべるときは壮観だったにちがいない。父、母、ぼく、妹、そしてほかにもお手伝いさんなんかが二人ぐらいいた。そして、いちばんたくさんスイカをたべたのはぼくだった。

ぼくが夏が大好きだったのは、泳ぎにいけるからだ。ぼくの家の窓からも呉湾の軍艦と海は見える。でも、夏になると、ぼくは汽車の定期を買ってもらい、毎日、呉駅から三つ四つむこうの天応《てんのう》や狩留賀《かるが》の海水浴場に泳ぎにいった。

毎日というのはほんとに毎日で、雨の日、風の日はもちろん、台風の日でも汽車……と言っても、小学校の二、三年ぐらいからガソリンカーがでてきたが……にのって海にいった。

ガソリンカーというのはいまのディーゼル車のことだ。ガソリンカーは太平洋戦争のまえになくなってしまい、こんな名前を知ってるのも、ぼくたちのようなごくかぎられた年代の者だろう。だからディーゼル車のことをガソリンカーとよぶ者は歳ごろがわかる、と言ったものだ。ところが、いまではそんな会話さえきけなくなった。

こんなふうにして泳ぎにいくと、砂浜で陽にあたってるなんてことはなく、もう目いっぱい泳いでいる。また天応や狩留賀でも海水浴場で泳いでるけど、海水浴場の入場料をはらうのはもったいないので、着てる物は外で脱いで、沖から海水浴場にはいっていった。海には門も柵もない。

こうやって節約した金で、かえりに呉駅からうちにくる途中の二河川《にこう》の川っぷちの屋台で飴湯を飲むこともあった。飴湯はラムネ壜みたいなのにはいっていて、大きな氷の上でその壜をごろごろころがしていた。

おかしいのは、ぼくはちいさいときから甘いものぎらいでとおっており、ぼく自身もそれが自慢だった。

飴湯はほのかに飴色で甘い。甘いものぎらいのぼくが、それがとってもおいしかったのは、目いっぱい泳いだかえりで、からだがくたくたにつかれ、甘いものをほしがっていたのか。海水浴のかえり以外では飴湯も飴玉も甘いものなんかたべたおぼえはない。

さて、そんなにぼくがスイカが好きなら、うちの畑でもスイカをつくってみようか、ということになり、家の下のほうの段々畑にスイカのたぶん苗をうえた。

ところが、ぼくがあれだけほしがったスイカだけは、ほかのものはビワでもイチゴでもミカンでもたくさんとれるのに、どうしてもうまくいかない。やっとできても、せいぜいメロンぐらいの大きさの貧弱なもので、味もものたりなかった。

ぼくがそだった呉の家には、父母はなくなったが、いまでも妹夫婦が住んでいる。そして家の下のおなじ畑でスイカができるときいておどろいた。しかも、果物屋で売ってるような、大きなりっぱなスイカなのだそうだ。

ぼくがコドモのころ、うちのとなりの家にいて、花つくり果物つくりをしていた人は農学校（いまなら農業高校）をでた専門家だったのに、ちいさな貧弱なスイカしかできなかったのに、まったくのしろうとの妹夫婦がちゃんとしたスイカをつくれるのか。

ところが、そんなにりっぱなスイカができても、油断してると、鳥がきて（たぶんカラスだろう）スイカの中身をきれいにたべてしまうのだそうだ。しかも外の皮はちゃんと残したまま、中身だけをたいらげてしまう。ぼくもそれを見たが、スプーンでけずりとったみたいに、見事なものだった。

戦艦大和

月のはじめに別府にいった。まえにも、なんどか別府にはいっている。だが、温泉の湯にはいったという記憶がない。いつも、酔っぱらって宿にたどりつき、寝ちまったのだろう。

このまえ、こちらのほうにきたときは、たしか、日田《ひた》から大分にでて、佐伯《さいき》にいった。佐伯にはヨリさんという、ぼくの従兄《いとこ》がいる。

佐伯にはもとは海軍の航空隊があった。それも、ニホンではただひとつの海に着水する飛行艇の基地だときいた。

ヨリさんは海軍の機関兵だった。ぼくがまだ小学校にいかないころ、呉にきて海兵団にはいった。その入団の日、ぼくも海兵団までついていった。そのころ、ぼくの家は呉の町なかにあった。

海兵団はいまの呉桟橋にいくてまえにあり、ともかく海の近くで、潜水夫が二人ほど仕事をしていた。潜水夫は大げさな潜水服、ヘルメットをかぶっている。それが、コドモのぼくにはとってもこわかった。海の怪物みたいに見えたのだろう。

ぼくの家は呉のそのころの本通九丁目の繁華街から東三津田の山の中腹にうつり、ヨリさんはとなりの家や下の家にも住んでいた。

そのうち、海軍工廠《こうしょう》の一隅にとほうもない大建造物ができ、そのなかで、いままでの軍艦とはくらべものにならない、どでっかい戦艦をつくってるという噂がながれた。

なん年かのち、噂の艦《ふね》は大建造物やその下のドックからでて、呉湾にうかんだ。ぼくの家は山の中腹にあり、よく見えたが、まあ、でかいでかい。

戦後、呉海軍工廠は民間の造船会社にかわり、三、四十万トンのタンカーをつくったが、それとおなじくらいの大きさに見えた。

戦艦大和だった。ドックをでて、呉湾のまんなかで塗装をはじめたのだ。

ヨリさんは戦艦大和にのった。ヨリさんは機関科のいろんな学校にいった。優秀な機関兵だったのだろう。佐伯にヨリさんをたずねていったとき、「自分も遺品を用意した」としずかにはなしていた。

戦艦大和は沖縄に出撃し、大戦艦がまるごと特攻艦になった。しかし、その直前にヨリさんは艦からおろされた。

横須賀にできたとくべつな学校にはいったのだ。そのとき、「諸子はもう生徒ではなく、学生である」と言われたとヨリさんははなし、ぼくは「そうなんだよ」とうなずいた。

海軍兵学校は生徒なのだ。海軍大学校にいって、はじめて学生になる。ヨリさんは横須賀の学校にいったとき、海軍少尉か中尉になっていたのだろう。だから学生だ。

すぐれた技術者だから、自決する戦艦大和にのせておくのはおしい、と当局ではおもい、とくべつな学校にやったのか。

しかし、それからなん十年もたったあとでも、出撃していった人たちにすまないような、ヨリさんの口ぶりだった。

藤村富美男さんのこと

物干し竿なんて長いバットをふりまわし、ミスター・タイガースとよばれた藤村富美男さんがなくなった。

藤村さんはもとの軍港町の呉の呉港中学のとき夏の甲子園大会で優勝した。優勝戦の相手は熊本工業で川上哲治選手がいた。

ぼくは呉の育ちで、二河川のそばの二河小学校にいった。藤村さんも二河小学校の先輩だとかで、いまのリトルリーグの小学生野球でもスターだったそうだ。

藤村さんの家も二河川の近くにあり、呉港中学の生徒だったころ、二河橋をわたってる姿をなんども見かけた。カバンをさげて呉港中学にいくのではなく、すぐそばの二河球場で朝から野球をやっていた。

ぼくの家はおとなりの東三津田という町にあり、このとっかかりの台地が三津田高校で、広岡達朗さんがでている。ぼくはその前身の呉一中にいってるが、そのころは野球部はなく、三津田高校も野球が強かったのは、広岡さんがいたときだけだったとか。

もともと広島は野球王国と言われ、呉も野球がさかんで、しょっちゅう町ごとの対抗試合なんかをやっていた。そんなとき、広岡さんはまだ中学生なのに、大人のチームのエース投手で四番だった。

藤村富美男さんも呉港中学のときは投手で阪神タイガースにはいったときも投手だった。プロ野球のいちばん初期のころだ。

呉港中学と熊本工業の甲子園での優勝戦のときは、ぼくが小学校の四年生ぐらいで、海をへだてて海軍兵学校がある江田島が見える狩留賀海水浴場にいってたが、泳いでる者なんかはなく、みんなラジオの前にあつまっていた。

呉の出身の野球人では、阪急ブレーブスの監督をやり、球界の大久保彦左衛門などとよばれた浜崎真二さんや南海ホークスの名選手で監督だった鶴岡一人《かずと》さんもいる。

しかし、どちらも呉をでて広島商業あたりにいった。野球で買われた者が呉の中学にいきだしたのは、藤村富美男さんあたりからだろうか。これは呉の町じたいが力をつけてきたことにもよるのだろう。

呉には海軍鎮守府《ちんじゅふ》に海軍工廠があった。海軍工廠は巨大な工場で、ある日、大ドックの上にもっとでっかい屋根ができ、超弩級《どきゅう》の戦艦大和をつくりだす。呉の人口はやたらにふえ、ひところは広島以上だと、ひそかにうわさされた。呉は要塞地帯で人口などは秘密になっていたのだ。

呉の町は三方を山にかこまれ、南だけが湾になっていた。どこの港町だって平地はすくない。呉も人家が山にはいのぼり、ニホンでもいちばん人口が密集していたそうだ。

二河川は雨が降ったときしか水がでない川だったが、町なかの境川は人口過剰によるひどく汚れた川で、臭くってしようがなかった。ニホンにおける公害第一号の川だろう。つい、つまらないことを自慢してしまう。

回覧雑誌「止里可比」のこと　最も思い出深い自作

昭和十八（一九四三）年あたりから昭和十九年にかけて「止里可比《とりかい》」という回覧雑誌をやっていた。各人が原稿を書き、それをまとめて綴じて、まわして読むのだ。そんなものだから、書いてる者は五人ぐらいだった。

止里可比は福岡市の鳥飼の古語で、万葉集にもでているとかきいた。止里可比の親分格の川上朝日子こと永野武治の家が鳥飼町にあり、ぼくはここに下宿していた。永野武治のことを親分格と言ったのは、いちばん年がおおく、また北原白秋の短歌の会「多磨」にはいっていて、しっかりした短歌をつくった。

また、そのつぎに歳がおおい末次孝行こと末次学は、やはり鳥飼町の永野家からあるいて一分ぐらいのところに住んでいた。

昭和十八年、十九年という敗戦のすぐまえの、まことにいそがしいとき、きちがいじみたときだったが、ぼくたち三人は一日じゅう映画や本のことをしゃべっていたりした。

ぼくは旧制福岡高等学校の文丙（フランス語のクラス）にはいったが、留年してドイツ語のクラスになり、永野家に下宿した。戦争末期のひどいときで、フランス語は敵性語として文丙のクラスはなくなったのだ。

そのころは、いい若い者《もん》はみんな兵隊にいっていた。それなのに、永野武治がシャバにいたのは、ぼくとおなじ旧制福岡高等学校の理甲をでて、東大農学部獣医科にはいったが、目がわるくなり、はんぶん失明状態だったのだ。

末次学もやはり旧制高の理乙をでて、九州大学の工学部にはいったが、結核になり、のちに医学部を卒業した。ぼくたちは永野武治のことを福岡弁でタケイしゃん、末次学のことをマナブしゃんとよんだ。

それに旧制福高の先輩で京都大学にいってる湯川達典と、ぼくとおなじクラスの各務章《かがみ》がいた。みんな若いときに短歌に凝った、詩を書いたというようではなく、短歌をつくること、詩を書くことが生涯のことになった。

そんななかで、ぼくの短歌や訳詩などはいいかげんだし、はっきりモノマネだったが、いまでもそうだけど、ぼくはよくしゃべり、ともかくさわがしかった。

ぼくが田中一虫という名前で、止里可比にのせた俳句にこんなのがある。

寝て語るバラバラ事件や夏の月
のらくらと映画批評や春の雨

こんな句を見ても、いわゆる時局は切迫しているのに、ぼくはまるっきり反省していない。また、佐世保の海軍工廠に学徒動員でいったが、下痢で入院し、退院したら福岡にかえってきて、そのまま両親がいる広島の呉にもどってしまい、昭和十九年の暮れに入営する。

佐世保から福岡にかえってくるときも、まっすぐにはこないで、唐津あたりの海岸線をぐっとまわった。交通事情はまったくよくないのに、それでもぶらぶらあそんでるのだ。そのときに、こんな短歌がある。

延着もすでに三時間の田舎駅にホームの人は柿食いて居り

ぼくはヒマでも空腹で、ホームで柿をたべてる人がうらやましかったのだろう。いや、止里可比にのってるものを、最も想い出深い、愛着のある自作ほどとは、けっしてぼくはおもってはいない。逆に、青くさくって、おもいだしてもゾッとするとも感じない。このなんとも思わないというのが、ぼくの欠点で、ほんとにぽっかり、だれでもがもってるものが欠けている。

でも、旧制福高でおなじクラスだった各務章や先輩の湯川達典さんなどの努力で、止里可比が復刻され、活字の本にもなってるので、こうして引用もできる。復刻されたのは一九八〇（昭和五十五）年で、昭和十九年からは三十六、七年もたっている。

永野武治さんも末次学さんも福岡育ちだが、博多っ子らしいひょうきんさがあり、そのかるみがぼくにはうれしかった。武治さんは目がわるいのに映画が好きで、片岡千恵蔵主演の『宮本武蔵』で吉岡道場の当主と決闘するとき、「いま、鈴がおちたやろ?」と武治さんがきくので、「おれは見えんかった」とぼくがこたえると、「鈴がおちる音がきこえた」と武治さんは言っていた。映画館で二人でならんでいたのだ。

末次学さんは九大の工学部に籍がありながら、医学部にアルバイトにいっていて、なにかでアルコールが手にはいったとかで、タケイ(武治)しゃんもいっしょに飲んだことがあった。

博多の水茶屋の足袋《たび》問屋の若旦那が死に、その蔵書を、マナブしゃんと買いとったこともあった。本がないころで、たいへんにありがたいことだった。そのころは、福岡でやっている映画はみんな見た。上海からながれてきた英語の字幕《スーパー》がついたドイツ映画の『カラマーゾフの兄弟』もあった。珍映画なのだろう。

「おまえ死ぬよ」と言われつつ

ぼくは一九二五（大正十四）年の四月二十九日に生れた。昭和十九年には徴兵年齢も一年繰り上げになり、この年に兵隊検査をうけ、暮れに入営した。だから、志願はべつにして、現役兵としてはいちばんおそいほうで、九州の博多港をでて、釜山にいき、いまの中国の南東北地区で、昭和二十年の正月をむかえた。同年のマンガ家の加藤芳郎さんなんかとおなじコースだ。戦争末期で東シナ海にはアメリカの潜水艦がいて、上海にはいけなかった。

そんなわけで、生れてはじめての広軌道の列車で鴨緑江もわたり、揚子江（いまでは、長江と言うらしい）も見たが、ニホンにはない大陸の川として有名だけど、まことにチンケなものだとおもった。

ぼくは瀬戸内海の軍港町、呉でそだった。呉と広島のあいだの海水浴場、狩留賀なんかは、目の前に海軍兵学校があった江田島が見えるけど、そのあいだのせまい海の水量《ヴォリューム》が、まるで揚子江なんかの川の水量とはちがう。海のほうが圧倒的に迫力があるのだ。川の水量はなにか浅薄だとおもった。だいたい、川と海とくらべるのがおかしいのだろう。

目的地は中国の湖南省だったけど、着いて三、四ヵ月で終戦になった。敗戦を終戦と言いくるめてる、といきりたってる人たちがいるが、ぼくはカンケイない。もっとも、「おまえみたいな兵隊がいたから、戦争にも負けたんだ」と終戦後、古兵さんたちからイビられた。

終戦をむかえに、わざわざ、湖南省まで行軍していったようなものだけど、マラリアだけでも、四種類もしょいこんでしまった。一日熱、二日熱、三日熱、熱帯熱というわけで、毎日、寒さにふるえ、それからすごい熱がでて、うなっていた。

おまけにアメーバ赤痢の菌まででてきた。あれだけ下痢をしてる初年兵がおおかったのに、検査で菌がでたのは、旅団のなかで、ぼくひとりぐらいだったかもしれない。

宝くじにも競輪にも、まったくツイてないが、ぼくは菌にはツイてるのかもしれない。終戦後九ヵ月ぐらいたって南京までいったとき、こんどはコレラになった。コレラ菌がでたのだ。そのまえに、やわらかいウドンが、そのまんま便にでてきて、こりゃおかしいな、とはおもっていた。便そのものも、水道の水みたいだったし……。

うんとあとになり、もうオジイの歳ごろに、結核菌がでた。糖尿病で入院し、検査したら、結核菌があらわれたのだ。

戦後一年たった復員後、ぼくは大学に籍があるまま、軽演劇の劇団にはいったが、みんなヒロポンの注射をしてるのに、ぼくひとりはバクダンを飲んでいて、注射はしなかったのに、いまさら結核で、糖尿病のインシュリンの注射もしなくちゃいけないし、となさけなかった。

ただ、おかしかったのは、結核菌がでてたことをつげる担当のお医者さんが、すごくうれしそうな顔をしたことだった。そのことをケン坊に言うと、ケン坊はわがことのように笑った。「そりゃ、うれしいさ。物理が化学になったんだものな。それまでは、症状、つまり物理的状況しかなかった。そこにモノ、実体、化学があらわれたってわけだ」

ケン坊は横浜国大工学部のケミカル・エンジニアリング（応用化学）の教授だった。そのケン坊もガンでなくなった。

中国の湖南省でマラリア熱とアメーバ赤痢で掘っ建て小屋の野戦病院にはいってたころ、「寒い、寒い、抱いてくれ」という病人の初年兵を抱いて寝てたら、あくる朝、死体になっていたなんてことがあったとき、軍医からなんども、「もう、おまえは死ぬよ」と言われた。

そして、じつは、そのことをいろいろとぼくは書いてきた。兵隊にいくということと、死ぬということについて、あんまりたくさん言われてきて、うんざりしてる傾向もあった。「おまえ死ぬよ」と軍医に言われても、ぼくはべつに死ぬのがこわくなかった。と書きたかったのだ。

しかし、いつからか、ぼくは死ぬのがこわくなかった、というのとはちがうのではないか、とおもいだした。それが、いつごろからかはわからない。こんなふうに、とてもだいじなことが、日付なんかがわからないというのが、ぼくの特徴だけど（長所とか短所とかは言わない）、考えてみれば、こまったことだ。

あのころは、ぼく自身も死ぬとおもっていた。だから、掘っ建て小屋の野戦病院に寝たまま、さきに内地にかえる学徒兵に、両親への手紙を託したりした。その手紙には、「これがとどくころには、ぼくはもう死んでるでしょう」なんて書いてあった。幹部候補生甲種合格で、上等兵の座金を襟につけていたその学徒兵は、内地にかえりつかないうちに、結核で死んだ。

軍医に「おまえ、もう死ぬよ」と言われながらも、ぼくは、えへら、えへら、苦笑してるような状態だったのは、あんまり衰弱して、生きてても死んでても、おなじようだったのだろう。たいへんにひどくて、つまりは、無感動だったのか。それを、生死を超越した心境などとは、ウヌボレもはなはだしい。

真性コレラ患者で、お尻があたるところに四角の穴があいてる寝台に寝て、水道水のような便をしてる、つまり、保菌者ではない、ほんとの患者で、生きのびたのは、これまた、ぼくひとりぐらいだが、これも、悪運が強かったのだろう。

ロサンゼルスに二カ月ばかりいて、かえってきたばかりだ。成田空港に着いた日は、地下鉄有楽町線の氷川台駅から自宅まで、途中、十回以上も、電信柱につかまりながら、やっとこさかえってきた。それでいて、いまは死ぬのがこわい。覚悟なんか、まるっきりできてやしない。

出あいの風景

三人の生き残り

テレビのはじめのころ、ある人に受像機をつくってもらった。町の電器屋で買うはんぶんぐらいの値段だった。手作りのテレビが流行《はや》ってた時期があったのだ。

その人ができたテレビのセットをうちにもってきて、台所の裏庭にアンテナをたてた。ほそい丸木のさきにアンテナがくっついていた。その丸木を土にたてるのに、ぼくがもたもたし、靴だけでなく、ズボンまで泥だらけにしてると、その人が見かねて、台所からでてくると、さっさと仕上げてしまった。

その足もとを見て、ぼくはひどく感心した。靴さえもはいてない。台所の女下駄をつっかけただけなのだ。それなのに、ひとかけらの土もついてない。涼しいものだ。

この人はぼくとおなじ歳か一つ上だった。戦争中、海軍の飛行予科練習生になっている。予科練というやつだ。そして、パイロットになった同期の者はたった三人しか生きてないらしい。その三人のうちの一人なのだ。

あとでは、予科練になる者はたくさんあったが、そのころはほんとにわずかで、ぼくと同学年ではたったの二人。一人はパイロットになったが戦死した。

うちのテレビをつくってくれた人は、同期の者がたった三人生き残ったのを、「なーに運ですよ」とわらっていたが、ちいさな土埃《つちぼこり》のカケラもついてない、女下駄をつっかけたその足を見て、いや、運だけじゃない、とぼくはぞくんときた。

ぼくと小学校でも同級でおなじ中学校だった芳井輝夫は、中学四年で海軍兵学校にいったので、実戦に間にあい、特攻隊長になって戦死した。予科練出のパイロットの山内誠二はもっと早く実戦にでていたのだろう。

南京で死んだ友だち

ぼくは一九二五（大正十四）年に生れた。男はみんな満二十歳になると兵隊検査を受けた。ところが昭和十九年からそれが満十九歳になった。ぼくも満十九歳で兵隊検査をうけ、昭和十九年の暮れに山口連隊に入営し、すぐに中国につれていかれた。

中国では揚子江岸の南京にしばらくいた。南京にいたとき、おなじ部屋だが通信中隊の谷口が死んだ。消灯まえタバコの火をかしてやり、それから消灯になってすぐ、とつぜん谷口がひどい叫び声をあげ、病院にはこばれて死んだ。日本脳炎だった。谷口とは呉第一中学校で同学年だった。色があさぐろいスポーツマンでバレー部の選手だった。

呉の二河小学校で同級生で、オッチョコというあだなの高橋も、おなじ建物にいた初年兵で日本脳炎で死んだ。オッチョコはオッチョコチョイの略で、頭がかるいぼくとはオッチョコどうし仲がよかった。高橋のおとうさんは中国電力につとめ、二河川のそばの社宅に住んでいた。

そのまえに、平野が南京の郊外で戦死したということだった。平野も呉第一中学校の同級生でアメリカ二世だった。はしるのが早く、バスケット部のスターだった。アメリカ二世はバスケットをやる者がおおかった。頭がいい男で、ハワイの二世とはちがい、訛《なま》りのないきれいな英語をしゃべった。しかし、呉第一中学校の英語の点数はよくなかった。英語の先生よりも英語が本物で、それで成績がわるいとは！　平野はみんなより歳をとっており、だから早くに兵隊にとられて、南京郊外で戦死したという。だが、どういう戦死だったのかは、同級生たちはだれも知らない。

両親への手紙

戦争がおわった翌年の昭和二十一年、ぼくは中国の湖北省咸寧の野戦病院にいたが、自分であるける患者は内地に復員することになった。

そのなかに兵長の座金をつけた甲幹（甲種幹部候補生・将校コース）がおり、広島県呉市にいるぼくの両親への手紙をたのんだ。ぼくは幹部候補生の試験の最中に、とつぜん中隊にかえれと言われ、いちばん下の階級の二等兵のままだった。

ぼくはマラリアも三種類ぐらい、もちろん栄養失調でほかにもあれこれ病気があったかもしれないが、うごけないでいた。それで、ここで死にますが心配しないでください、みたいな手紙を両親に書き、甲幹の男にたのんだのだ。ぜんぜんセンチメンタルな気持はなかった。あたりまえのことを言った手紙だった。

しかし、その手紙は両親にはとどかなかった。手紙をたのんだ男が、内地にかえりつくまえに死んでしまったのだ。咸寧の病院から出発したときはげんきにあるけたのに、結核だったのだ。東大の法科の学生だったけど、名前もおぼえていない。

呉第一中学校の同級生でハーモニカがじょうずだった高橋金吾は、中国の湖南省でおなじ大隊にいたが、呉市に復員したあと死んだ。やはり結核だった。

その高橋が中国でぼくが死んだ、と言ったらしい。だからしばらくのあいだ、ぼくも黒枠のなかにはいっていた。

それはともかく、ぼくが戦病死したときいて、中学の同級生などはみんなわらったそうだ。その連中が不謹慎なのではない。あいつが死んだか、とみんながわらうというのは、愉快なことではないか。

軍曹と上等兵

ぼくたちの中隊から湖北省咸寧の野戦病院にいったのは、ぼくのほかは中国語の通訳もやっていた乙幹(乙種幹部候補生・下士官コース)の軍曹と四年兵の上等兵だった。野戦病院と言っても、敗戦後は板囲いの粗末なバラックで、はんぶんぐらいの病人は地面に板をおいて寝ていた。

乙幹の軍曹は高熱がつづき、口に白い滓《かす》のようなものをつまらせて死んだ。上等兵は山砲の部隊から転属になってきた人で、「なにか腹にいれとかなきゃ……」と宿舎のまわりの雑草をひっこぬいて、ひとりで飯盒《はんごう》で煮てたべたりしていた。そんなものをたべたって栄養にならないし、胃腸にもわるい。上等兵は栄養失調でぼくとは下痢仲間だった。

上等兵も咸寧の野戦病院で死んだということだが、いつなくなったのかはわからなかった。背中をまるめてぼそぼそしゃべる、なんだかじじむさい人だった。でも召集兵ではなく、死んだときは二十四歳ぐらいだろう。乙幹の軍曹はもっと若かった。

ぼくたちがある分哨にいたとき、夜のきまった時間に、分哨から三百メートルぐらいはなれた、鉄道を横ぎるほそい道を、敵兵がぞろぞろあるいてとおった。それが毎晩つづくので、なぜか中隊に一門だけあった山砲をもってきて、もとは山砲の部隊にいたこの上等兵もよばれ、昼間のうちに、敵兵がとおる道のある地点に念入りに照準をあわせた。そして敵兵がぞろぞろあるいてるときに山砲をぶっぱなしたが、敵兵はだれも死なず負傷もしなかったようだ。射手の上等兵はまるっきり面目がなかった。敵兵と言っても、国民政府の兵隊ではなく、共産軍でもなくて、雑軍だったのではないか。

カンフル注射

まえにも言ったが、ぼくは昭和十九年の暮れに入営してすぐ中国につれていかれ、翌年の八月には戦争はおわった。海外にいった兵隊としては、いちばん最後のほうの現役兵だ。ぼくよりも歳が下で兵隊にいったのは、志願した者だけだろう。

そんなふうなので、じつは戦死した者は歳上の人たちにくらべるとすくない。ぼくの中隊の初年兵でも弾丸にあたって死んだ者はいない。

ところが、ぼくは戦後まる一年中国にいたし、そのあいだに、栄養失調やマラリアがかさなって、たくさんの者が死んだ。戦争がおわっても後遺症はつづく。戦争中に結核になり、なん十年もずっと病院にいて、退院できずに死んだ者もいる。

湖北省の咸寧の野戦病院にいたとき、となりに寝てる初年兵が、「寒いよう。寒いよう」とほそい声をだすので、そのからだを抱いてやった。

そのまま眠ってしまい、朝になって看護兵がカンフル注射をもってやってきたが、ぼくが抱いてた男は死んでいた。それで、看護兵が「かわりに、おまえに打ってやろう」とぼくにカンフル注射をしてくれた。カンフル注射のかわりなんて冗談にもならず、ぼくもべつにトクをした気持でもなかった。

咸寧の病院ではほんとによく死んだ。しかし、病院にはこないで死んだ者のほうがよっぽどおおかっただろう。

戦争がおわることなど考えもしなかったころ、ぼくたちは長い行軍のあと、湖南省の大隊本部にやってきて、一晩寝て、翌朝の点呼のときたおれて、死んじまった初年兵もいる。呉で家が近くの張り切ってる男だった。

時間を時間として

戦争がおわったということになってから、ぼくたちの中隊はあちこちにうつった。いわゆる戦争捕虜だが、監視兵などもおらず、鉄条網もなく、武装解除後も分隊にいくつか小銃があったりした。そして、中国の湖南省や湖北省をあちこちにうつった。

戦争がおわるまえから、戦闘なんかやってないが、そのための演習もなくなり、また軍隊はやたら掃除をさせるものだが、ひどいところにうつり住んで、掃除をするような環境でもない。ずっと電灯もなかったんだもの。

それでも、ぼくたち初年兵はいそがしかったが、古兵さんたちはさいしょはぽかんとしていたけど、そのうち、せっせとなにかをつくりだした。

戦争がおわれば軍隊もないはずで、事実、そう言った初年兵がいたが、古兵さんたちに袋だたきにあい、内地にかえるまで、中隊内の上下はつづいていた。

しかし、もちろん、戦争に負けるまえとはうんとちがっていて、とくに古兵さんたちは隙《ひま》なようだった。

ぼくなんかはいまでも、逆に、隙でないとなにもできないような気持でいる。隙なのがあたりまえで、隙で隙でしかたがないから、隙なことを考えるとかさ。ただ考えることだけが、ぼくの仕事だなんて恥ずかしくて言えないが、ま、ぼくが毎日やってることだろう。書くことも考えることだし……。

ところが、ふつうの人は隙だとどうしようもないらしい。こんな場合、ニホン人は隙とのつきあいかたがへただ、なんて言ったりする。べつに外国や外国人のことを知っていて言ってるのではない。ほかの人がそう言うから、自分も言ってるのだ、こういうのは真似してるだけで、考えてるのではない。

いや、ぼくだってちゃんと考えてるわけではない。それどころか、かつて一度も、ぼくは考えたことはないのではないか、とそんなことも考える。せいぜい、あれこれ、まとまらないことを感じたり、おもったりしてるていどではないのか。しかし、そんなことをおもうのにも、隙でなくちゃいけない。いそがしいと、なにもおもわない。

隙でむずむずした古兵さんたちは、とにかく手をうごかしだした。世の中には手をうごかして毎日をおくってる人がおおいんだなあ。手をうごかしてるときは、からだもうごかす。また、手をうごかしてるように、頭もうごかして（はたらかして）いる。

時間論はおもしろい。時間は分割されたり、均質化されたりしないもの（こと）で、だから時計の時間などは、時間ではなく空間だ、とフランスの哲学者のベルクソンは言ってるみたいだ。

ところが、世間のふつうの人が頭にうかべる時間は時計の時間だけみたい。手をうごかす人がおもう時間も時計の時間だろう。

ともかく、戦争がおわって、手をうごかす人のおおいのに、ぼくはびっくりした。それまでは、ぼくの目には隠されていたことを、まざまざと見せつけられた感じだった。

古兵さんたちは、小銃の薬莢をばらして火薬を抜き、キセルの頭をつくったり、また、二十本入りのタバコの箱をいれるケースをつくったりした。おかしいのは、みんなおなじような物をつくっており、おや、とおどろくようなオリジナルなものはない。

おもいがけないことに、箱型のタバコのケースを三つも四つもつくった古兵さんが、そのうちのできのよくないケースを、ぼくにもくれたりした。兵隊は員数《いんずう》という名前のモノに執着している。員数がなくなると、ひどく叱《しか》られるからだ。それで、員数がなくなったときのために員数外の予備をたくわえる。そんな兵隊がなにかをひとに、しかも、まったくやりがいのない初年兵のぼくにくれるなどというのは、戦争がおわるまでは考えられないことだった。

手でものをつくることで毎日をおくってる人がおおいのに、ぼくはびっくりしたが、実際になにかをつくってなく、たとえばオフィスなんかにいても、おなじようなものではないのか。

それどころか、するどい批評家と言われた人が、手でものをつくるような考えかたこそ、ほんとの考えかた、みたいなことを書いている。

たしかに、そういう考えかたもある。また、その人はそういう考えかたをしたのだろう。それに、そういう考えかたのほうが、成果があがる。ぼくみたいに、ただあれこれおもうだけで、成果なんてことはまったくアテにしてないのは、それこそ考えるうちにはいらないかもしれない。

でも、手でものをつくるような考えかたは、たとえば時間的な考えではないだろうか。

ベルクソンは、時間を時間としてとらえないで、空間的に考えることのほうがふつうになっている、みたいなことを言った。

手でものをつくるような考えかたは、たぶん、ある静止した一点で考えている。そうでなければ、そもそも考えるということができない。しかし、それは幾何学の点のように、考えられた一点なのだろう。

実際は、ぼくたちは時間の流れのなかに、ぼくたち自身も流れてるものとして、時間と自分という区別もなく、いっしょに、ただあるのではないか。空間だって分割できず、均質なものではなく、だいいち生きていて……。

便秘もこわい

戦争ということが、さかんに言われた。第二次世界大戦後のことだ。ほんとは、戦争中に戦争のことを言えばよかったのだが、だまっていた。戦争によって威張ってた連中にえんりょして、だまってたのだ。いや、だまってたおおぜいは、戦争によって威張ってた連中に気にいられようとしてたのだろう。

その戦争も遠いものになってしまった。ぼくたちがコドモのころ、日露戦争で負傷した人のはなしなどきくと、そんな昔のはなしはやめてくれ、という気持になった。ところが、あれだけ身近なものだった、あの戦争が、いまになってみれば、ぼくたちがコドモのときの日露戦争よりもはるかに昔のことになっている。

じつは、ぼくはお腹《なか》がヨワい。すぐ下痢をするのだ。それがはじまったのは、それこそ戦争中だった。初年兵として中国大陸にいき、アメーバ赤痢の菌が検出され、伝染病棟にいたこともある。

しかし、お腹がわるくなったのは、入営するまえの年に、勤労動員で佐世保海軍工廠にいってるときだった。それ以来、ずっと、ぼくは下痢になやまされてきた。いま、二階の寝室には、ぼくが洗った下着のパンツが干してある。だいたい、いつも干してある。パンツはほんのすこし汚れるだけだが、恥ずかしいので、自分で洗う。七十なん歳のオジイになるまでつづいてることだ。

しかし、このことは、だれにも言わない。書いたことも、あまりない。もともと、小説家という者は、だれにも言えないようなことを書く商売だ、とぼくはおもってる。つまり、恥じかき商売なのだ。

ところが、やはり、このことは書かない。だいいち、恥ずかしいことだけど、だれも読んでおもしろがってはくれない。ただばばっちくて、みっともないだけだ。

じつは、中国でも、揚子江（長江）にそって、武漢三鎮にいき、夜行軍にきりかえて、湖南省までいったときも、行軍の列からはなれ、道ばたでズボンをさげる者もいた。ズボンの下にはパンツやフンドシははいていなかった。それほどしょっちゅうのことだったのだ。

そういうのを、行軍中ずっと見ているので、書く気にもならなかったのか。行軍第一日目に、顔から白いもの（塩だということだった）をふいて、死んじまう者だっていたのだから。

それよりも、これは、だれにもはなしてないが、なくなった吉行淳之介さんに、「コミちゃん、下痢もつらいが、便秘もこたえるよ」と言われたことがある。

ところが、十年ぐらいまえに、日大医学部の板橋病院に入院し、便がでないつらさがしみじみこたえた。

吉行淳之介さんは、若いときチフスにかかり、そのとき便秘のつらさを味《あじわ》ったらしい。ぼくは看護婦さんに便をとってもらったが、手でとってもらったことも、あとで知った。

貧乏からも、おちこぼれて

戦争がおわってから一年ちかく中国にいた。上海から復員したが、いちばん最後のほうだった。そのあいだには長いあいだ腹をすかしていた。たべるものがほんのわずかで、ほとんどの者が栄養失調だった。ところが、戦争に負けた直後には、なぜか中隊にモチ米ばかりあって、モチ米めしにうんざりし、林のなかにこっそり捨てたりしたこともある。でも、腹がすいていても貧乏だなんておもわない。

ぼくみたいにずっとふらふらしてる男には貧乏が似合いそうに見える。実際、みんな貧乏話をききたがる。しかし、いわゆる戦後でも、金があったらなにか腹にいれることができるのになあとはおもっても、自分が貧乏だとは考えなかった。ただ、なさけないことになった、とつくづく感じたことはある。まだ丸の内にあった米軍の四〇六医学研究所にガラス器具洗いとしてはいったときだ。職種は雑役《ジャニター》で米軍労務者のうちではいちばん安い賃金だった。それまでずーっと失業していて、どんな職でもいいとおもったのだろう。

ぼくは女房がいて上の娘も生れていた。くりかえすが雑役《ジャニター》の月給は安く、また米軍の給料はつぎの月の十日にしかもらえない。

新しく米軍の労務者になると、ニホンの管理事務所に本人が届け出なきゃいけない。管理事務所は千駄谷にあった。それで、丸の内仲七号館の四〇六医学研究所の建物をでて、東京駅から中央線の電車にのるため、中央郵便局の前までくると、「おーい、コミちゃん」と呼ぶような声がする。でも、こんなところに知ってる者がいるはずがない、といきかけると、うしろから肩をつかまれた。須田剛だった。剛ちゃんは中央郵便局の前で靴みがきをしていた。須田剛とは渋谷松濤《しょうとう》町の米軍の将校クラブで知りあった。ぼくはバーテンで、剛ちゃんは園丁《ガードナー》だった。それ以来の友だちだ。剛ちゃんは東京農大の学生だったが、学校をやめてしまった。ぼくと友だちになる者はみんな学校をやめちまう。また、アメリカ軍でばかりはたらいていて、あいすみません。ニホンの会社や役所はぼくみたいな男は臨時職でもやとってくれないので、しかたなく米軍に……ってわけだ。

その日は、ぼくの仕事がおわるのを須田剛が待っていて、東京ビルの地下食堂にいき、大飲みになった。剛ちゃんはあちこちでそれこそ顔が売れてたが、そういう言いかたは、ぼくは好きではない。ともかく、たいへんな人気者だった。東京ビルの地下食堂、丸ビルの地下食堂、有楽町のガード下の日《ひ》の基《もと》酒場。ほんとに毎晩、須田剛はおごってくれた。ぼくの家にもきて、娘のアサミとなかよくなり、娘に焼酎を飲ませた。飲んでれば、もう貧乏ではない。

いや、ふつうなら自分は貧乏だとおもうところを、ぼくが能テンキなため、そうは考えなかったが、四〇六医学研究所の建物をでて、千駄谷の労務管理事務所にいくため、丸の内の通りをあるいてたときは、貧乏ってこういうことなのかなあ、とちょっぴり感じかけてたのが、東京中央郵便局の前で須田剛にあい、おめでたいことに、そんなものはすっかりふっとんでしまった。

その後も、さいわいというか、バカというか、貧乏だとおもったことはない。だから、四〇六医学研究所をでて中央郵便局の前にくるまでの、せいぜい三分か四分ぐらいのビンボー感で、まったくもってあいすまない。

研究所でのガラス器具洗いの雑役《ジャニター》はたった二カ月ぐらいで、とつぜん、ぼくはスペシャル・テクニシアン（特殊技能者）に昇進し、月給も倍以上になった。生化学部の部長の中佐が、かってにしてくれたのだ。この職をねらって、なん年も努力してる者もおり、あきれられた。

東京中央郵便局の前であうまえ、須田剛とはわかれわかれになっていた。毎晩くっついて焼酎を飲んでるのにも理由なんてものはないし、だからわかれるのにも理由はない。ただ、ひょいと、ぼくは青梅線の横田空軍基地にいってしまい、それを、須田剛はぼくが横浜にいったとききき、横浜にきた。

そしてアオカン（青天井で寝ることからきてるのか）してるうちに、米軍の港外荷役というのにやとわれた。剛ちゃんは軍用船にのせられ、つれていかれたところが、韓国の仁川沖だった。たしかに、仁川は横浜の港外だ。しかし、えらく遠い港外だなあ。朝鮮戦争の米軍の仁川上陸作戦だった。

須田剛は日本海側の清津・羅津の米軍撤退作戦にもいっている。やはり港外荷役だ。中共軍の加入による撤退だった。このとき剛ちゃんがのってた船が、日露海戦で「敵艦見ユ」の信号をおくった信濃丸だというのがおかしい。信濃丸は日露戦争から朝鮮戦争まではたらいたのか。

須田剛にしても、たとえアオカンはしていても、自分が貧乏だなどとおもったことはあるまい。ぼくも剛ちゃんも、貧乏なんてことからはずれてくらしているのだろう。これはハミだし者の暮しで、けっしていいことではない。ぼくみたいな者ばかりだったら世の中はなりたたない。もっとも、ぼくはいいかげんで、世の中なんてどうでもいいとおもってるけどさ。

貧乏なら素直に貧乏だとおもえばいいのかもしれない。ぼくなどは素直ではないんだなあ。しかし、イキがって貧乏なんかじゃない、と強ぶってるのでもない。

あれこれただめんどくさく、ふらふら毎日をおくってるのだろう。しかし、そんな男はひとりでくらしていけばいいのよ、と女房はおこる。それが女房をもち、コドモまでこしらえて、ほんとに厚かましい、と女房はいきまくのだが、まったくそのとおりで……しかし、ねえ、どうすりゃいいんだろう。とにかく、きょうは雨もやんで、どこかへいくか。

チンクリング・マシン

ノブオとぼくとは子供のときからの友だちだ。中学の二、三年のときは、おなじクラスだったし、毎日のようにトランプのツー・テン・ジャックをして遊んだ。

ノブオのお父さんと妹の亭主がパチンコ屋をやってたことがある。戦後すぐのころで、場所は池袋の西口だ。ふたりとも歯医者さんで、どうしてパチンコ屋をすることになったのかはわからない。

そのころの池袋の西口には、国鉄の裏口から少しきたところに、いくらか大きい三角マーケットがあった。北海道の小樽の駅前の三角マーケットは有名だったが、ニホンのあちこちに三角マーケットがあった。なぜか三角形のマーケットなのだ。池袋西口の三角マーケットは、たしか関東飯島連合会（いまは関東がとれている）の会長もやった新井幸太郎というテキヤの親分の縄張りだった。かなり鋭角的な、つまり細長い三角マーケットだ。

池袋西口には極東組の関口愛治親分の事務所（といってもオフィスではなく、自宅）もあった。立教大学に近く、部屋にかこまれた、せまい中庭のある、そんなに広い家ではない。ぼくは新年のあいさつにいったことがある。そのころ、ぼくは池袋西口の三角マーケットでテキヤの易者《ろくま》をやっていた。

ノブオのお父さんと妹の亭主がやっていたパチンコ屋は、池袋の東口と西口をつなぐ大踏切がある通りの西口の方にあった。広い通りだが、汚かった記憶がある。

あのころは、東京じゅうどこでも汚かった。また家屋も小さく、池袋西口の三角マーケットもバラックで、そのパチンコ店もそんなに大きくはなかった。近ごろのパチンコ店の大きくてりっぱなのにはおどろいている。まさにパチンコ宮殿《パレス》だな。

ノブオもぼくも広島県のもとの軍港、呉で育った。ノブオの妹の亭主にはじめて会ったのは、昭和十九年でかなりひどいときだった。翌年の八月は敗戦だ。

ノブオの妹の亭主は歯科軍医の中尉で、呉の海軍病院に勤務しており、まだ妹と結婚してはいなかった。堂々とした体格で、腕も太く、学生時代は剣道で鳴らしたときいた。剣道四段だった。それに、涼やかな、それでいてあたたかみのある、まことに育ちのよさそうな、笑顔がすばらしい人だった。

おどろいたことに、彼はふさふさとした長髪をしていた。長いながい戦争が続いた末の、くりかえすが、たいへんにひどいときなのだ。

頭はみんな丸刈りで、丸刈り頭の男ばかりというだけでも、戦争の末期の異常さがわかる。そんななかで、彼は涼やかな顔で、ふさふさと屈託のない長髪だった。

昭和十七年の四月、ぼくが旧制福岡高等学校にはいったころは、まだ無精で散髪屋にいかず、ぼさぼさ髪を長めにしてる者もいた。それも、髪がうんと長くなると、生徒監の先生が金をくれたりして、髪を切らされた。

戦争中という言葉を、みんな無造作に口にする。しかし、戦争はハワイ攻撃からはじまったのではない。ぼくが物心ついたときから、ニホンは戦争をやっている。皇軍がハワイやマレー沖で赫々《かっかく》たる戦果をあげていたときには、ぼくたちは腹をへらしていた。しかも、きのうやきょう、腹をへらしていたのではない。

また、十二年をひと口に戦争中といっても、たとえば昭和十七年、十八年、十九年との差ははげしいものだった。

そんなニホンじゅうがすっかり狂ったようになっていたときに、ノブオの妹の亭主になる彼は海軍中尉の士官服を着て、長髪をふさふささfavoredせ、屈託なさそうにほほえんでいた。

池袋西口の歯医者さんふたりのパチンコ屋がどうなったかは知らない。ぼくが近くの三角マーケットでテキヤの易者《ろくま》をやってたころには、もうやめてたのではないか。

ノブオのお父さんはずーっと前に死んだ。妹の亭主は北海道にいて、町のまんなかで大きな歯科医院をやり、町の名士になっている。ノブオは皮膚科の医者で、版画のコレクトが好きらしい。ぼくまでも餓死もしないで、なんとか毎日をすごしている、いまの世の中では、たべすぎて死ぬことはあっても、飢え死にはたいへんにむずかしいかもしれない。

時代によって、こんなにも違うのかとおどろいてる人が多い。しかし変わりそうにないことが、年月がたつうちに変わっていき、それにびっくりすることを、時代と呼んでるのであって、何も変わらなければ、時代もクソもない。はじめに時代というものがあって、それが変わると、いやでもいろんなことが違ってくるのではない。くりかえすが、年月により変わることが時代というものなのだ。

池袋西口の三角マーケットで易者《ろくま》をやっていたあと、東京でもあれこれやったが、北陸に旅《ビタ》にのった。テキヤの旅だった。そして、高市《たかまち》（お祭りを追って歩いたりした）にパチンコ屋がでてることがあった。

テント張りみたいなパチンコ屋で、機械も五、六台。近いところからリヤカーで運んだのだろうか。すごく遠いと馬車につんだりしたのかな。馬車にパチンコの機械をつむなど、なんだかのどかで牧歌的に思えるが、そのころは、実際にはそんなにのんびりしたものではない。しかたがないからやっていたのだ。

池袋西口でノブオのお父さんと妹の亭主がやっていたパチンコ屋は、大塚寄りの大踏切の通りだったが、逆の目白寄りには、いまでも残ってる有名なびっくりガードがある。

びっくりガードなんて、まずだいいちに名前にびっくりする。いったい何にびっくりするガードだったのだろう。ともかく、池袋のびっくりガードは、馬が引いた荷車がよく通るところで、馬糞《ばふん》がごろごろしていた。

牛の糞《くそ》にも段々、という言葉をごぞんじだろうか。こんな汚い言葉など、みんな忘れてしまったほうがいいが、馬糞はほかっと丸いパンみたいで愛敬があるが、牛の糞はべちゃウンコで、カレーのルーみたい。あるいは、近ごろ東京の下町で復古気分のもんじゃ焼のようで、道路に牛が糞をすると、べちゃっとひろがる。

ところが、よくよく見ると、そのべちゃっとひろがったのに、おそらく何ミリかの段が三つ四つある。カレーのルーに上下の皺があるようなものだ。

だから、牛の糞にも段々、という言葉ができた。たいした違いはないけれども、それでも、牛の糞みたいにかすかな段々がというわけで、つまらないことの差についての言葉だ。

たとえばケンカ自慢の男がいて、その大学ではいちばんケンカが強いようにいわれていたが、炭鉱町の故郷に帰ったら、ほんとにちょぼちょぼで、それもまた、ホンモノのヤクザにくらべると、またはるかに格は下、そのヤクザのなかでも、ケンカの強さでは、いろいろと格があって……とキリがない。そういうのを、牛の糞にも段々、といったりするけど、牛の糞の段々のためには死んじまう者もいる。いや、ケンカで死ぬ者は、だいたい牛の糞の段々のために死んでるだろう。

パチンコは戦後のものだ。パチンコがはじめてあらわれたころ、戦争が終わる前のコリント・ゲームみたいなものかなという説明もあった。

しかし、コリント・ゲームは垂直にたててあるものではなく、水平においてあって、短い棒で玉をついた。やはり玉を穴にいれるゲームだ。ただの遊びで、あまり賭ける人もいなかった。

パチンコのことを、ニホンに進駐してるアメリカ兵たちはチンクリング・マシンと呼んでいた。チンジャラジャラの音のことだ。

片腕の強盗

片腕の強盗という言葉がある。スロットマシンのことだ。スロットマシンは片側にハンドルがあり、それを引くと、台のまんなかの三つ絵がくるくるかわって、その組み合わせによって、点数がちがう。ゼロにもなる。

ツイてなく、よけいカッカして、ハンドルを引きつづけると、どんどんスッちまう。だから、まるで片腕の強盗に金をまきあげられるみたいだ、という意味だろう。

しかし、スロットマシンが片腕にピストルをもって、つきつけてくるのではなく、その片腕（ハンドル）を引くのは、強盗にあってる自分自身で、それがおかしい。

アメリカのラスヴェガスの大きな賭博場《カシノ》などは、スロットマシンがなん十台、いやなん百台もならんでいたりして、たいへんな壮観のようだが、どこでもそうとはかぎらない。

だって、スロットマシンはギャンブルなんだもの。ぼくが知ってるかぎりでは、許可された店しかスロットマシンはおけない。

たとえばオーストラリアでは、あちこちのカシノはもちろんだが（その数はけっしておおくはない）そのほかはクラブにしかスロットマシンはなかった。

クラブはスポーツのクラブなんかもあっただろうか。各国別の友好クラブのオセアニア日本クラブなんてのもある。そして、シドニーでは日本クラブは一軒だけみたいだった。かってに日本クラブを開店することはできず、大きな都市に一軒だけで、そこにはスロットマシンがおいてある。

シドニーのオセアニア日本クラブに、ぼくはなんどかいき、そのたびにごちそうになったりしたが、ここには、十五台くらいのスロットマシンがあったんじゃないかな。

おかしいのは、ここのスロットマシンに客があつまるのは、夜よりも昼食の時間なのだ。場所がオフィスがおおいシティセンター（ダウンタウン）だったせいもあるかもしれない。

それもごく若い女性がいたり、ジーパンをはいた女のコなんかもいる。この日本クラブは日本料理店でもあり、レストランのうちでも、最高に値段が高いところだ。

ジーパンの女のコがそんなに気がるに日本レストランにくるわけがないから、食事はせず、スロットマシンだけの客だろう。

ぼくもごちそうになってるばかりではわるいので、百ドルやってみたけど、あっという間になくなった。連れにも百ドルわたしたがほんのみじかいあいだにスッてしまった。

オーストラリア・ドルはまえはアメリカ・ドルよりも高かったけど、たぶんもう十年以上、アメリカ・ドルよりも安くなっている。カナダ・ドルもおなじだ。

アメリカ・ドルは値打ちがさがったなどときかされるが、それはドイツ・マルクやニホン円にくらべてで、オーストラリアやカナダにたいしては値上がりしている。南米ではアメリカ・ドルが強いというより、日常にアメリカ・ドルが関係していて、支配してる、なんて言ってもいいのかもしれない。

スロットマシンの異名の片腕の強盗は、もとの英語は one armed bandit だ。bandit は古い言葉だから、片腕の山賊、と訳したほうがお年よりにはよろこばれるかな。

さて、スロットマシンはニホンにはない、とふつうはおもわれている。ニホンでは、競馬、競輪、競艇のほかは、ギャンブルではないことになってるんだもの。

ところが、ぼくは新宿でルーレットをやってる店にいったことがある。新宿・歌舞伎町のあるビルの二階で、金属製のどっしりしたドアがついてたのがおかしかった。

そして、黒いシックなドレスを着た白人っぽい女性が飲物をはこんできたんだけど、その顔を見て、ふきだしそうになった。

ダイアナだったのだ。ダイアナのお父さんはアメリカの軍人で、おかあさんはニホン人、座間の基地に住んでたが、このコはまだ十六歳ぐらいから、ぼくは知っている。

それが、黒いドレスなんか着て、とつぜんレディっぽくなったんだから、おどろいたのだ。

ここは非合法の場所で、つまりは秘密のクラブだったが、ほんのみじかい期間やっただけで、やめてしまったらしい。

秘密のギャンブルクラブと言えば、あやしい雰囲気みたいだが、まったくそんなことはなく、ヤクザめいた者もいないし、タキシードできっちりきめてくるような男性も見かけず、ごくふつうのサラリーマンみたいなのがいて、どうもセコく賭けてるようだった。ぼくはルーレットはせず、ダイアナとバカっぱなしをして、大声でわらってたら、ルーレットのまわりにいた連中にきらわれたらしい。

ついでだが、ルーレットの係りのことを、ニホンではディーラーとよんでるけど、あれは、もとはフランス語だがグルピエという。おなじカシノでも、トランプを配ったりするのがディーラーだ。

これまた言いわけしておくけど、公認の賭博場のことを、ヨーロッパではカジノとよび、これがニホン語にもなってるようだが、ぼくは英語ふうにカシノとよぶのに慣れている。

ニホンでスロットマシンがあるところは、米軍のクラブだ。これも、どこのクラブにもあるかどうかは知らないけど、また、スロットマシンをおきだした年代というものもあるだろう。

小田急線の相模大野の米軍の医学研究所に、ぼくとしてはとくべつ長いあいだはたらいてたことがある。ここには米陸軍の病院もあり、共同の将校クラブと下士官・兵クラブがあった。

ぼくたちがいた医学研究所に近い将校クラブには、将校待遇のシビリアン（軍属）につれられてなんどかいったが、ここにスロットマシンが十台ぐらいあった。

にぎやかなクラブではない、松の木立の奥にある、かなり閑散としたクラブだった。あんまり人は見かけないのだ。スロットマシンもただ黙々とならんでるだけで、その前にむらがってる人どころか、ひとり、ふたり立ってる人も見たおぼえがない。

ニューヨークあたりで、地下鉄の自動改札をとおるのに、コインに似たトークンというのをつかった。お金をトークンにかえ、それを自動改札の機械の穴にいれるのだ。トークンはフランス語ではジュトンという。

この将校クラブのスロットマシンもトークンをつかったとおもう。でも、ふつうの貨幣《コイン》だったかもしれない。ラスヴェガスの賭博場《カシノ》のスロットマシンは、トークンではなく、昔のアメリカの一ドル銀貨がでるのがあるともきいた。

ともかく、ある日、このクラブの掃除をしてる男が、片手にホウキをもち、もういっぽうの手で、ならんだスロットマシンのハンドルを、ガチャン、ガチャン、と機械的にひいていったら、最後のスロットマシンから、チンジャラジャラ、と玉台いっぱいにトークンだかコインだかがでてきたのだそうだ。

その男がトークンかコインをいれたのではない。だれかがいれて、なにかの用があったのか、忘れたのか、とにかくハンドルはひかないで、どこかにいってしまった。

スロットマシンで大当たりをとり、機械のなかにはいってるコインないしトークンが、ぜんぶジャラジャラジャランと玉台にでてくることをジャック・ポットという。

クラブでスロットマシンをするのは、ほとんど夜だろう。そして、掃除をするのは、翌日の午前中か昼間ってことになる。そのあいだ、大当りのジャック・ポットの可能性をもったスロットマシンは、じっとそのままでいて、翌日、掃除の日本の従業員が、ほとんど意識もせず、そのハンドルを引いていったら、不意に玉台がいっぱいになるほど……。

誇りをもつよりも

「ジャップという言いかたを、わる口にしたのは、ジャップ（ニホン人）自身ではないのか」まえに、ぼくはときたま相手を見て言った。マジメな顔でなく、たぶんわらいながら言ったのだろう。これが、まただいじなことだ。

朝鮮人という言いかたは、ぼくなんかは、朝鮮の人という意味だと思っている。ところが、「朝鮮人！」と相手をののしるときにもつかう。想像してのことではない。いまではすくなくなったが、コドモのころから、そういう場になんどもいた。

だから、ジャップだって、たとえばアメリカに移民でいったばかりの人が、「ジャップ！」とののしられ、「いやあ、これは、ニホン人にたいするわる口だな」とおもったこともあっただろう。

しかし、イタリア人やユダヤ人にたいする、はっきりしたわる口はあるけど、ジャップはジャパニーズを、途中でちょんぎっただけで、わる口ではない。戦後、英字新聞の見出しなどでは、ＪＡＰＡＮＥＳＥとやると長すぎるので、しょっちゅうＪＡＰになっていた。そして、これはけっしてわる口ではなかった。

だから、さっきの朝鮮人とおなじようにジャップと言うときの言いかたが問題になる。それを、一律にジャップはわるい言葉としてしまうのは、とんでもないはなしだ。

また、ジャップという言いかたを、わる口にしたのは……とぼくは書いた。差別用語なんて言葉はつかわなかった。差別用語とかサベツ用語なんて言葉は、みんなふつうにつかってる。しかし、そんな言葉でも、ぼくはいちいち考える。考えるとわからなくなる。せいぜいわかってるのは、わる口、ぐらいのところで、それで、そう書いた。

こちらは、いちいち考えて書いている。それを、差別用語なんてべつに考えもしない人に、それは差別用語だなんて言われたって、ほんとうにこまる。これは、はっきり差別して、わる口を書いてるんだな、なんてことはまったくわかってないんだから……。

ニホン人の学生たちをつれて、アメリカのマサチューセッツ州に夏季学校にいったことがあった。そのとき、この学生たちがあれこれ差別用語をあびせられた、とはなしていた。ところが、ぼくの耳にはまったくきこえてこない。この学生たちはほとんど英語はしゃべれず、「それなのに、差別の英語だけは、よく耳にはいったなあ」とぼくはわらった。

これも、いまはすくなくなったが、工事現場などで「おい九州！」なんてよばれて、「わたしには田中という名前があります。九州なんてよばないでください」と言う男がいた。こういう男はやがて立身出世し、えらくなった。

しかし、ぼくはこういう男は好きではない。誇りをもつよりも、まずなかよくすること。差別をおこるよりも、ココロをひらいて、だれにもやさしく、たのしくやっていくこと。

ニホンの豊かなこと

ニホンは豊かな国だと言われてるが、欧米の人たちから見ると、たとえば住宅はウサギ小屋なみだし、けっして生活は豊かではない、というのが、いまや図式化している。

ところが、ぼくみたいなオジイは、コドモのころから、ニホンはまずしい国、という考えがしみこんでおり、べつに豊かな国とはおもってないので、じつは豊かではない、と言ってる人たちがバカらしい気もする。

パリの街を見てごらんなさい。ニホンではビルとよばれるような建物が、えんえんと整然と美しくたちならんでいる。

こんな町なみはニホンにはない。満洲事変問題を調査したイギリスのリットン卿とか、あの有名なチャールズ・チャップリンとかが東京にきたとき、「どこに東京の町はあるの？」ときいたという。

ロンドンやニューヨークのマンハッタンが町ならば、東京なんて町とは見えなかったのだろう。ただ、ちいさな木造家屋がぼちぼちたってるだけで……。パリのエッフェル塔ができたのが、じつに十九世紀の一八八九年、ニューヨークのエンパイア・ステート・ビルが完成したのは一九三一年だ。

でも、それは昔のはなしで、ニホンは豊か、なんてことになったのは、ニホンのビルやお店では、どこでも自動ドアがあるけど、ヨーロッパやアメリカの建物には、ほとんど自動ドアがない、と言われだしたころからだろうか。

自動ドアがあるので豊かだというのは、おそれいる。アメリカのバスは、いまでも、つぎの停留所でおりるときは、紐をひっぱる。押しボタンではない。まことに旧式なことで、びっくりする。

いまのニホンは金はあるのかもしれない。それに、ニホン円は高くなった。ところが、一ドル三六〇円のころにくらべて、一ドル一三〇円のいまは、外国で暮していてらくかというと、ぜんぜん、ぼくはそんな気はしない。

なぜかはわからない。ひとつは、ぼくが品物を買わないからか。そして、ホテル代なんかは、一ドル三六〇円のころの三倍どころか五倍ぐらいになっているので、まえよりも、ホテル代はかかる。

アメリカ西海岸のシアトルの郊外に、日本レストランの板前さんの家をたずねたことがある。

その名もベルヴューというながめのいいところで、裏の丘には家はたってなく、そっくり自分の家の庭のようなものだ。庭そのものも広い。

台所もゆったりスペースがあり、リビングルームには大きなソファや椅子があって、広い窓の外は前庭。そして、つかってない広いベッドルームが三つもあった。こんな家にニホン人の板前さんが住んでいる。

おとなり（……と言っても、ニホンみたいにおとなりの話声がきこえるってことはない。庭と庭とがずいぶんゆったり、へだたっている）は高校の教師だそうで、とくべつ金持ではあるまい。そして、ニホン人の板前さんの家と、おそらくおなじぐらいの大きさだろう。

三階建か四階建みたいな家で、まことにゆったりしている。ニホンでこんな家にすんでるのは、たいへんな大金持だろう。

さて、そんないろいろのことをおもったあとで、ニホンにも豊かなことがあるのではないか、と考えてみた。

つい最近、社会思想社が『拳銃なしの現金輸送車』という、ぼくの本をだしてくれた。この題名のことなんかは、ニホンが豊かな例ではないか。

どこの国、どこの町だって、警備員が拳銃をもってない現金輸送車はない。ニホンはとくべつな例外で、現金輸送車に拳銃がないというのは、まことに豊かなことだ。

この文章が活字になるころは、ぼくはブラジルにいる。アマゾン河をはるかに上流にさかのぼったマナウスに滞在してるかもしれない。

マナウスは治安のいい町だそうだが、サンパウロでは電車の中で、うちの娘夫婦もおそわれている。お金をいれる腹巻きなど、ぼくは大きらいだけど、こんどだけは、買ってもっていかなきゃいけないいか、となさけない気持でいる。

ぼくたちは治安なんてことは心配せず、ニホンの町でくらしている。まことにノホホンと毎日をおくってるわけだ。これなんかも気づかない豊かさだろう。

それに、ぼくたちはニホン人で、このニホンに生れ、育っている。ニホンのたべものにもなれ、ニホンのくらしが、とてもらくなのだ。

どこの国で暮したいですか？　なんて質問は、ぼくみたいなニホン人にはバカげている。こんなことには、選択の余地などはない。

だから、一年のうち四ヵ月ぐらい、自分のつごうのいいときに、外国で暮してるぐらいだ。

日本人って、なに？

「日本人　どこがダメか」ということらしいが、そんなふうにたずねられると、「日本人って、なに？」と、すぐぼくはききかえす。

こんなのは、ソクラテスふうなのだろう。だれでもわかりきってると、おもってることを、しつこく問いただし、ついに相手はこたえようがなくて、だまってしまう、とプラトンの本などには書いてある。ソクラテス自身はなんにも書いてないようだ。ただし、これはプラトンの本に書いてあることとで、実際にソクラテスが議論した相手は、「バカじゃないか。はなしにならん」とだまってしまったのかもしれない。

ぼくが尊敬する哲学者の井上忠さんの真似をすると、おたがい言語がちがう、ってことだろう。「話せばわかる」と言って撃たれた総理大臣がいたそうだが、この総理大臣は、「だれでも話しあえば、おもっていることがわかる」という考え（言語）だったのだろう。もっとも、撃ったほうだって、いくらか考え（言語）はちがっても、ぼくなんかの言語にくらべたら、この総理大臣とおなじようなものだったのではないか。「日本人 どこがダメか」とは、日本人ってのがわかりきってることとして前提してある。おそらく、ニホンにいるほとんどの人が、そういう言語、そうおもってるのだろう。そんななかで、「日本人って、なに？」なんて言ってるのは、ぼくぐらいかもしれない。

ぼくは夏と冬のあいだだけ外国の町にいる。夏は暑いから、冬は寒いので逃げだすわけだ。そんなとき、ごくたまにだが、ぼくに日本のことをきく人がいると、ぼくは言う。

「ぼくはニホンに生れて育ち、もうたっぷりニホンにひたっているので、ニホンのことはわからない。ぼくにニホンのことはきかないでほしい」

これで、相手がわらいだせば、まだいい。たいていは、きょとんとしているだけだ。つまり、相手とぼくとは、まるで言語がちがうのよ。

と、まあおことわりしておいてから、おもいついたことを書く。ニュージーランドのクライストチャーチにいたときのことだ。この町はニュージーランドの南の島（南は寒いほう）にあり、そのころは、ニホン人の観光客なんかは、ほとんど見かけなかった。

ところが、六時すぎか七時ごろ、町の中心の教会と市役所がある広場に、まるっきり人かげがなくなったとき、若いカップルが、五組も六組も広場をよこぎっていく。これが、びっくりしたことにニホン人なのだ。新婚さんらしい。

町の中心の広場なので、昼間はいくらか人もいるけど、夕方、くらくなりかかって、ほんとにだーれもいないのに、ニホン人の若いカップルだけが、広場をよこぎっていくというのは、はじめはぼくも信じられず、目をこするような気持だった。

新婚さんのカップルは、ゆったり広場をあるいてるのではなく、せかせかと広場をよこぎり、広場のまわりにあるおみやげ屋にはいっていくのが、これもあとになってわかった。そこで買物をするのだ。おみやげ屋も夕方になれば店をしめるが、ニホン人の新婚さんのために、とくべつに店をあけておいたらしい。

ここで、「日本人 どこがダメか」なんてことを、ぼくは言うつもりはない。ただ、ニホンからの新婚さんのカップルが、せかせかと夕闇のせまった広場をよこぎり、おみやげ屋にはいっていくのは、ひとへのおみやげを買うためだとおもう。自分たちがほしいものを買うのではあるまい。それには、これまで、自分たちも、海外にいったひとたちから、おみやげをもらってるから、ということもあるだろう。

いや、これはニホン人だけのことではなく、ほかの国でもあることかもしれないが、そんなのはやめちまったほうがいいんじゃないのかなあ。もっとも、そういう考え（言語）はぼくのもので、ぼくなんかはハミダシ者だものなあ。ニホンでちゃんとくらしてる者ならば、せっせとおみやげを買うほうがふつうか。

オーストラリアのインド洋側のパースにいたとき、ここに永住しようとしてるニホン人のオジさんたちが、三、四人あつまっては飲んでいた。しかし、町のバーにはいこうとはしない。ぼくなどは、町のバーで飲まなければ、その町にいったような気がしないのに、ふしぎなことだった。しかも、このあたりで永住しようという人たちなのだ。

しかし、これだって、飲むときぐらいは、外国語なんかつかわないですむ、ニホン語でおたがい気らくにしゃべれる仲間うちで飲みたい、という気持かもしれない。気持っていうのも言語だ、とまたぼくは理屈を言う。

VI

ぼくは題名はいらない

ぼくには『自動巻時計の一日』という小説がある。昭和四十六（一九七一）年に河出書房新社で本にしてくれた。しかし、これを書いたのは、それよりもなん年もまえで、もう原稿は古びてきいろくなっていた。

これが本になるとき、題名はないままにしてほしい、となんども編集の龍円正憲さんにたのんだがきいてもらえず、『自動巻時計の一日』というへんてこな題名になった。自動巻時計なんて、いまではありやしない。時計を腕にはめてると、腕のうごきで自動的にネジが巻かれるという時計だ。あとではみんなちいさな電池にかわった。

じつは、これを書いてるときから、ある一日のことをただ書いてるんだから題名はいらない、とぼくはおもっていた。なにかストーリイをつくり、あるいはテーマをきめて書くのではない。ただ書いている。

テーマないしストーリイがあるのならば、それをしめす題名といったものも、読む人にとって目安になるかもしれない。

レポートないし報告書を書くときには、テーマをしぼりこみ、なるべく簡潔にわかりやすく書くこと、などと言われる。テーマのない報告書やレポートはない。題名はテーマをしめすには便利だろう。

しかし、ぼくが書くものには、べつにテーマはない。これだって、テーマかストーリイのない小説など考えられないという作家がほとんどだろう。ぼくみたいなのは、ほんとに特殊なのかもしれない。でも、だから言いたいのだ。ほかの作家が自分が書く小説に題名をつけてもいっこうにかまわない。そういう小説を書いてるんだもの。しかし、ぼくが書くものには題名はいらない。

ニホンの作家の九割以上が小説の題名がきまってから書きだすらしい。題名というのはたいへんにだいじなことなのだ。それで、どういうことを書くかきまるんだもの。なにを書くかがきまらなくて書きだすひとはない。ところが、ぼくはそうなんだなあ。

池波正太郎さんの連作短編を読んでいて、あ、これはまだストーリイができてなくて書きだしたんじゃないかな、とおもったことがあった。ところが、やはりそうだったことを、池波さんは随筆に書いていた。ふだんは、きちんとストーリイをこしらえてから書くのに、この短編はめずらしくちがってたので、随筆にお書きになったのだろう。こんな場合には、まず題名がきまってから、小説を書きだすということはあるまい。

しかし、この短編の主人公が、池波さんの住居の近くらしい池上の本門寺に、雪の日に出かけていくことは考えていたらしい。それに、小説を書きおえたときには、ストーリイもちゃんとできてたわけで、題名をつけるのにも、そんなに苦労することはない。

この短編の場合、書きはじめのときは、ストーリイはできてなかったが、プロットはあったというべきか。じつは、ストーリイとプロットのちがいがよくわからなくて、あれこれ考えたことがあった。いま、英和辞典をひくと、plot（プロット）のところに、（詩、小説、脚本などの）筋、構想、仕組とでていた。これではストーリイとあんまりかわらない。

しかし、プロットはもともと陰謀、たくらみというような意味らしく、たとえば、あの学長はやめさせよう、と教授たちがはなしているのがプロットのようだ。でも、どうやってやめさせるか、その方法、手段はきまっていない。ストーリイというのは、方法、手段のことかな。

アリストテレスふうの言いかたをかってにすると、プロットは可能態で、ストーリイは現実態ってところか。いま、バッグにいれてもちあるいてる、文庫クセジュのフェルナンド・ファン・ステンベルゲン著、稲垣良典、山内清海訳の『トマス哲学入門』によると、神はまったき現実態で人間は可能態みたいなことをトマス・マクィナスは書いてるらしい。

また、より道してしまった。ぼくはふらふらより道ばかりしている。ともかく、ぼくはプロットとかストーリイとかは考えないで書いている。ただ書いている、とまえに言ったけど、何にも考えないで書けるわけがない。あれこれ、いっぱい考えてる。しかし、ストーリイとかプロットは考えず、もやもや、ごっちゃにたくさん考える。考えながら、それを書く。書くことは考えることだ。

でも、筋道だって考えてるのではない。だから、考えるという言いかたもいけないのだろう。わーっと、いろいろおもう。同時に、てんでアサッテの、まるで逆なこともおもったりする。

さっき、プロットは可能態でストーリイは現実態か、みたいなことをおもいつき、うまいことをおもいついたな、とすこしウヌボレた。ところが、映画を見る地下鉄のいきかえりや、試写室のなかで読んでいるフェルナンド・ファン・ステンベルゲンの『トマス哲学入門』には人間は可能態で、神はまったき現実態みたいなことが書いてあり、なるほど、とうなずいた。しかし、ぼくの感じでは、神はまるでストーリイ的ではないんだなあ。ニンゲンは神までも物語にしたがる。しかし、神こそは物語ではない。ストーリイからほど遠い、という言いかたもよくない。まるっきりちがうことなんだもの。でも、そうなると、ストーリイは現実態で、神もまったき現実態ってのはどうなるか?

いや、そんなことを、もやもや、ごっちゃにおもっていては、それをごっちゃのまま書くことはできるが、題名なんかつけられませんよ。題名があって、内容の整理ができるどころか、もともと整理されないことを書いてるのに、題名があればおかしなことになる。しかし、『自動巻時計の一日』が本になるときも、題名なしでやってくれ、とぼくはしつこいぐらいいたのんだのに、編集者の龍円さんは、「書店で本が書棚にならんだとき、題名のところがなんにもなかったら、どうやって読者は本をえらぶんです?」とケンもホロロだった。ぼくがわるいジョークでも言ってるとおもったのだろう。

しかし、題名がない絵は、いまではめずらしくない。それに、小説にいちいち題名がついてるのは、ほんの近年のみじかい期間のことだ。どうして、小説は絵みたいにいかないのか。くりかえすが、論文やレポートにはテーマがあっても、小説はそんなものがなくても書けるから小説ではないのか。

ある雑誌に、ちょいちょい小説を書いてたとき、「また、題名がないんですか。題名も原稿料のうちですよ」と編集者に言われた。それで、「じゃ、題名のぶんだけ原稿料をひいてくれ」とこたえたら、「題名はぜんぶの原稿料のはんぶん」とにがい顔をされた。あーあ、どうにかならないか。

取材はしない

ぼくはけじめのない男で、翻訳をやりながら、雑文も小説も書いていた。そして、小説として活字になったのは、「オール讀物」がさいしょだった。すこし、おくれて、ほかの出版社で小説の注文がきて、そっちのほうが、はやくに単行本になったりした。

そして、だんだん翻訳はやらなくなり、しまいには、まるっきりやめてしまい、小説や雑文がふえた。

翻訳をやるまえも、翻訳をしてる最中も、ぼくはストリップに関係があった。ぼくがいった大学は、もともと軽演劇とはなんのかかわりもなかったが、ぼくは東京にでて、大学に復学すると同時に、渋谷にあった「東京フォリーズ」という軽演劇の小屋にいきだした。

いちおうは文芸部で、台本のガリ版をつくるのがおもな仕事だったが、ぼくは字がへたで、ガリ版をきることもできず、進行係りの助手、たとえば出番の踊り子をよびにいったりする舞台雑用をやっていた。

「オール讀物」には、そのあたりのことを書いたとおもう。ぼくは臆病なのか、ルポはともかく、小説では取材はしない。

「東京フォリーズ」は新宿のムーラン系の軽演劇の劇団だが、ぼくが舞台雑用になったとたん、ストリップがはじまり、これは、翻訳やってる最中に、ときどき、ドサ回りの舞台にでるまでつづいた。

はじめは、役者がアナをあけたときなど、舞台雑用のぼくが舞台にでていたのだが、しまいには、舞台専属みたいになった。

あとでは、「オール讀物」に新宿ゴールデン街のことなんかも書いたけど、これも、ゴールデン街に住みついていて、まわりのことを書いたにすぎない。

なんどでもくりかえして言うが、ぼくは気がヨワく、自分がよく知ってることしか書けやしない。取材なんかできないのだ。

取材でゴタゴタがあったときなど、新聞で読むこともあるが、きまって、売れる作品の取材のことだ。ぼくみたいに世間のうわさにもならない小説のことに、だれも、取材なんてことには口をださない。

しかし、近ごろは、ストリップ小屋回りも、新宿ゴールデン街にも住まなくなっている。練馬のうちでは飲んでるのだが……。

まことに、だらしないことで、たぶん、老いさきがみじかいためだろう。たまに、新宿ゴールデン街で飲むくらいで……。

じつは、もと松竹歌劇団がでていた浅草国際劇場に一度だけでただけで、浅草六区の劇場にはでたこともない。向島とか青砥《あおと》とかのストリップ劇場にでただけだ。

新宿の舞台にものったことはなく、もっぱら、神奈川県あたりをまわっている。それさえも、最近はなくなっているのだが……。

近ごろは、月曜日から金曜日まで、できれば、一日に二本の映画の試写を見ている。そして、土曜日、日曜日には、バスにのる。都内のバスは、もうのりつくした。

反省がすべて

ヒューモアないしユーモアは、もとは体液のことのようで、それからある気質とか気分、それもかなり気まぐれな気持なんかのこともさしている。

しかし、小説なんかのユーモアは、それとはまるで逆の、反省という言葉をあてていいものではないか。

反省は、ときどき自分をふりかえって反省するのではない。反省会なんてものでやる反省は、反省のうちにはいらない。すべてが反省なのだ。

ユーモアだってそうで、ときにはユーモアをまじえて講演をすすめていく、というようなのはユーモアではない。ユーモアは根本的なことで、ユーモアによって生きているのだ。

すこし考えるならば、われわれのやることは、みんな反省によってなりたってるのがわかる。目をあけてれば、いやでもなにかが見えてくる、とおもってる人がおおいだろうが、こんな場合でも、たえず取捨選択をやっている。それまで目が見えなかった人が、手術をして目が見えるようになったときなど、それこそ目の前のものが、いっぺんにわーっと目にはいり、混乱して、なにがなんだかわからないという。

目にはいっても、わからないのでは、見えてるとは言えない。見えるというのは、すでに取捨選択してるのだ。そして、その取捨選択のもとになるのは、経験のつみかさねによる反省だ。

フットボールの選手がボールをもってゴールにつっこんでるときなど、ただひたすらに走るだけで、反省なんかはしてるヒマはない、と考えるのは浅はかだ。そんなに意識はしてなくても、からだでおぼえた貴重な反省が、たえず相手をかわしたり、走りかたを研究したりしている。

すべてが反省なのだ。ユーモアの人には、すべてがユーモアのように。反省のない人はもうニンゲンとは言えないのではないか。

関係ということは言うまい

「なんでもキチンとやって、いい男なんだけどねえ。ところが、酒を飲まないんだなぁ」

と、ぼくの口真似をして、女房がわらう。ふつうは酒を飲まないひとをホメるのに、ぼくの場合は逆になるらしい。このあいだも、L・A（ロサンゼルス）にいるうちに、ぼくの送別会があった。「むらさき」という飲屋に、大ぜいあつまってくれたのだが、これで二度目で、ぼくとしては、やたらに送別会をしてるような気がする。東京にかえってから、友人にはなしをすると、「送別会好評につき、続演」とわらった。まさに、そのとおりで、ガヤガヤとひとがあつまるらしい。

一年のうちに、L・Aには二度くるので、こんども、送別会をやったとおもったら、また顔を出してる、ということになりそうだ。

送別会をサカナに、あつまって飲んでるだけのことだけど、ぼくはサカナには適してるらしい。第二次大戦で、ぼくが中国で死んだときき、「あいつも戦死したか」、みんなニヤリとしたそうだ。戦死までも、ひとのわらいの対象になるようではなさけない。それほど、ぼくはサカナにしやすいのだろう。

ぼくは志願でも召集でもなく、現役兵として入営し、初年兵のままだった。現役兵としては、いちばん若いほうだろう。しかし、七十四歳になっている。L・Aの「むらさき」でわいわいビールを飲んでる連中にも、第二次大戦にでたという者はいない。以前は、アメリカにも「いったい、どっち側で戦ったんだい?」ときく者がいたが、いまは、たずねるひともいない。

そういう歳になって、いまさらおもうのは、関係を言わないことだ。世の中のことは、すべて関係からなりたってるとも言える。たとえば、酒を飲まない仲間はいちおうつきあいにくい相手だと感ずるが、口にだしては言わないことにしている。

これが、あんがいムツカしい。すぐ口にだして言うのが若いのだろう。あんがいと、ズルくなったのかもしれない。

利害を異にする相手に、いい感情をもつわけではない。ところが、あんがいといい相手のこともある。だから、第一印象では相手の評価についてを、だまってるのだ。しょっちゅう、ダマされるんだもの。

くりかえすが、世間のことは、関係がすべてのように見える。ところが、ぼくは世間というものを、だいたいバカにしてるようなのだ。

じゃ、世間のほかになにがあるかといえば、こたえられない。しかし、世間のことは、ぼくの場合は、ほっといていいんじゃないの。せっかく、そうやってすごしてきたのだもの。

うちの父は、どこの派にも属さない独立教会の牧師だったが、関係ということを言わなかった。もちろん、世間はどうでもよかった。ぼくもそれをならおうというのか。

ただ父からいただくばかり

作家はその父に反抗することから生れる、と言うひとがいる。いや、それが常識になっていた。しかし、ぼくは作家だろうか。

なにか書いて、それでたべてはいる。しかし、大学の先生がたが書く論文とは、あきらかにちがう。だいいち、テーマがない。それどころか、おなじ文章のなかで、まるっきり反対のことを言ったりする。だからしかたなく、ぼくは小説とよんでいる。けっして大説ではない。論文は大説のうちか。

でも、しかたのない小説は、なかなかわかってもらえない。テーマがないだけでなく、近ごろでは、ストーリーも筋もない。そんなのは、自分でかってに小説とおもってるだけで、世間では、小説ではとおらないのではないか。

このまえの夏からこんどの夏まで、八回も、シアトル郊外の都市ベルヴューに滞在していた。

すみません。こんどの夏も遠くなった。いまは、もう冬の季節だ。

シアトルは、うちの父が明治のおわりから大正にかけて、八年間もいた。「それで、コミマサさんは、よくシアトルにくるのね」とほとんどのひとが言い、そのたびに、うーん、とぼくはうなる。自分でもよくわからないのだ。

また、「あんがいと、おとうさんの影響が濃いですねえ」とあきれるか、感心なさるかたもいる。それにたいして、「影響なんてものじゃないですよ。だいいち、ぼくはおやじの息子だ。親子のあいだで、影響だなんて、よそよそしいことはない」とぼくはこたえたりする。しかし、これは調子がよすぎて恥ずかしく、だまってることのほうがおおい。

父は自分たちだけで、キリスト教の教会をつくり、その牧師だった。かなり後年、父はこう言ったことがある。

「わたしはあれこれ考えたり、苦労してきた。その苦労を、おまえが、はじめから、もう一度やったんじゃ、まるっきり時間の無駄だ。わたしが苦労してきたことはとばして、そこから、おまえははじめなさい」

これにはめんくらった。自分は苦労して財産をつくった。しかし、おまえは金もうけがへたらしいから、そういう苦労はしないで、わたしの遺産でくらしなさい、というのならわかる。しかし、うちの父みたいな苦労は、たとえ息子でも、うけつがれないのではないか。「おやじも、むちゃ言いよる」と、ぼくはナゲキ節でわる口を言ったものだ。

ところが、よくふりかえってみたら、ぼくがもってるものは、みんな、父にもらったものばかり。作家は父に反抗することから生れる、なんてとんでもない。まるっきりその逆だ。もちろん、ぼくが身につけてるロクでもないものもある。それらは、ぼくが自分でつくった。それこそ、身のサビだろう。

世界的な禅学者で、金沢の旧制四高時代から、哲学者の西田幾多郎と親友だったという鈴木大拙に、妙好人の浅原才市について書いたものがある。そのなかに、大拙が浄土真宗についてたずねると、下駄職人の才市が、「ただ、いただくばかり」とこたえたところがあった。ただし、ぼくは、鈴木大拙編著の『妙好人　浅原才市集』という大部の本をもっており、昨日《きのう》、それを本棚からもちだしてきて、この本のなかにも、その箇所がでてたはずだ、とさがしたが、いまだに見つからない。

ともかく、ほかの作家なんかとちがい、ぼくがあるのは、ただ父からいただくばかり、といったところだろうか。父は死んでだいぶたつ。しかし、いまだに、毎日のように、ぼくはいただいてばかりいる。

やはり父のこと

ぼくが初年兵で中国にいたときに、父はぼくを東大文学部の哲学科にいれた。旧制高校を卒業した者しか東大にはいれなかったが、文学部はずっと無試験だった。

戦争末期の一、二年はほんとにもうきちがいじみていたけど、そのころでも、息子が文学部にいきたいなどと言えば、親は、「勘当だ！」とどなっただろう。ところが、うちの父は、かりにぼくが法学部か経済学部を志望しても、けっしてよろこばない男だった。

父はどこの派にも属さない独立教会の牧師で、ぼくも教会の仕事をするのをのぞんでいたろうが、そんなことは、ひとことも言わなかった。これはたいへんにだいじなことだ。のぞんだが、おもうばかりで、ひとことも口にださねば、ふつうは、なんにもないことになる。しかし、父は言わなかった。自分がのぞんだり、おもったりしたことを言ってみてもしかたがないと考えていたのかもしれない。自分の意志などではなく、すべて（神の）御意《みこころ》のままに、というところだろうか。こういうことは、なかなかわかってもらえない。

ともかく、ふつうは親に反抗したから作家になった、というのが常識だった。ぼくも、なんどかそうたずねられて、返答にこまった。なにかをきかれて、はきはきこたえられないからこそ、くだくだと小説を書く、とぼくはおもってるが、小説もはきはきしてないと売れないのかな。

それよりも、だれかが作家になるのは、家業をつぐようなこととはちがい、個人でひとりで作家になるのに、親のことをもちだすなんて、とあきれる人もいるかもしれない。

でも、ぼくの場合は親のことが、たしかにあるんだなあ。ただ、それこそはきはき説明できないので、こうしてくだくだと書いている。

ただし、ぼくが作家かどうかはわからない。これはカッコをつけて言ってるのではない。ほんとにわからないし、また、そんなことはどうでもいいという気持もある。職業欄などには文筆業と書く。

さてと、ぼくは中国から復員し、東大の哲学科にいきだすが、おなじ四月に渋谷の東京フォリーズという軽演劇の劇団にはいった。軽演劇の脚本が書きたかったのだが、歌と踊《いた》りのバラエティのほうが好きだったのかもしれない。そして、やたらに書いた。しかし、舞台にのったものはひとつもなかった。

軽演劇はやがて消えてしまい、ストリップ小屋になるんだけど、ほかの軽演劇の文芸部の先生たちとおなじように、ぼくもラジオ・ドラマを書いた。もっとも、これも、ひとつも売れなかった。

おかしいのは、自分が書くものはダメなのに、ひとが書いたのは気にいらない。軽演劇の脚本にしても、たいてい、しめくくりは涙で、これはおもしろくなかった。考えてみたら、ぼくが書いたものには、涙なんてまったくない。愛も感動もない。ついでに冒険も侠気もない。これじゃしようがないなあ。

言葉のたとえでなく、文字通りたべていくために、仕事があればはたらいたが、ニホンの会社などはやとってくれず、いつもアメリカ軍ではたらいていた。大学にいくのは、とっくにやめた。

そのうち、英語の翻訳をはじめた。小説には先生などはないが、翻訳には師匠がいて、中村能三《よしみ》さんだった。じつにいい先生で、いつもノウヅーさん（中村能三先生）の家にいっては焼酎を飲んでいた。実際に翻訳についてノウヅーさんがおしえてくれたことは、ごくわずかだったが、ぼくはたくさんのことをまなんだ。こんなふうに言うと、なんだか芸能物語みたいだけど、そんなのとはまるでちがう。なかのいい師弟だった。

ほとんどミステリの翻訳だったが、せまい範囲だけど評判になったりした。ぼくは翻訳もかってに、気らくにやってたが、それをよろこんでくれる人もいたのだ。

でも、ぼくはあきやすい。はじめは、翻訳のあいだに雑文を書いていたのが、だんだん翻訳をやらなくなった。そして、小説も書きだした。

ぼくがやることの特徴はけじめがないことだろう。いつかだれかが、ぼくの年表みたいなものをつくってくれたら、なにかをやめて、なにかをはじめるといったぐあいに、はっきりけじめがついてるのにびっくりした。

そんなのではない。なにもかも、ごっちゃになって、けじめなどありはしない。そして、小説を書きながらも、小説がどんどんかわっていった。

いや、だいぶまえからだが、小説なんてことは考えず、ただ書いている。それを、ひとがどうおもってもかまわない。また、ひとがどうおもうかは、ぼくにはどうにもできないことだ。ただ書いている。わからないことも、わからないと書く。わからなくても、書きたいんだからしかたがない。

『アメン父』のこと

父のことを書くかなとおもった。父のことを書いとかなきゃとか、父のことを書きたいというのとはちがう。父のことを書いてみるか、というのでもない。

どうちがうかは説明できない。説明というのは、相手にわかりやすい言葉か言いかたに言いかえ、要約みたいなことをするのだろう。

でも、父のことはそんなふうにはできない。だから、言葉につかえながら、まわりくどく、この『アメン父』というものを書いた。どんなことで、これを書いたのかといったことも、どんなことで、という言いかたはしてないが、書いてみようとした。

こういう言いかたは、おわかりにくいかとおもう。でも、みなさんにわかりいいようにと、ぼくにはできない説明や要約みたいなことをむりしてやり、ちがったものになったりしたら、しようがない。

父はどこの派にも属さない、自分たちでつくった教会の牧師で、たいていの人が言いたいことをもがまんして言わなかったりしてるのに、父はほんとに自由にしゃべっていた。自由という言葉さえもつかわないほどだった。

父の教会のもうなん十年もの教会員の人が、あるとき、東京からきた有名な牧師さんが、ほかの教会ではなしをするというので、ききにいった。そして、かえってきて、父にこう言った。「わたしはこの教会（父たちの教会）に、もうずっときてるのに、先生（父）のはなしはまるっきりわからない。ところが、東京からきたあの牧師さんのおはなしは、はじめてきいたのに、ほんとによくわかりました」

それをきいて、父は「ほう、そうかい。よくわかったか」とわらったそうだ。ほかの牧師のはなしは、はじめてきいてもよくわかったのに、毎週、たいていは二回ぐらい、長いあいだきいてる自分のはなしはわからないのか、と父はなさけなかったのではない。それとは逆で、「ほう、ほかの牧師のはなしはわかっても、わたしのはなしはわからないか」と父はおもしろそうに声をたててわらったらしい。

よく知らないが、禅の不立文字《ふりゅうもんじ》みたいなことを、ぼくは言ってるのではない。宗教（ほんとはアメンと言いたいのだが）は言葉が達しない領域だとか、あるいは、宗教には宗教のそれこそ言語ゲームがあって、ほかの言語ゲームとはまるっきりちがう、なんてことも、ぼくは言ってるのではない。

ただ、わかる、わからないとかいったこととは、ぜんぜんべつのことが、げんにあるようだ。父がそうだった。やっかいなのは、父が努力したり、修行したり、勉強したりして、そんなことがあるのなら、それについて、なんとかはなせるかもしれないが、まったくべつのところから、いただいたもの、ただ受けたことのようで、それを説明したりするのは、できることではない。

これは、いただく、なんておだやかで、キリスト教言葉で言う恩寵《おんちょう》あふれるようなことではなく、むこうからぶっつかってこられて、こっちは肉をひきさかれるようになり、「ほっといてくれ……」とさけびだすようなこともあるらしく、それでいて、たいへんにありがたく、身がおどるようだったりするらしい。

そんなことを、どういうことなのか、わからないいけどぼくはちいさなときから、目の前に見ており、しかも、その父の子供で……と、書けないままに、これを書いた。

ハミだした両親

ぼくの母は明治十三年、父は明治十八年に生れた。ふたりとも晩婚で、母はうちの女房のおばあさんとおなじ歳だった。一世代《ひと》ズレてしまっている。

いまは大分県の日田《ひた》市のなかにはいっている小野村というところで、母は生れてそだった。十なん代もつづいた旧家で、母の父、ぼくのおじいさんは、維新で日田の代官になったそうだ。それも、まだ歳が若く、年齢をいつわって、代官にされたときいた。徳川三百年のあいだ、ずっと反徳川の家で、それで明治維新で代官になったらしい。

そんな家だから、母もいずれはいい家に嫁にいくことになってたのだろう。ところが、いまの歳で十四歳ぐらいのときに、母は足をケガして、別府の病院にはいった。そして、母のはなしによると、病院でバイキンが傷口にはいり、二度も足を手術したらしい。

いまならば、その手術のあと、つらくてもリハビリをやり、足ももとどおりになったかもしれないが、どうも、母はリハビリみたいなことはやらなかったようだ。

それで、母は片足がまがらなくなった。足がわるい女になったのだ。さいしょは、母がどう感じたかはわからないが、足がわるくて、ちゃんとした家にヨメにいけないのなら、そのほうがいい、とおもったのではないか。

たぶん、入院のあとで、母は福岡のミッションスクール福岡女学院にいきだす。別府で入院中に、福岡女学院系のメソジスト派の宣教師にあったりしたのだろう。

また、おじいさんも、この娘《こ》は足がわるくて、まともな結婚はできないから、と福岡の学校にやることにしたのだとおもう。

いまでは、日田と福岡はバスで二時間ぐらいしかかからないが、そのころは、まだ鉄道もないときで、まず大分県を東によこぎって別府か大分にでて、そこから船にのり、国東《くにさき》半島をまわり、周防《すおう》灘をとおり、関門海峡をこして、福岡にいったらしい。小野村は福岡県との境の英《ひ》彦《こ》山の大分県側だが、英彦山をこえられないため、ここから福岡までなん日もかかった、と母ははなしていた。

母は学校での勉強にはむいていたにちがいない。福岡女学院の高等部もでて、女性としてはめずらしい神戸女学院の神学部にもいった。また母校で国語の先生になり、古典をおしえたらしい。コドモのとき、小野村の自分のうちで、さいしょに読んだ本が「源氏物語」だったそうで、これをきいて、びっくりした。ぼくは旧制高校で「土佐日記」を読んだり、「枕草子」をかじったりしたが、「源氏物語」はむつかしく、とっつきようもなかったからだ。母は福岡女学院ではドーミトリ（寮）にいたが、はんぶん以上はアメリカ人の宣教師の若い女性たちだったらしい。年齢もあまりはなれてはおらず、友だちみたいな、こういった女性たちと、がやがやくらしていたのではないか。母はわりと自然な英語をしゃべり、あとでは、ニホンにいるアメリカ人のためにニホン語の先生もした。これはいい金になった、と母ははなしていた。

ぼくの父は勉強好きでマジメな男だったが、受験勉強などてんでやる気はなかっただろう。ほんとにマジメならば、受験勉強なんてバカらしい。いまよりももっと、昔の人たちは立身出世を考え、そのためには、しゃにむに受験勉強もした。

ところが、あとでの父をごらんになるとわかるが、立身出世など、まるっきり父はおもってもみなかったようだ。こういう男はほんとにめずらしい。

ニューヨークからシアトルにいて、かえってきてから、あまり日がたっていない。シアトルにいたとき、川辺さんというお金持で奇特な人がたてた、りっぱな老人ホームにあそびにいったりしたが、ここに山本トクさんという九十四歳のおばあさんが住んでいた。頭のいい、はなしのおもしろい方で、日系人としては最長老みたいな人だった。このおばあさんは、ぼくの父の実父、実母の両方の親戚で、父のことを種助伯父さんとよんでいた。父のことなどを知っているのは、もうわたしぐらいでしょう、と山本トクさんははなしていた。

父が生れたとき、ぼくのおばあさんはおじいさんの山本仁右衛門さんと離婚していて、だから、父はあとで認知された庶子だった。父は四歳のときに田中家に養子にいったが、ながいあいだ、自分が養子だと知らなかったらしい。それが、アメリカにいったりして、戸籍の書類が必要になり、それで自分が田中家の養子で、しかも庶子だと知ったのではないか、とトクさんは言う。

父の母は山本仁右衛門さんと離婚したあと、成田さんと結婚し、またなん人も子供を生んでいる。そういう人たちや、山本トクさんなんかと、父がいきさしだすのは、アメリカに約十年ぐらいいて、ニホンにかえってきたあとではないか、と山本トクさんは考える。

おばあさんは、さいしょは馬杉という人と結婚したが、この人は西南の役で戦死したそうだ。西南の役なんて、西郷隆盛がでてくる、もう歴史でしか知らないことに、ぼくのおばあさんが関係があったなんて！

この馬杉でのはじめての子は、あとで東京工大の教授になったらしい。その妹、父の異父姉は大橋という人と結婚、大橋さんは海軍中将になった。その長女の愛子さんとは、ながいあいだ、ぼくはしたしかった。うちの教会の人でもあった。たいへんにきれいな人で、またきれいな東京弁をしゃべった。

父がアメリカで日本領事館にだした書類には非移民というハンコがおしてあった。戦争中の最大のわる口「非国民！」みたいで、おかしい、とぼくは山本トクさんにはなすと、「うちの主人も非移民でした」とトクさんはわらった。どちらも移民ではなく、勉強するということで、アメリカにわたったらしい。「種助伯父さんも、うちの主人もニホンでは労働なんかしたことがなかったから、アメリカでも石にかじりついてもはたらこうという気がなくてね」

父はアメリカにいくまえ、実父の山本仁右衛門さんにあったらしい。そのとき、「みんなアメリカに金を稼ぎにいくが、おまえは金もうけなんか、できないだろう。金もうけは無理だから、なにかひとつ技術をおぼえてこい」とおじいさんは言ったそうだ。

ところが、父は技術もおぼえないで、ヤソになってかえってきた、と山本トクさんはさもおかしそうだった。

父はシアトルに長いあいだいて、ロサンゼルス近郊のパサデナにうつり、神学大学にいってたが、卒業まで二カ月ぐらいのとき、おじいさんが病気というのでニホンにかえった。ニホンではバプテストの神学校をでた。

そして、母と結婚するのだが、ぼくが生れたころから、父はおかしくなった。それまでも、アーメン、ソーメン、冷やソーメンで、人々からは変人あつかいされていたのに、牧師でありながら信仰ということがあやしくなり、アーメン、アーメン、とつきあげられて、どうしようもなくなった。

とくに外国の人には、ゆるぎない、がっちりした信仰で一生をつらぬいたように見える人もいるが、それははたして信仰だったのだろうか。じつは信仰ではなく、その人の信念みたいなものではなかったのか。かわらない一貫した信念もある。しかし、信仰とはちがう。信念はその人のとじられたココロからくるのだろう。信仰はその逆で、ひらききったものだろう。ココロでさえない。父は信仰のかわりに、受けと言った。

ぼくが小学校一年生のとき、もとの軍港町の呉《くれ》の山の中腹に引越して、父とその仲間は自分たちだけの独立の教会をつくった。山の中腹の家は、足のわるい母にはたいへんだっただろう。長い花崗《かこう》岩の石段なんかものぼりおりできず、そばの山道をあるいた。

濃いインキの手紙

毎週、広島市の「主の僕の友」から葉書がくる。日曜日の集会にあつまった人たちの寄せ書きだ。文章はなくて、アーメンと名前がかいてある。名前は十ぐらいだが、寄せ書きなんてものを知ってる人も、いまはすくないのではないか。

ぼくの父は牧師だったが、自分たちだけで、どこの派にも属さない教会をつくった。ぼくはその父の息子、つまり先生の坊っちゃんというわけだ。しかし、ぼくは教会のことはなんにもやっていない。それどころか、ストリップ小屋の舞台にでたり、毎日、酔っぱらっている。それなのに、ただ先生の坊っちゃんということで、毎週、日曜日の集会にあつまった人たちが寄せ書きをくださる。坊っちゃんと言っても、ぼくはもう七十歳に近い。こんなババッチイ坊っちゃんがあるか。それに、毎週というのはたいへんなことだ。

父からの手紙はいつも葉書だった。父は字がへたで、古い言葉だが書生っぽい字だった。書生さんというのは学生さんみたいな意味だろうか。

中国の革命の父とよばれてる孫文の書いた文字「天下為公」がサンフランシスコのチャイナタウンの入口の門に額になってかかっている。また神戸の舞子のいわゆる六角堂でも孫文の書を見たが、これがまた書生っぽく、中国人にしてはうまくないけど、それがぼくは好きだ。毛沢東の字はわきあがる雲のようにいきいきと力強く、専門の書家か詩人のようだけれど、ぼくは孫文のへたな字のほうが好きだ。

父の葉書の字は孫文の字みたいな質朴なよさはなくて、ただもうへたくそ、これも古い言葉だが金釘流《かなくぎ》だった。しかし、律義に字を書いた。父はもともと律義な男で、字もへたなりにマジメで律義だった。

ぼくは字がへただ。これはもう言語に絶する。父の字はへたくそだったが、まだ、へたという言葉で表現できる。ぼくの字はへたとも言えない。ただあいた口がふさがらず、これが字なのかとみんなあきれはてる。

それに、ぼくは律義な男ではない。字もいいかげんに書きなぐる。ぼくが両親あてに書いた葉書などは、まるっきり判《はん》じ物《もの》（暗号文）みたいで、それを判読するのに、たっぷり一日か二日はかかった、と父も母もわらっていた。

あとで、ぼくが翻訳をやってたころ、ときどき、ぼくが吹きこんだテープを、女房が原稿にしてくれたが、この個所にくると、「砂漠でオアシスにあったような気が……」と編集者が言った。

中学校にはいったとき、書道の先生がぼくの字を見て、あきれるというよりびっくり仰天し、それまで書道は段以下は十級までだったのに、ぼくのために二十級をつくった。

母はりっぱな字を書いた。うまい字をとおりこして、りっぱな字だった。そして、父はいつも葉書だったのに、母はたいてい長い手紙をよこした。巻紙に毛筆の文字のこともあった。

昔のニホンの女性は、水茎のあともあざやかに、と形容されるように、ほそく長いつづけ文字を手紙などには書いた。しかし、母の字はほそくもなければ長くもなく、とにかくりっぱな字だった。母はうちをはなれて遠くでずっと学校にいっており、ふつうの女性の身だしなみの字とはちがう字を書いたのだろう。

それに、母のインキの文字が濃いブルーだったのをおもいだす。ぼくはうすいブルーのインキの万年筆をつかう。外国ではwashable blueというインキを買っている。洗いながすようなブルーという意味だろうか。とにかく、あんまりへたな字なので、インキにまでえんりょがある。

母の濃いブルーの文字の手紙が、ありありと目にうかぶ。なつかしい、なんて気持ではない。もっと切実なもので、かなりやりきれない気もする。母は頭もよく、勉強もよくできて、ひとにもそれこそ人気があったのに、足はわるかったが、父と結婚し、ぼくみたいな息子を生んで、それでおわってしまった。

横井愛子さんも、ぼくにいつも長い手紙をくれた。愛子さんは父の異父姉の娘だった。父は海軍の技術中将、夫も海軍の航空士官で少将になった。おもしろい手紙で、身のまわりのことが、こまごまと、いきいき書いてあった。でも、ぼくにそんな手紙をくれたのは、やはりぼくが父の息子だったからだろう。愛子さんはあとで乙恵と名前をかえた。

そのほか、ぼくにお手紙をくださる方はたくさんいる。そして、みんな季節のごあいさつみたいな手紙ではなく、ほんとに生きてる日常のことが、くりかえしではなく、そのときどきのこととして、それこそいきいき、ありありと書いてある。ぼくは手紙にはめぐまれている。手紙ばかりではなく、ずっと、めぐまれっぱなしの男なのだろう。

うしろから　おされて

なにかを書かなきゃならないときには、「うしろから　おされて」と、ぼくは二行に書く。自分からすすんで書くことはない。

むかし昔、中学校にはいったとき、書道の授業に一級から十級まであった。それをぼくのために、とくべつ二十級までつくってくれた。それほど書道はへたで、また、書く気もない。自分の書いた字も読みたくない。

しかし、「うしろから　おされて」は、ぼくの言葉ではない。うちの父の言葉だ。希望や理想は、たいてい前方に高くかかげる。しかし、父の場合は、うしろから背中をつかれて、前につんのめったということだろうか。社会や政治の世界では、理想は前に高くかかげる。しかし、父は宗教のひとだった。「理想なんてのは、ニンゲンのあいだのことでね」とも言った。

「うしろから　おされて」と書きながら、ぼくは説明する。「なにかに、うしろからおされて、よろよろと前にでる。まったく自主性のない、なさけない、ぼくのありさまです」
なにかというのは、ぼくにはまったくわからない。そこのところが、父とはちがうのだろう。父は、わからないなりにわかっていたはずだ。父の「うしろから　おされて」という言葉を借りていながら、おなじ言葉がてんでちがう。

父はこうも言った。「わたしは、若いときから、あれこれ、さんざっぱら苦労した。その苦労を、これからおまえがやるのはたいへんだ。だから、わたしが苦労したあとから、おまえははじめなさい」

それをきいたとき、ぼくはわらった。「苦労なんてものは、自分でやらなきゃ、苦労にもならない。財産を残してくれたのならともかく、わたしが苦労したあとから、はじめなさいなんて……」

ところが、それも父にはわかってたんだなあ、という気持に、だんだんなってきた。気持なんて宗教にはまったくいれられないものだろう。この法蔵館の「仏教」で、尊敬する哲学者の井上忠さんと対談したとき、「宗教はココロの問題ではない」ってことからはじめよう、と意見が一致した。

それなのに、また気持がでてくるなんて、ぼくはやっぱりダメなんだなあ。教会にいって、きよらかな気持、おごそかな気持になるなんてことは、アーメンにはカンケイない、とわかっているつもりなのに、わかってないようだ。

しかし、妙好人の浅原才市の真似だけど、ぼくのわるいところは別にして、なにからなにまで、ただいただくばかり、という気持になっている。だったら、父の苦労までも、ぼくはいただいているのかもしれない。

ともかく、これも父がよく言ったことだが、ぼくは、いろんなことからうばわれているらしい。まことに、ありがたいことだ。しかし、うれしがってるのはぼくぐらいで、とくに近ごろの世の中では、なにかにこだわるのが、いいことみたいにされている。でも、こだわる、なんてのは、宗教では、とりあえずいけないことなのになあ。

父は、仲間たちでつくった教会の牧師だった。いまでも、ぼくが父の息子だからという、ただそれだけのことで、毎日曜日の集会に、寄せ書きの葉書をくれる教会員もいる。ほかの教会からは月報もくる。そのぼくだが、もう七十二歳のおじいだ。おじいでも、父の息子なんだなあ。

これが活字になるころには、ぼくはニホンにはいないだろう。毎年、夏と冬のあいだには、東京から逃げだして、外国の町にいる。この三年ばかりは、アメリカ西海岸のカナダ国境へフリーウェイ(ハイウェイ)で三時間ばかりのシアトルにいた。東京にいるよりも長かったくらいだ。

そのシアトルの、もとのニホン町の近くに、川辺ハウスという老人ホームがあり、ここに父方の親戚のトクさんという、きれいなおばあさんが住んでいる。

そのトクさんがまだ若い娘でニホンにいたころ、十年あまりアメリカにいた父がもどってきたので、そっとうしろにまわり、髪の毛をふっと吹いたら、ふわっ、と髪が立った、とわらった。父も、ぼくとおなじで若禿げだったのだ。ハゲは似てるが、父はまじめなアーメンの徒で、ぼくはだらしないヨッパライだ。いや。そのトクさんでさえ九十八歳になる。父はトクさんより歳上で、ずっとまえに死んだが、いつも、ぼくの身近にいる。

初出一覧（一部改題したものがあります）

I

娘の結婚　「うえの」（上野のれん会）一九九三年六月号
自家製ビール　「パチンコファン」（日本文芸社）一九九三年五月号
ジョーク病　「東京新聞」一九九二年六月二十七日夕刊
カイはどこでもガイジン　「日本経済新聞」一九九二年一月三十一日夕刊
どちらが先　「日本経済新聞」一九九二年二月七日夕刊
ボケもまた楽し　「宝石」（光文社）一九九三年三月号
南の窓・西の窓　「別冊文藝春秋」（文藝春秋）二〇七号　一九九四年四月
昼間の富士山　「日本経済新聞」一九九二年五月八日夕刊
弱虫キヨ　「パチンコファン」一九九三年十月号
お花見と釘煮　「パチンコファン」一九九三年六月号
大宮青葉園　「日本経済新聞」一九九二年五月十五日夕刊
大宮から新宿へ　「日本経済新聞」一九九二年五月二十二日夕刊
私の銀座日記　「銀座百点」（銀座百店会）一九九〇年九月号
首の痛み　「日本経済新聞」一九九二年六月二十六日夕刊
紫陽花　「日本経済新聞」一九九二年六月十九日夕刊
このなん日か　「リテレール」（メタローグ）一九九四年秋号
たいへんな一日　「パチンコファン」一九九三年一月号
夏・秋・冬　「花も嵐も」（花嵐社）一九九六年十一月号

裏の畑の葉牡丹	「花も嵐も」一九九四年十二月号
もともと不景気	「毎日新聞（大阪本社版）」一九九三年十二月十六日夕刊
正月もあいかわらず	「酒」（酒之友社）一九九五年一月号

II

港さがし	「旅」（日本交通公社）一九九四年六月号
霧が降る	「北の話」（凍原社）一六三号　一九九一年六月
ハマナスにお詫び	「北の話」一六九号　一九九二年六月
ボクの京都案内	「東京人」（東京都文化振興会）一九九〇年一月号
あちこちの温泉	「別冊サライ　温泉と宿」（小学館）一九九九年十月
ミカン酒	「別冊サライ　日本酒」一九九八年十二月
神楽坂のユーレン	「ここは牛込、神楽坂」（牛込倶楽部）四号　一九九五年五月
かいば屋	「宝石」一九九四年一月号
終点は飲屋の入口	「東京人」（東京都歴史文化財団）一九九七年一月号

III

ちいさくて中身すかすか	「ウインズ」（日本航空文化事業センター）一九九三年一月号
こだわらない	「読売新聞」一九九四年三月三日夕刊
どいつがドイツ	「小説新潮」（新潮社）一九九一年一月号
旧港のクナイペ	「日本経済新聞」一九九四年十月三十日朝刊
南米のカラカス	「パチンコファン」一九九三年九月号
おとした金をひろってくれ……	「海外移住」（国際協力事業団）一九九二年三月号
ブラジルのニホン人	「日本経済新聞」一九九一年五月十九日朝刊
ニューヨーク、ハーレム	「パチンコファン」一九九三年十一月号
暗闇にバーのネオン	「サントリー・クォータリー」（サントリー）四三号　一九九三年八月

音楽と私　「オール讀物」（文藝春秋）一九九二年二月号
黒い縫合糸　「ていくおふ」（全日本空輸）一九九〇年夏号
宮武東洋写真館　「うえの」一九九九年六月号
ベルヴューに八回も　「日本経済新聞」一九九六年十二月一日朝刊

Ⅳ

私の「本」整理術　『私の「本」整理術』（メタローグ）一九九四年八月
わからないことがいっぱい　「週刊朝日」（朝日新聞社）一九九七年四月十一日号
耽読日記　「ヴューズ」（講談社）一九九五年五月号
ニーチェはたいしたことはない　「リテレール」一九九三年夏号
私の一冊　「朝日新聞」一九九三年十月十日日曜版
私の好きな文庫本ベスト5　『私の好きな文庫本ベスト5』（メタローグ）一九九四年三月
ミステリーの古典ベスト・ワン　「オール讀物」一九九五年十一月号
あれこれかるい人物　「オール讀物」一九九四年十一月号
私の外国語上達法　『私の外国語上達法』（メタローグ）一九九四年五月
ヒドいい師匠　「小説新潮」一九九五年七月号
パーティでも本を読んでいた　「太陽」（平凡社）一九九五年六月号
ふつうの男　「日本経済新聞」一九九三年十二月十二日朝刊
友人、川上宗薫の酒　「エスクァイア日本版」（ユー・ピー・ユー）一九九二年一月号
現代の英雄豪傑　「小説新潮」一九九二年九月号

Ⅴ

山下清に似ている　「室内」（工作社）一九九一年六月号
スイカ　「四季の味」（鎌倉書房）一九九二年夏号
戦艦大和　「毎日新聞（大阪本社版）」一九九三年九月三十日夕刊

藤村富美男さんのこと　「日本経済新聞」一九九二年六月十二日夕刊
回覧雑誌「止里可比」のこと　「リテレール」一九九四年夏号
「おまえ死ぬよ」と言われつつ　「週刊朝日」一九九七年十月三十一日号
出あいの風景　「朝日新聞」一九九二年六月二十二日〜二十六日夕刊
時間を時間として　「群像」（講談社）一九九三年十二月号
便秘もこわい　「小説現代」（講談社）一九九八年二月号
貧乏からも、おちこぼれて　『私の貧乏時代』（メタローグ）一九九四年四月
チンクリング・マシン　「パチンコファン」一九九二年十二月号
片腕の強盗　「パチンコファン」一九九三年二月号
誇りをもつよりも　「創」（創出版）一九九三年十二月号
ニホンの豊かなこと　「サンサーラ」（徳間書店）一九九一年三月号
日本人って、なに？　「リテレール」一九九四年冬号

Ⅵ

ぼくは題名はいらない　「文學界」（文藝春秋）一九九四年八月号
取材はしない　「オール讀物」一九九八年十二月号
反省がすべて　「ミセス」（文化出版局）一九九二年十二月号
関係ということは言うまい　「コミュニケーション」（日本電信電話）八三号　二〇〇〇年二月
ただ父からいただくばかり　「朝日新聞」一九九六年十二月十日夕刊
やはり父のこと　「リテレール」一九九四年春号
『アメン父』のこと　「朝日新聞」一九九〇年四月二十九日朝刊
ハミだした両親　「小説中公」（中央公論社）一九九三年十一月号
濃いインキの手紙　「リテレール」一九九四年冬号
うしろから　おされて　「仏教」（法藏館）四〇号　一九九七年八月

田中小実昌（たなかこみまさ）作家、随筆家、翻訳家。一九二五年四月二十九日、東京市千駄ヶ谷生まれ。牧師の父種助の転勤にともない広島県呉市東三津田で育つ。旧制西南学院中学二年で広島県立呉第一中学に転校。旧制福岡高校に在学のまま出征、南京など中国各地を一兵卒として転戦。アメーバ赤痢の疑いで野戦病院に移送された直後に敗戦。復員して呉市に戻り米軍基地兵舎のストーブマンなどをしたあと四七年、東京大学文学部哲学科に無試験入学。講義にほとんど出席せず除籍。在学中からストリップ劇場で演出助手、またコメディアンとしても出演、ほかバーテンダー、啖呵売、易者など職を転々とし、その経験をもとにした随筆で注目される。進駐軍将校クラブで働いていたとき、酒の窃盗容疑で起訴され罰金刑。五〇年に進駐軍横田基地で職を得、五四年より米軍の医学研究所で化学実験の技術者をしながら、チャンドラー『湖中の女』など主にハードボイルド小説を多数翻訳。五七年「新潮」に「上陸」、六六年「文學界」に「どうでもいいこと」を発表するが、本格的な作家活動は六七年以降。七一年『自動巻時計の一日』で直木賞候補。七一年発表の「ミミのこと」「浪曲師朝日丸の話」が単行本『香具師の旅』に収録された七九年、その二作で第八十一回直木賞受賞。また同年、短編集『ポロポロ』で第十五回谷崎潤一郎賞受賞。テレビ、映画、CMでも活躍。二〇〇〇年二月二十六日（日本時間二十七日）アメリカ・ロサンゼルスで肺炎のため客死。

銀河叢書

題《だい》名《めい》はいらない

二〇一六年九月十六日　第一刷発行

著者　田中小実昌

発行者　田尻　勉

発行所　幻戯書房

郵便番号一〇一－〇〇五二
東京都千代田区神田小川町三－十二
岩崎ビル二階
TEL　〇三（五二八三）三九三四
FAX　〇三（五二八三）三九三五
URL　http://www.genki-shobou.co.jp/

印刷・製本　精興社

ISBN978-4-86488-105-0 C0395

✿「銀河叢書」刊行にあたって

敗戦から七十年が過ぎ、その時を身に沁みて知る人びとは減じ、日々生み出される膨大な言葉も、すぐに消費されています。人も言葉も、忘れ去られるスピードが加速するなか、歴史に対して素直に向き合う姿勢が、疎かにされています。そこにあるのは、より近く、より速くという他者への不寛容で、遠くから確かめるゆとりも、想像するやさしさも削がれています。

長いものに巻かれていれば、思考を停止させていても、居心地はいいことでしょう。

しかし、その儚さを見抜き、伝えようとする者は、居場所を追われることになりかねません。

自由とは、他者との関係において現実のものとなります。

いろいろな個人の、さまざまな生のあり方を、社会へひろげてゆきたい。読者が素直になれる、そんな言葉を、ささやかながら後世へ継いでゆきたい。

星が光年を超えて地上を照らすように、時を経たいまだからこそ輝く言葉たち。そんな叡智の数々と未来の読者が出会い、見たこともない「星座」を描く――

銀河叢書は、これまで埋もれていた、文学的想像力を刺激する作品を精選、紹介してゆきます。

初書籍化となる作品、また新しい切り口による編集や、過去と現在をつなぐ媒介としての復刊を手がけ、愛蔵したくなる造本で刊行してゆきます。

既刊（税別）

小島信夫	『風の吹き抜ける部屋』	四三〇〇円
田中小実昌	『くりかえすけど』	三二〇〇円
舟橋聖一	『文藝的な自伝的な』	三八〇〇円
舟橋聖一	『谷崎潤一郎と好色論　日本文学の伝統』	三三〇〇円
島尾ミホ	『海嘯』	二八〇〇円
石川達三	『徴用日記その他』	三〇〇〇円
野坂昭如	『マスコミ漂流記』	二八〇〇円
串田孫一	『記憶の道草』	三九〇〇円
木山捷平	『行列の尻っ尾』	三八〇〇円
木山捷平	『暢気な電報』	三四〇〇円
常盤新平	『酒場の風景』	二四〇〇円
田中小実昌	『題名はいらない』	三九〇〇円
三浦哲郎	『燈火』	二八〇〇円

……以下続刊

くりかえすけど　田中小実昌

銀河叢書　世間というのはまったくバカらしい、おそろしい。テレビが普及しだしたとき、一億総白痴化——と言われた。しかし、テレビなんかはまだ罪はかるい。戦争も世間がやったことだ。一億総白痴化の最たるものだろう……著者のまなざしが静かに沁みる、初書籍化の作品集。生誕90年記念出版。　3,200円

燈火　三浦哲郎

銀河叢書　井伏鱒二や太宰治を経て、三浦文学は新しい私小説世界を切り拓いた。移りゆく現代の日常生活を研ぎ澄まされた文体で捉える、みずみずしい日本語散文の極致。代表作『素顔』に登場した作家夫婦と三人娘のその後を描く、晩年の未完連作短篇を初書籍化。巻末解説＝佐伯一麦。　2,800円

酒場の風景　常盤新平

銀河叢書　恋とは、夫婦とは……。銀座の小体な酒場で語られる、男と女のままならぬ人間模様。『遠いアメリカ』で直木賞を受賞した著者が、情感ゆたかに織りなす大人ための短篇連作。発表から四半世紀を経て初の書籍化。“ただの一度しかないということがある。それが一生つきまとって離れない”。　2,400円

マスコミ漂流記　野坂昭如

銀河叢書　焼跡闇市派の昭和30年代×戦後メディアの群雄の記録——セクシーピンク、カシミヤタッチ、おもちゃのチャチャチャ、雑誌の表紙モデル、CMタレント、プレイボーイ、女は人類ではない、そして「エロ事師たち」……TV草創期の舞台裏を克明に描いた自伝的エッセイ、初の書籍化。生前最後の本。　2,800円

四重奏　カルテット　小林信彦

もっともらしさ、インテリ特有の権威主義、鈍感さへの抵抗……江戸川乱歩とともに手がけた雑誌「ヒッチコックマガジン」の編集長時代。その著者の60年代を四つの物語で示す。“ここに集められた小説の背景はそうした〈推理小説の軽視された時代〉とお考え頂きたい”。文筆生活50年記念出版。　2,000円

翻訳出版編集後記　常盤新平

早川書房における十年間の編集者生活。英米のエンターテインメント小説やノンフィクションを刊行し、出版界に新たな道を拓いた著者が、自らの体験を基に翻訳出版のあり方を問う傑作回想記、新発掘。“私にとっても、早川書房にとっても、翻訳出版が冒険であったことを書いてみたかったのである”。　3,400円